民國文化與文學_{研究文叢}研究文叢

七　編

第 6 冊

知識份子與近代社會變遷

伍　小　濤　著

國家圖書館出版品預行編目資料

知識份子與近代社會變遷／伍小濤 著 -- 初版 --- 新北市：
花木蘭文化事業有限公司，2017〔民 106〕
序 4+ 目 2+212 面；19×26 公分
（民國文化與文學研究文叢 七編；第 6 冊）
ISBN 978-986-485-050-1（精裝）
1. 中國史 2. 知識分子 3. 社會變遷
820.9   106013214

ISBN-978-986-485-050-1

9 789864 850501

民國文化與文學研究文叢
七 編 第 六 冊   ISBN：978-986-485-050-1

知識份子與近代社會變遷

作　　者　伍小濤
總 編 輯　杜潔祥
副總編輯　楊嘉樂
編　　輯　許郁翎、王　筑　美術編輯　陳逸婷
出　　版　花木蘭文化事業有限公司
社　　長　高小娟
聯絡地址　235 新北市中和區中安街七二號十三樓
　　　　　電話：02-2923-1455／傳眞：02-2923-1452
網　　址　http://www.huamulan.tw 信箱 hml810518@gmail.com
印　　刷　普羅文化出版廣告事業
初　　版　2017 年 9 月
全書字數　180703 字
定　　價　七編 31 冊（精裝）新台幣 58,000 元

知識份子與近代社會變遷

伍小濤 著

作者簡介

伍小濤（1967～），男，湖南祁東人，貴州省委黨校社會學教研部主任、教授。2009年畢業於南京大學中國近現代史專業，獲歷史學博士學位，是貴州史學會、貴州宗教學會、貴州黨史學會常務理事和理事，先後主持國家社科基金課題、教育部重大課題子課題、中央黨校課題、國家行政學院重大課題多項，出版專著兩部，發表文章100餘篇，其中中文核心20多篇。獲貴州省哲學社會科學評獎和中央黨校哲學社會科學評獎多項。

提　要

　　本書是一本關於知識份子與近代中國社會變遷的論文集，是作者十多年來發表在國內外民國時期（1911～1949年）文章的綜合。該集從知識份子形成的特質、心理結構、組織網路、文化嬗變和過程入手，分析在急劇變革的轉型時期知識份子是如何從邊緣走向主流的心路歷程。在其中，有無奈，有失落，也有抗爭。

　　該論文集分上下兩篇。上篇主要集中分析知識份子在奪取政權後政治上、組織上是如何分化、思想上如何整合、心理上是如何變遷的。該文選取了有代表性的兩個人物陳天華與王明進行個案分析，探討他們在動盪變革的大時代是如何走向自殺或權力頂峰的。其中。第一篇《從邊緣到主流：中國知識份子百年心路歷程》對上篇起一個總結的作用。下篇主要分析中國社會的變化，從辛亥革命的發起、到遵義會議毛澤東領導地位的確定，再到國、共、偽三方對三民主義政治符號的爭奪，無不彰顯社會變革的急劇與動盪。其中《中國近現代三次巨變視角下的農村嬗變》在下篇起一個概括的作用。

　　該論文集既有宏觀的敘事，又有微觀的實證研究，反映了作者對社會轉型時期知識份子研究的旨趣。

中國現代文學史研究中的「民國文學」概念——《民國文化與文學研究文叢》第七編引言

李　怡

與政治意識形態淵源深厚的文學學科

　　大陸中國現代文學研究，最近 10 來年逐漸失去了 1980 年代的那種「眾聲喧嘩」、「萬眾矚目」的熱烈景象，進入到某種的沉靜發展的狀態，如果說，在這種沉靜之中，有什麼值得注意的現象的話，那就是「民國文學」概念的提出以及引發的某些討論。

　　對於海外中國文學研究者而言，現代中國很自然地分作「民國時期」與「人民共和國時期」，這是一種相當自然的歷史描述，作爲文學史的概念，也完全有理由各取所需地採用不同的概念：現代中國文學、中國現代文學、中國文學（民國時期）、中國文學（中華人民共和國時期）等等，這裡有思想的差異或者說審美意識形態的分歧，但是卻基本不存在嚴重的政治較量和衝突。站在海外漢學的立場上，人們難免困惑：現代文學也好，民國文學也罷，不過就是一種文學史的稱謂而已，是不是有如此鄭重其事地加以闡發、討論的必要呢？

　　這裡就涉及到對大陸中國現當代文學學科存在格局的認識。其實，嚴格的學科意義上的「中國現當代文學」並不是在 1949 年以前的民國時期建立的，儘管那時已經出現了「中國現代文學」的大學教育，也誕生了爲數可觀的「中國現代文學史」著作，但是主要還是講授者（如朱自清）、著作者的個人選擇，體系化的完整的知識格局和教育格局尚不完整。眞正出現自覺的「學科建設」的意識是在 1949 年中華人民共和國成立以後，各學科教育大綱的編訂、樣板

式教材的編寫出版乃至「群策群力」的從思想到文字的檢討、審查，都意味著「中國現代文學」學科由此納入到了政治意識形態的一體化架構之中，因此，討論「中國現代文學」學科的任何問題——從內容、結構到語言、概念都是非同小可的「國家大事」，在此基礎上的任何一次新的概念的設計和調整，都不得不包含著如何面對政治意識形態以及如何回答一系列「思想統一」的結論的問題，這裡不僅需要學術思想創新的智慧，更需要政治突圍的勇氣和決心。

回頭看大陸新時期以來的每一次文學史概念的提出，都兼有如此的「智慧」和「勇氣」：例如最有影響的概念——二十世紀中國文學。提出這一概念，其意義主要不是重新劃分晚清——近代——現代——當代的文學史時間，不在於從過去的歷史分段中尋找歷史的共同性；而是為了從根本上跳脫政治化的「現代」概念對於文學的捆綁。

作為學科史意義的「中國現代文學」的「現代」概念，其實已經與它在五四文壇出現之初就有了巨大的差異，完全屬於一種政治意識形態的產物。眾所周知，最早的「現代」概念與「近代」概念一樣都來自日本，最早用「近代」更多，到 1930 年代以後「現代」的使用頻率則超過了「近代」——在那時，中國的「現代」基本上匯通著世界史學界的理解框架，將資本主義發展、傳統世界自我封閉格局得以打破的「現時代」當作「現代」；但是，1949 年以後作為學科史意義的「中國現代文學」的「現代」概念卻又不同，它更多地師法了前蘇聯的歷史觀念：由斯大林親自審查、聯共（布）中央審定、聯共（布）中央特設委員會編的《聯共（布）黨史簡明教程》和由蘇聯史學家集體編著的多卷本的《世界通史》重新認定了歷史的意義和分段方式，〔註1〕馬列主義的五種社會形態進化論成為劃分歷史的理論基礎，1640 年英國資產階級革命由於「階級局限性」屬於不徹底的「現代」，只能稱作是「近代」的開始，而「現代」演進關鍵點是十月社會主義革命的重大勝利，中國的歷史劃分是對蘇聯思維的仿傚：1840 年的鴉片戰爭被當作「近代」的開端，而標誌著「工人階級登上歷史舞臺」、「馬克思主義開始傳播」的「五四」運動則被當作了「現代」，後來考慮到「五四」之時，中國共產黨尚未成立，無法認定

〔註1〕 《聯共（布）黨史簡明教程》於 1938 年在蘇聯出版，人民出版社 1975 年正式出版中譯本。《世界通史》於 1955～1979 年出版，全書共 13 卷。中譯本《世界通史》（1-13 卷）於 1978～1987 年分別由三聯書店、吉林人民出版社和東方出版社出版。

其十月革命式的政治勝利，所以又在「現代」之外另闢 1949 年以後爲「當代」，以彰顯社會主義與共產主義社會的到來，由此確定了中國文學近代／現代／當代的明確格局——這樣的劃分不僅時間分段上不再模糊，而且更具有明確的思想的內涵與歷史文化質地：資產階級文學（舊民主主義革命文學）、新民主主義革命文學與社會主義文學就是近代——現代——當代文學的歷史轉換。

「二十世紀中國文學」是中國文學研究界學術自覺，努力排除前蘇聯「革命」史觀影響、尋求文學自身規律的產物。正如論者當年意識到的那樣：「以前的文學史分期是從社會政治史直接類比過來的。拿『近代文學史』來說，從一八四〇年鴉片戰爭到一八九八年戊戌變法，半個多世紀裏頭，幾乎沒有什麼文學，或者說文學沒有什麼根本的變化。」「政治和文學的發展很不平衡。還是要從東西方文化的撞擊，從文學的現代化，從中國人『出而參與世界的文藝之業』，從文學本身的發展規律，從這樣的一些角度來看文學史，才比較準確。」「『二十世紀中國文學』這一概念首先意味著文學史從社會政治史的簡單比附中獨立出來，意味著把文學自身發生發展的階段完整性作爲研究的主要對象。」〔註 2〕

自「二十世紀中國文學」開啓歷史性的「重寫文學史」以來，中國現代文學的研究一直是富有勇氣地走在這一條「學術創新——政治突圍」的道路上，力圖讓文學回歸文學，歷史還原給歷史。可以說，「民國文學」也屬於這樣的努力，是「重寫文學史」的一種方式。

可疑的「現代性」

當然，這種方式也體現出了對既往文學研究的一種反思。

「二十世紀中國文學」這一歷史架構顯然具有重大的學術價值，直到今天依然是影響最大的文學史理念。然而，在「民國文學」的視野之中，它也存在著需要克服的問題：「二十世紀中國文學」這一概念是否已經具備了學科的穩定性？例如，在「二十世紀」業已結束的今天，它是否能有效地參照當下文學的異質性？如果說，「二十世紀中國文學」曾經闡發過的諸多概念都依然適用於今天，如果「新世紀文學」的基本性質、使命、遭遇的問題等等幾

〔註 2〕 黃子平、陳平原、錢理群：《二十世紀中國文學三人談》36 頁、25 頁，北京：人民文學出版社 1988 年。

乎都與「舊世紀」無甚區別，那麼這一概念本身的內涵和外延至少也是不夠確定，需要我們重新推敲的了。對於「二十世紀中國文學」而言，其擺脫政治意識形態束縛的核心理念是文學的現代性（當時提出者稱之爲「現代化」）追求。但是，隨著 1990 年代中期以來，「現代性」話語逐漸演變成了我們文學研究的基本語彙，它內在的一系列矛盾困擾也日顯突出了。

在新時期，「現代化」與「現代性」主要指代我們打破封閉、「走向世界」的強烈渴望，在那時，「現代」的道義光芒與情感力量要遠遠重於其知識性的合理與完整，或者說，呼喚文學的現代性就如同建設「四個現代化」一樣天經地義，我們根本無暇追問這一概念的來源及知識學上的意義和限度，所以才會出現如汪暉所述的「現代」之問。在 1980 年代，汪暉曾就何謂「現代」向唐弢先生質詢，而作爲學科泰斗的唐先生也只是回答說，這是一個「很複雜」的問題。〔註3〕到了 1990 年代，中國學術界開始惡補「現代」課，從西方思想界直接輸入了系統而豐富的「現代性知識」，先是經過了短時間的「現代性終結」之論，接著便是在西方學術的鼓勵之下，迅速舉起「未完成的現代性」旗幟，對各種文化現象展開檢視分析，我曾經借用目前收錄最豐富、檢索也最方便的中國期刊網 CNKI 對 1979 年以後中國學術論文上的一些關鍵詞作數理統計，下面就是「現代性」一詞在各年的出現情況：

	79	80	81	82	83	84	85	86	87	88	89	90	91	92
按篇名統計	0	0	0	0	0	0	0	0	0	2	0	0	0	0
按關鍵詞統計	0	0	0	0	0	0	0	0	0	0	0	0	0	0

	93	94	95	96	97	98	99	00	01	02	03	04
按篇名統計	4	16	26	28	48	60	108	128	166	213	268	381
按關鍵詞統計	0	0	5	11	11	20	69	109	165	225	287	443

表格說明：

1. 統計單位爲「篇」。

2. 檢索的學科涵蓋「文史哲」、「經濟政治與法律」、「教育與社會科學」。

3. 自動檢索中有極少數詞語誤植的情形，如「現代性愛小說」「現代性」統計，另外個別長文（如高遠東《未完成的現代性》分上中下發表，被統計爲三篇，爲了保證檢索統計的統一性，以上數據有意識忽略了

〔註3〕 汪暉：《我們如何成爲「現代」的？》，《中國現代文學研究叢刊》1996 年 1 期。

這些情形。

研究一下以上的表格我們就可以知道,從 1979 年到 1987 年整整九年中,中國人文社科的學術論文中沒有出現過一篇以「現代性」爲題目的文章,1988 年出現了兩篇,但很快又消失了,直到 1993 年以後才連續出現了「現代性」論題。這些論文的代表作包括張頤武的《對「現代性」的追問——90 年代文學的一個趨向》(《天津社會科學》1993 年 4 期)、《「現代性」終結——一個無法迴避的課題》(《戰略與管理》1994 年 3 期)、《重估「現代性」與漢語書面語論爭——一個 90 年代文學的新命題》(《文學評論》1994 年 4 期),韓毓海的《「現代性」與「現代化」》(《學術月刊》1994 年 6 期),韓毓海與李旭淵《第三世界的現代性痛苦與毛澤東思想的雙重含義——兼說中國當代文學》(《戰略與管理》1994 年 5 期),汪暉的《傳統與現代性》(《學術月刊》1994 年 6 期),彭定安《20 世紀中國文學:尋找和創造現代性》(《社會科學輯刊》1994 年 5 期),文徵《後現代性與當代社會思潮》(《國外社會科學》1994 年 2 期),趙敦華《前現代性、現代性與後現代性的循環關係》(《馬克思主義與現實》1 年 4 期)等。

對概念的提煉和重視反映的是一種學術目標的自覺。當然,按照中國學術期刊的學術規範,由作者列舉「關鍵詞」的慣例是 1992 年以後才逐漸推行開來的,整個 20 世紀 80 年代的中國學術論文之前都不存在這樣的標誌性的「關鍵詞」,這也給我們通過統計來顯示中國學者概念的提煉製造了難度,不過即便如此,分析表格中作爲「篇名」的「現代性」話題的增長與作爲關鍵詞的現代性概念的增長,我們也依然可以十分清晰地看出:隨著 1993 年以後中國學者對「現代性」話題的越來越多的關注,「現代性」理念作爲重點闡述的對象或立論的主要依託才逐漸堂皇地進入學術文本,構成其中的關鍵詞語,人約在 1995 年以後開始「傲然挺立」起來。到新世紀第一個十年的中期,無論是作爲論題還是語彙的「現代性」都達到了空前的規模,對西方文化意義的「現代性」含義的追溯和「考古」業已成爲了我們的學術「習慣」。同時,在中國文化範圍之內(包括古代與現代)所進行的「現代性闡釋」更層出不窮,幾近成爲了現代中國文學與文化研究的基本語彙。到 2004 年,我們的統計已經可以見出歷史的重要轉變。可以說至此,「現代性批評話語」眞的正在實現著對於 20 世紀 80 年代一系列基本概念的置換。

這樣的置換當然首先還是得力於同一時期西方文學理論與文化理論的引

入，1990 年代中期以後，活躍在中國理論界的主流是後現代主義、解構主義、後殖民批判理論與西方馬克思主義，而「現代性」則是這些理論的核心概念之一，正是借助於這些西方理論的輸入，中國現代文學界可以說是獲得了完整的「現代性知識」。在這個知識體系中，人們對現代、現代性、現代化、現代主義的辨析達到了前所未有的深入和細緻，對文學的觀照似乎也獲得了令人激動不已的效果和不可估量的廣闊前程，中國現代文學史至此有望成為名副其實的「現代性」或「現代學」意義的文學敘述。

應當承認，1990 年代對「現代」知識的重新認定的確是為我們的文學史研究找到了一個更具有整合能力的闡釋平臺，借助福柯式的知識考古，我們固有的種種「現代」概念和思想得到了清理，現代、現代性、現代化，這些或零散或隨意或飄忽的認識都第一次被納入到了一個完整清晰的系統當中，並且尋找到了在人類精神發展流程裏的準確的位置。最近 10 年，「現代性」既是中國理論界所有譯文的中心語彙，也幾乎就是所有現當代文學史研究的話語支撐點。

但是，從另一方面來看，我們的「現代」史學之路卻難以掩飾其中的尷尬。追溯「現代性」理論進入中國的歷史，我們都會發現一個有趣的轉折：在 1990 年代初期，恰恰也是其中的一些論斷（後現代主義對社會現代性的批判）導致了我們對現代文學存在價值的懷疑和否定，而到了 1990 年代中後期，當外來的理論本身也發生分歧與衝突的時候（例如哈貝馬斯對現代性的肯定），我們竟又神奇地獲得了鼓勵，重新「追隨」西方理論挖掘中國文學的「現代性價值」——中國文學的意義竟然就是這樣的脆弱和動搖，只能依靠西方的「現代」理論加以確定？！這足以提醒我們，中國學者對「現代性」理論的理解和運用在多大的程度上是以自身的文學體驗為依據的？同樣，在「現代性」視野下的中國現代文學研究當中，中國現代文學的種種現象也一再被納入到全球資本主義時代的共同命題中，例如「兩種現代性」、「民族國家理論」、「公共空間理論」、「第三世界文化理論」等等……跨越了歷史境遇的巨大差異，東西方文學的需要是否就這麼殊途同歸了？他者的理論是否真讓我們的文學闡釋一勞永逸？中國文學的現代之路難道就沒有自成一格的更豐富的細節？

較之於直接連通西方「現代性」闡釋之路的言說，「民國文學」這一概念首先試圖表達的就是擺脫先驗的理論、返回歷史樸素現場的努力。

1997 年，陳福康借助史學界的概念，建議中國文學的現代／當代之名不妨「退休」，代之以中華民國文學／中華人民共和國文學之謂。後來，張福貴、湯溢澤、張中良、李怡等人都先後提出這一新的命名問題，〔註4〕我將這樣的命名方式稱之為「還原」式，就是因為它所指示的國家社會的概念不是外來思想的借用——包括時間的借用與意義的借用——而是中國自己的特定生存階段的真實的稱謂，借助這樣具體的國家社會形態框架，我們的文學史敘述有可能展開為過去所忽略的歷史細節，從而推動文學史研究的深入。

在多少年紛繁複雜的理論演繹之後，中國文學研究需要在一種相對樸素的歷史描述中豐富起來，自我呈現起來。

「民國文學」研究的幾種可能

當然，「民國文學」概念提出來以後，各方面也不無爭論和質疑，這些爭論和質疑的根本原因有二：長期以來「民國」概念的陰影不去，至今仍然以各種「成見」干擾著我們的思想，或者對我們的自由探索構成某種有形無形的壓力；新概念的倡導者較長時間徘徊在概念本身的辨析之中，文學史的細節研究相對不足，暫時未能更充分地展示新研究的獨特魅力，或者其他的同行業也未能從林林總總的研究中發現新思路的廣闊空間。

關於「民國文學」研究，有這樣幾個方面的問題可以澄清和深發。

一、「民國文學」是民國時期的現代文學，可以涵蓋絕大多數的現代文學現象。不僅可以對傳統的新文學傳統深入解釋，而且可以將舊體文學、通俗文學等等「新文學」之外的文學現象有效納入，在一個更高的精神性框架中理解古今中西的複雜對話關係；不僅可以包括從北洋政府到國民黨政府控制區域的文學現象，而且也能有效解釋紅色蘇區文學、抗戰解放區文學，因為後兩者也發生在民國歷史的總體進程當中，民國文學的概念不僅可以解釋後

〔註4〕 參看張福貴《從意義概念返回到時間概念——關於中國現代文學的命名問題》（香港《文學世紀》2003 年 4 期）；湯溢澤、郭彥妮《論開展「民國文學史」研究的必要性與可行性》（《當代教育理論與實踐》2010 年 2 卷 3 期）；湯溢澤、廖廣莉：《論開展「民國文學史」研究的迫切性》（《衡陽師範學院學報》2010 年 2 期）；趙步陽、曹千里等：《「現代文學」，還是「民國文學」？》（《金陵科技學院學報》2008 年 1 期）；張維亞、趙步陽等：《民國文學遺產旅遊開發研究》（《商業經濟》2008 年 9 期）；楊丹丹《「現代文學史」命名的追問與反思》（《長春師範學院學報》2008 年 5 期）。

者，甚至是擴大了後者研究的新思路，解放區文化不是靠拒絕「人民之國」（民國）的理想而生存，它恰恰是以民國理想眞正的捍衛者自居，最終通過批判了國民黨政權贏得了在「全民國」範圍內的聲譽；對於投降賣國的汪僞政權，它也不敢輕易放棄「民國」之號，在這裡，民國的「名與實」之間存在一個值得認眞分析的張力，並影響到南京僞政府統治下的寫作方式；到華北、蒙疆特別是東北淪陷區，日本文化與僞滿洲國文化大行其道，但是，我們能不能斷定淪陷區文學就理所當然屬於滿洲國文學、蒙古文學或者日本文學呢？當然也不能，近幾年的淪陷區文學研究，相當敏銳地發掘出了存在於這些殖民地的「中華情結」，而民國文化作爲現代中華文化的一種形態，依然對人們的精神發揮著根深蒂固的作用——雖然不是名正言順的「民國文學」，但是「民國文學」研究的諸多視角卻依然有效。

　　二、「民國文學」本身不是一個政治性的概念，就如同「民國」本身既有政權性含義，但同時也有政權政治所不能涵蓋的民族、社群等豐富的內涵一樣，而作爲精神文化組成部分的「民國文學」更具有超越政治的豐富的意義空間。我同意張中良先生的分析：「民國作爲一個國家，在政黨、政府之外，還有軍隊、司法機關、民間社團等社會組織，除了政治之外，還有新聞出版、學校教育、宗教信仰、民族傳統、地域文化、文學思潮、百姓生活等等，民國文學是在多種因素交織的社會文化背景下發生、發展起來的，因而其歷史化研究的空間無比廣闊。」〔註5〕事實在於，越是在一個現代的形態中，國家政權的強制力越有限，而作爲社會文化本身的力量卻越大，包含文學藝術在內的社會精神文化，恰恰努力在民國時期呈現出了自己的獨立性和自主性。所以，「民國文學」並不等於就是國民黨的文學，自由主義文學與左翼文學都是民國文學的主體，而且由左翼文學所體現的反抗、批判精神也可以說是民國文學主要的價值取向，「民國批判」恰恰是「民國文學」的基本主題。曾經有大陸學者擔心「民國文學」研究會重新推動中國現代文學研究走入政治的死胡同，相反，也有臺灣學者對大陸「民國文學」研究刻意切割文學與政權制度的關係有所不滿，〔註6〕我覺得這兩方面的意見雖然有異，但都是出於對民國時期文學獨立性、自主性的認知不足。民國文學本身就是知識分子追求

〔註5〕　張中良：《民國文學歷史化的必要與空間》，《文藝爭鳴》2016 年 6 期。
〔註6〕　王力堅：《「民國文學」抑或「現代文學」？——評析當前兩岸學界的觀點交鋒》，《二十一世紀》2015 年第 8 期。

政治自由的體現，對政治自由的嚮往當然是將我們的精神帶離了專制政治的陷阱；而民國政權在文學政策上的某些讓步和妥協從根本上講並不來自統治者的恩賜，恰恰也是民國的社會力量、民間力量蓬勃發展、持續抗爭的結果，現代國家出現之後，其文化發展最可寶貴之處就是「明君」與「賢臣」文化的逐步消失（雖然政治家的開明和理性依然重要），同時社會性力量不斷加強、民間力量日益發展，後者才是最值得我們注意和總結的文化傳統，只有在後者被充分發掘的基礎上，政治制度的種種歷史特徵才有可能獲得真實的把握。

三、「民國文學」研究其實有別於隸屬於大眾文化、流行文化的「民國熱」。作為對長期以來「民國史」的粗暴化處理的背棄，「民國熱」已經在大陸中國流行有年，民國掌故、民國服飾、民國教育，還有所謂的「民國範兒」等等，這本身不難理解，而且我以為在「各領風騷三五年」的各種「熱」當中，「民國熱」依然保留了更多的自我反省的因素，因而相對的「健康性」是明顯的。儘管如此，我認為，當代中國社會出現的「民國熱」歸根結底屬於大眾文化潮流，而「民國文學研究」則是中國學術多年探索發展的結果，是文學研究「歷史化」趨向的表現，兩者具有根本的不同。其實，「民國文學」研究雖然與當今的「民國熱」差不多同時出現，但中國學界本著實事求是的精神，努力救正「以論代史」的惡劣現象、盡可能尊重民國史實的努力卻是由來已久了。在大陸中國，雖然因為政治原因，「民國」一詞一度包含了某種政治禁忌，需要謹慎使用，但總體來看，除了「文化大革命」這樣的極端的文化專制時期之外，對「民國史」的關注和研究一直有學人勉力進行。從新中國成立到1980年代初，「民國史」的考察、研究一直都得到來自國家層面的高度重視，並不斷被納入各種國家級的科研計劃與出版計劃。《中華民國史》的編修工作早於《劍橋中國史》的編寫計劃，「民國史」的研究也早在 1956 年就已經列為了國家科學發展十二年規劃，民國史的出版也在1971年就進入了國家出版規劃。呼籲「民國史」研究的既包括董必武、吳玉章這樣的「民國老人」，又包括周恩來總理這樣的黨和國家領導人。「民國文學」的研究借概念之便，當更能夠順理成章地汲取「民國史」的研究成果，以大量豐富的歷史材料為基礎，對中國現代文學研究的「歷史化」進程作出堅實的貢獻。

當然，民國文學研究，一方面固然應當強調加強學術研究的自覺性，與大眾文化的趣味相區分，但是，也不是要刻意區隔和拒絕那些來自社會民間

的寶貴情懷，相反，有價值的研究總能從現實關懷中汲取力量，讓學術事業擁有的豐沛的社會情懷，本身也是在健康和積極的方向上爲中國的當代文化貢獻自己的智慧和力量。

四、「民國文學」研究可以形成與華文文學研究諸多問題的有益對話。當「民國文學」這一概念的使用跨出中國大陸，尤其是與海峽對岸學界形成對話之時，可能就會遇到嚴重的困擾：在我們大陸學界的立場來看，它理所當然就是一個歷史性的概念，「民國」在 1949 年已經結束，我們的「民國文學」研究如果不加特別說明，肯定是指 1912 民國建立到 1949 年中華人民共和國成立這一段歷史時期的文學，使用「民國文學」概念，存在著一個嚴肅的政治的界限；但是，繼續沿用著「民國」稱號的對岸，是否就是大張旗鼓地書寫著「民國文學史」呢？弔詭的現實恰恰是，當代臺灣學界似乎比我們離「民國」更遠！在經過了日本殖民文化──國民黨統治──解嚴後思想自由──政黨輪替、「去中國化」思潮這樣一系列複雜過程之後，在一個被稱作「後民國」的時代氛圍中，「民國」論述照樣承受了「政治不正確」的壓力，其矛盾曖昧之處，甚至也不是「一個民國，各自表述」就能夠概括得了的。也就是說，在海峽兩岸這最大的華人世界裏，「民國文學」都存在相當的糾纏矛盾之處。如何解決這樣的尷尬呢？如何在兩岸學術界，建立起彼此都能夠接受的論述呢？我覺得這裡有兩個可以展開的思路。

首先是集中研討那些沒有爭議的時段。例如民國成立到 1949 年中華人民共和國成立這一歷史時期，我稱之爲民國文學的典型時期，對臺灣而言，1945年光復之後，特別是國民政府遷臺之後，民國文化與文學當然也完成了移植與建構，不過解嚴以來，本土化傾向日益強化，與「典型時期」比較，情況已經大爲不同，固有的「民國文化」發生了變異、轉換與遮蔽，只有首先清理那些「典型」的民國文化，才最終有助於發掘現存的「民國性」。目前，對於研討「民國文學典型時期」的設想，在兩岸學界已經有了基本的共識。

其次是通過凸顯「民國文學」研究方法的獨特性與華文文學的其他學術動向形成有益的對話。所謂「民國文學」研究不過是一個籠統的稱謂，指一切運用「民國文學」概念創新解釋現代文學現象的嘗試，它至少包括兩個大的方向，一是對民國時期文學發展的種種問題進行新的梳理和闡述；二是通過對於「民國是中國的現代形態」這一思路的認定，生發出關於如何挖掘、描述中國知識分子「現代追求」的種種學術思路，進而對現代中國文化獨創

性問題作出令人信服的闡發，借助這一的闡發，「現代性」視野才不至於單純流於西方的邏輯，而成為中國現代精神生產的一種獨特形式，這些努力的背後，樹立著發現現代中國精神主體性與學術主體性的深遠目標，這可謂是「民國作為方法」的特殊價值。對於這種「文化主體性」的重視，我們同樣可以從作為臺灣學術主流的「臺灣文學」以及史書美、王德威等人倡導的「華語語系文學」那裡看到，彼此對話的空間值得開拓。

「臺灣文學」一度有意識與中華文學相區隔，尋求自己的獨立空間，然而身居「民國」卻是寫作者不能不面對的事實，「民國」與「臺灣」在現實中相互糾纏，在歷史中前後延續、滲透、轉化、變異，無論從哪一個方向來看，離開「民國文學」的歷史與現實，都無法清晰道出現代「臺灣文學」的脈絡與底蘊，這一理念，似乎已經為越來越多的臺灣學者所認可，臺灣文學研究者如陳芳明、黃美娥都多次出席兩岸舉辦的「民國文學研討會」，發表了梳理民國文學與臺灣文學關係的重要論文。

「華語語系文學」（Sinophone literature）是當今華文文學界的最有代表性的命題。儘管其倡導者史書美、王德威、石靜遠等人的具體觀念尚有不少的差異，但是突破華文文學的「中國中心」立場，在類似於英語語系、法語語系、西班牙語系的多樣化格局中建立各華人世界的文化獨立性和主體性，確實是他們的共同追求：「中國內地各種討論海外華文文學的組織、會議、出版，其實存在著一個不可摒除的最後界限，即要歸納在一個大中國的傳承之下，成為四海歸心的一個象徵。很多海外學者會覺得這種做法是過去的、老派的、傳統的帝國主義的延伸，於是提出華語語系文學，使之成為對立面的說法。」〔註7〕擺脫「西方中心主義」來談論「全球文學」，去「中心」、解「權力話語」，不再將華語文學當作某種「中國」本質的「離散」，而是始終在流動性、在地化、變異與重構中生成，這是「華語語系文學」的基本追求。應當說，「民國文學」的研究理念剛好可以與之構成有趣的對話：作為文化主體性與學術主體性的建構，兩者顯然有著共同的意願，

不過，在不斷表述擺脫西方理論模式束縛的同時，「華語語系文學」卻將主要的批判矛頭對準了「中國性」與「中國文化」，史書美甚至為了執著地對抗「中國」，將中國文學排除在「華語語系文學」之外。這裡就產生了一個需

〔註7〕李鳳亮：《「華語語系文學」的概念及其操作——王德威教授訪談錄》，載《花城》2008年第5期。

要認真探討的問題：阻擾現代華語世界精神主體性建構的力量是否就主要來自「中國」，而非實力更爲強大的歐美？或者說，在普遍由歐美文化主導的「現代性」格局中，各種現代中華文化形態的經驗更缺少相互啓迪、相互借鑒與相互支撐的可能？如果考慮到「現代性」的言說模式迄今基本還是爲歐美強勢文化所壟斷，「大華文區域」依然共同承受著這些文化壓力之時。以「在地」華文世界各自的經驗獨特性構製各自的「主體性」固然重要，在華文世界與其他世界的比照中尋找我們共同的經驗、重建華文文學本身的認同和主體價值，同樣不可或缺。而「民國文學」的經驗梳理，也就是華文世界的「現代認同」的基礎，也是華文文學主體性的主要根據，「作爲方法的民國」需要在這樣共同的文化經驗的基礎上加以提煉。

這裡具有中華文化的共同傳統與民族記憶，又都在不同的條件下融入了全球現代化的過程。文學發展的背景同樣經歷了農業文明到工業文明、後工業文明的歷史過程，同樣遭遇了從威權專制到現代民主的轉變。

就文學本身而言，同樣具備了中國古典文學的修養和基礎的積澱，同樣進入到現代白話文學的時代，雖然因爲政治意識形態的介入，中國新文學傳統的理解和繼承方式有別，彼此有過對新文學傳統的不同的認識——大陸以左翼文學爲正統，臺灣等區域可能更認同以胡適爲代表的自由主義，但是作爲大的現代文學經驗依然具有相當的同一性。〔註8〕

對主體性的任何形式的尋找最終都不是爲了將自身的族群從周遭的世界中分裂出來，而是爲了更深刻地認識自我，發現自我的價值，最終也可以與「他者」更好地溝通與共存。大陸「中國中心」意識值得警惕和批判，但是與其徑直將大陸中國的華文文化視作對立的「他者」，毋寧將其當作既挑戰自我又激發自我的「他者」，而且這樣的「他者」也不能取代我們從歐美強勢文化的「他者」中承受的壓力，換句話說，大陸中國的華文世界並不是包括臺灣在內的華文世界的唯一的壓力，各區域華文文學的成長同時也不斷感受著來自其他文化力量的持續不斷的擠壓和挑戰。如果我們能夠面對這樣的事實，那麼，就會發現，華文文學世界的「共同經驗」的分享依然有效，依然重要，依然值得進一步挖掘和發揚，而在民國——這樣一個由華人所建立的現代意義的文化形態中，存在著值得我們共同珍惜的精神遺產。正如王德威

〔註8〕 參見李怡：《命運共同體的文學表述——兩岸華文文學視野中的「民國文學」》，《社會科學研究》2013 年 6 期。

所意識到的那樣：「在我看來，將海外與中國內地相對立，是另一種劃地自限的做法……如果只強調海外的聲音這一面，就跟大陸海外華文文學各種各樣的做法沒有什麼兩樣，只不過站在反面而已。」「對於分離主義者來說，我覺得華語語系文學這個概念也適用……如果你不知道中國是什麼樣子的話，你有什麼樣的能量和自信來聲明你自己的一個獨立自主的自為的狀態（不論是政治或是文學的狀態呢）？〔註9〕

〔註 9〕李鳳亮：《「華語語系文學」的概念及其操作——王德威教授訪談錄》，載《花城》2008 年第 5 期。

序

　　伍小濤教授的大作《知識份子與近代中國社會變遷》已完稿，在正式交付出版之前，小濤兄囑我寫個讀後感。說實在話，由於雜事纏身，已有相當一段時間沒有靜下心來好好拜讀學界同仁的成果了，自己的學問也始終輕佻漂浮，不見一絲長進。但礙於同鄉好友的情面，加之小濤兄平時對我幫助頗多，於是把這一任務應承了下來。

　　做知識份子的研究其實並不是一件容易的事情。什麼是知識份子？學術界至今沒有一個統一的界定。是立足於「知識人」，還是立足於「理念人」，國內國外的立場也不一致。在政治史範式下，知識份子作爲階級分析的對象，最初屬於「小資產階級」的範疇，後來一度歸入「資產階級」的隊伍，再後來就成了「工人階級的一部分」。在社會史範式下，知識份子是作爲一個社會階層來對待的。事實上，不管是「階級」分析方法，還是「階層」分析方法，都不可能完整地描述出中國知識份子的全貌，因爲中國的知識份子自春秋戰國之後，一直處於極度分化的狀態，作爲階級劃分的標準（分工及其基礎上的生產資料所有制）和階層劃分的依據（職業、財富和威望綜合而成的社會地位）都很難將他們捆綁在一起，正如毛澤東所言：「知識份子和青年學生並不是一個階級和階層」〔註1〕。

　　知識份子作爲文化與思想的傳承者，常常被認爲是「社會的良心」，是人類基本價值的維護者。學界在論及中國古代知識份子時，首先映入眼簾的往往是他們「達則兼濟天下，窮則獨善其身」的高貴品質和「富貴不能淫，貧賤不能移，威武不能屈」的大丈夫形象。但求諸歷史，知識份子其實是一個

〔註1〕毛澤東：《毛澤東選集》第二卷，人民出版社1991年版，第641頁。

很複雜的社會群體，他們當中品類不齊，良莠雜陳。他們既是最有骨氣的一群，寧願餓死街頭也不受「嗟來之食」；他們也是最沒骨氣的一群，自形成以來就仰人鼻息。他們既可能身處高官厚祿，憂國憂民，成為高雅文化的創造者；他們也可能流落街頭，幫閒賣藝，成為庸俗文化的代言人。他們學而優則仕後，可以為維護既有統治秩序竭心盡力；他們富貴無門時，也可以為各種反叛力量指點江山。杜亞泉先生曾就中國古代知識份子的基本特性作過專門的論述，他說：「智識階級者達則與貴族同化，窮則與遊民為伍。……向來生活於貴族文化及遊民文化中，故其性質，顯分二種。一種為貴族性質，誇大驕慢，凡事皆出以武斷，喜壓制，好自矜貴，視當世人皆賤，若不屑與之齒者；一種為遊民性質，輕佻浮躁，凡事皆傾向過激，喜破壞，常懷憤恨，視當世人皆惡，幾無一不可殺者。」〔註2〕儘管其觀點有些激進、片面，但把「社會的良心」這頂桂冠僅僅加冕於知識份子也確實不太公允。特別是自秦漢以降，中國的知識份子被牢牢地禁錮在專制皇權的囚籠之中，不管他們的內心世界如何，他們在現實生活中只能以統治階級的意志為皈依，他們身份地位的沉浮，除了自身的聰明才智外，最重要的還是取決於他們對專制皇權勢力的屈從與否。也就是說，在封建專制統治之下，知識士人很難有真正意義上獨立自由的人格。

　　時至近代，中國社會發生了有史以來最為深刻的變革，不同的生產方式、經濟形態、政治文化、思想意識、階級階層在同一時空中並存、交匯、碰撞，此消彼長，知識份子也身不由己地捲入時代劇變的漩渦，或抱殘守缺，或棄舊納新，或彷徨觀望。伍小濤教授的大作所描述的正是這一歷史背景中知識份子所走過的心路歷程。

　　該書其實是一部論文自選集，選取的 20 篇論文都已在各種刊物公開發表，其中大部分刊載於 21 世紀的最初十年，集中反映了這一時段作者的研究旨趣和思想狀態。內容涉及中國近代知識份子、政治文化、政治社會化、農村嬗變等多個方面。對中國近代知識份子的研究是全書的重點，其中又包括知識份子的心理特質、心路歷程、價值重塑、階層分化、政治社會化、知識譜系、反右運動等。開篇之作《從邊緣到主流：中國知識份子百年心路歷程》的結論部分可視為總攬全書的基本觀點，寫得很精彩，不妨摘引如下：

〔註2〕　杜亞泉：《中國政治革命不成就及社會革命不發生之原因》，載《東方雜誌》
　　　　　十六卷第四號。

知識份子一百年來從邊緣到主流的心路歷程，是一部充滿曲折、痛苦、無奈和抗爭的歷史。在這歷史過程中，身份認同和社會變遷起著重大的作用。19世紀末20世紀初社會層面爲專業化的知識份子的形成和邊緣化，從某種程度上說，有利於獨立人格的形成和自由思想的張揚。然而，幾千年來，「集道統與政統於一身」的慣性和「立功」「立言」的心態，又使知識份子向主流社會靠攏，於是一時出現了「出山要比在山清」的現象。而對政治的依附性，反過來又加速了知識份子的邊緣化。從蔣介石的文化、思想控制，到毛澤東的思想改造、反右運動和文化大革命，知識份子無不被推向社會的邊緣。因此，知識份子想在主流社會立一席之地，必須有自己的公共領域，具有獨立的批判和自由精神。改革開放後，知識份子在社會分層上成爲主流社會的一重大部分。在政治資源和經濟資源上享受一定的權利，在建構社會主義意識形態上和政治文明、物質文明的建設上起著重大的作用。然而我們不能不看到：知識份子在經濟和政治主流的同時，其思想和價值也犬儒化了。因此，從某種程度上講，知識份子的邊緣化又未必不是一件好事。

作爲傾注了作者多年心血的結晶，該書具有不少亮點。第一，既有宏觀的視野，又精於微觀的考證。《從邊緣到主流：中國知識份子百年心路歷程》、《中國近現代巨變視角下的農村嬗變》、《嬗變與遞進：中國百年政治文化的歷史考察》等都顯示出作者大氣磅礴、登高覽小之氣概，而《陳天華自殺之謎探析》、《權威學解讀：王明》等則體現了作者對具體歷史事件考究的精細入微。第二，多學科理論和方法的運用。該書是一部史學著述，在遵循史學研究基本規範的同時，可看出以往政治史範式下某些革命性話語的痕跡，但社會史範式下的現代性話語甚至後現代話語色彩更爲濃厚。社會分層理論、帕雷托精英理論、心理學理論、知識譜系學理論、政治社會化理論、政治文化理論等等及與這些理論配套的研究方法都在該書中得到展示。第三，研究視角的獨到新穎。該書所涉及的內容大部分學界已有比較豐富研究成果的話題，該書的亮點就在於獨闢蹊徑，從新的視角重新對這些話題進行審視。如：從家境和生理缺陷入手去考察陳天華自殺的原因；從社會結構入手去論證中國共產黨執政的合法性；從權威學的視角去比較王明和毛澤東地位的變化；從知識譜系學的理論去解讀中共一大知識份子黨員的分化及其對中國革命的

進程和走向的深刻的影響，等等，無不體現了作者的標新立異和獨具匠心。第四，提出了不少具有創新性的觀點。這一點是和作者獨特新穎的視角緊密相關的。具體的創新性觀點，在此不一一列舉。第五，強烈的現實主義情懷。全書研究的都是歷史，但其指向大都與現實相關。這一點，作者在有些文章中進行了明確的表述，更多的則隱含在字裏行間，這些都體現出作者作為知識份子所應該具有的強烈的社會責任意識。

當然，由於該書是一部論文集，也就難免存在一些小小的瑕疵，如沒有形成嚴密完整的邏輯體系，時間的連貫性不強，研究內容存在交叉重合，等等。

回到標題：做一個好的知識份子真的很難。難就難在人格獨立和社會擔當。在傳統社會裏，絕大多數知識份子依附於專制皇權。在現代社會裏，一些知識份子照樣依附於權勢，一些知識份子依附於資本，還有一些著名公知甚至不顧民族利益而成為了西方反華勢力的代言人。我本人肯定算不上好的知識份子，小濤兄呢？我看也還有差距。從其著述中可以看出他對人格獨立、思想自由的追求。但在現實生活中，他的苦惱也不比別人少。儘管如此，小濤兄心中畢竟有一個好的知識份子形象並試圖朝著這一目標努力，這是值得慶幸的。

歐陽恩良

序　歐陽恩良

目次

上　篇

從邊緣到主流：
中國知識份子百年心路歷程 〔註1〕

　　十九世紀末二十世紀初是近代中國知識份子的形成時期。由於科舉制度的廢除，新興知識份子仕進無門，在經濟、政治和文化思想上日益邊緣化。但長期道統和政統信奉的傳統，促使知識份子盡力由疏離重返社會的中心。可以說，二十世紀的歷史，是知識份子從邊緣到主流的歷史。本文將具體考察一百多年來知識份子的心路歷程。

　　在傳統社會裏，知識份子的前身──士，在政治統治秩序中一直處於中心地位。他們不但佔有了政治資源、經濟資源，而且佔有了思想資源。正如余英時先生所說：「在比較安定的時期，政治秩序和文化秩序的維持都落在『士』的身上；在比較黑暗或混亂的時期，『士』也往往負起政治批評或社會批評的任務。通過漢代的鄉舉里選和隋唐以下的科舉制度，整個官僚系統大體上是由『士』來操縱的。通過宗族、學校、鄉約、會館等社會組織，『士』成為民間社會的領導階層。」〔註2〕科舉制的廢除，一方面「朝為田舍郎，暮登天子堂」士的上升路徑被切斷，致使「士為四民之首，坐失其業，謀生無術，生當此時，將如之何？」〔註3〕另一方面，正統的儒家意識形態失去國家權力的制度化依託，尊西崇新成為當時社會的主流。在這種情況下，處於政治邊緣化和文化邊緣化的士不得不留學國外和進入在城市辦的新式學堂：「自

〔註1〕載《文化中國》（加拿大）2007年第1期。
〔註2〕余英時，中國知識份子的邊緣化〔J〕，二十一世紀：網路版，2003（6）。
〔註3〕劉大鵬，退想齋日記〔M〕，濟南：山西人民出版社，1990年，第149頁。

辛壬之間，尉屬遊學，明詔皇皇，青衿之子挾希望來東遊者如鯽魚。」〔註4〕新興知識份子也由此形成。即使留在鄉村私塾的士也不得不參加因地方自治而設置的諸多機構，如城鎮鄉議事會、城鎮董事會、地方自治研究所等，充當議員、職員、鄉董、鄉佐、文牘、庶務、辦事員等職務，從地方自治經費中領取薪水。〔註5〕由於他們遠離有著「差序格局」的鄉土社會，進入自由浮動的都市空間。因此，工作性質和空間交往網路發生了改變。譯書、出版、辦報和從事現代教育職業等邊緣事業漸漸成為知識份子的正業和主流。但城市容納空間的有限，使「學生者，又不能不謀自存之道，不能不服事畜之勞。於是無問其所學為工、為農、為商、為理、為文、為法政，乃如萬派奔流以向政治之一途，仰面討無聊之生活。」〔註6〕新興邊緣知識份子可謂落寞而蒼涼。而現代的職業分工、階級利益的分化和現代多元意識形態的出現，又「使得都市知識份子出現了有機化，知識份子不再有統一的意識形態，如同古希臘各城邦國家都有自己的神祇一樣，在不同的都市知識份子之間，也有各自所崇拜的意識形態，形成了由抽象的書寫符號所構成的交錯複雜的意識形態空間網路。」〔註7〕19世紀末20世紀初，中國社會思潮紛呈與這有莫大的關係。當時主要思潮有國粹主義、無政府主義、民族主義、自由主義和社會主義等，但沒有哪種主義獨領風騷。胡適所說，中國六七十年的歷史所以一事無成，中國的民族自救運動之所以失敗，是因為把六七十年的光陰拋擲在尋求建立一個社會重心而終不可得。〔註8〕從思想演進的角度看，間接說明了當時缺乏一種處於主流地位的思想。由於19世紀末20世紀初，正是中國由傳統社會向現代社會的轉型時期。根據法國當代社會學家涂爾幹的觀點：在轉型期社會裏，人們賴以生存的舊社會的社會組織已經解體而新的社會組織還沒有建立起來。這時，人民不僅失去了心理和情感方面的依託，而且也喪失了經濟生活的基本保障。因此社會要維持和發展下去，就必須提供新的組織形式，即社會重組，為人類心理情感以及經濟生活上新的依託〔註9〕。清末民

〔註4〕 文詭，非省界〔J〕，浙江潮（3）。

〔註5〕 憲政編查館奏核議城鎮鄉地方自治章程並另擬選舉章程奏摺〔A〕，故宮博物館明清檔案部，清末籌備立憲檔案史料（下冊）〔C〕，北京：中華書局，1979年，第724〜741頁。

〔註6〕 李大釗文集（上冊）〔M〕，北京：人民出版社，1984年，第426〜427頁。

〔註7〕 許紀霖，都市空間視野中的知識份子研究〔J〕，天津社會科學，2004－3。

〔註8〕 胡適，慘痛的回憶與反省〔J〕，獨立評論，1932－9－18。

〔註9〕 王惠巖，政治學原理〔M〕，北京：高等教育出版社，1999年，第215〜216頁。

初，政黨和團體的盛行，便是邊緣的知識份子紛紛尋求組織的建立的產物。
同時，處於邊緣的知識份子在留學國外的過程中，由於留學的國度和留學的
路徑不同，其邊緣的程度和價值取向也不同。具體表現爲：

　　留學日本的知識份子主要是自費的。據浙江同鄉會的一份調查資料，1903
年該省留日學生 130 名，其中通過本省官費、使館官費、南洋官費、北洋官
費、四川官費以及地方公費所選派的學生僅 42 人，而自費學生竟達 88 人。〔註
10〕由於他們「一般地是受帝國主義、封建主義和大資產階級的壓迫，遭受著
失業和失學的威脅。因此，他們有很大的革命性。他們或多或少地有了資本
主義的科學知識，富於政治感覺，他們在現階段的中國革命中常常起著先鋒
的和橋樑的作用。」〔註 11〕所以十九世紀末二十世紀初中國的革命運動，如
辛亥革命，正如李書城所說的那樣：「上等社會既誤於前，崩潰決裂，俱待繼
起者收拾之。爲今日之學生者，當豫勉爲革新之健將，使異日放一大光彩，
以照耀於亞洲大陸之上，毋使一誤再誤，終罹亡國之禍，以爲歷史羞。前途
茫茫排山倒海之偉業，俱擔荷於今日學生之七尺軀，則對上等社會所負之責
任重也。下等社會爲一國之主人，如何使完其人格，如何使盡其天職，必養
其獨立自營之精神，而後能爲世界之大國民，以立於萬馬奔騰潮聲洶湧之競
爭場而不碚。今日之學生，即下等社會之指向也，則對下等社會所負之責任
重也。」〔註 12〕基本上由那些自謂爲「中等社會」的留日學生和新式學堂培
養出來的邊緣知識份子，通過「破壞上等社會」，「提攜下等社會」發起的。
因此，章太炎說：「以前的革命，俗稱強盜結義；現在的革命，俗稱秀才造反」
〔註 13〕隨著革命奪取政權後，邊緣知識份子在政治、經濟地位的改變，其政
治思想和政治態度也發生改變。一部分知識份子由邊緣到主流，成爲認同新
政權新的既得利益階層，而大部分知識份子是疏離體制外的游離階層。〔註 14〕
廣大邊緣知識份子的存在，成爲社會動盪的一個極不穩定因素。

　　留學英美的知識份子，在整個邊緣知識份子群中，儘管人數不多，但由
於大多是官派留洋者，與主流社會的關係，相對留日學生來說，比較密切，因

〔註 10〕浙江同鄉留學東京題名〔J〕，浙江潮（3）。
〔註 11〕毛澤東選集：第二卷〔M〕，北京：人民出版社，1991 年，第 604 頁。
〔註 12〕李書城，學生之競爭湖北學生界〔J〕，1903－2。
〔註 13〕陳平原，晚清志士的游俠心態〔A〕，許紀霖主編，20 世紀中國知識份子史論
　　　　〔C〕，北京：新星出版社，2005 年，第 176 頁。
〔註 14〕伍小濤，論辛亥革命時期知識份子階層的分化（待發）。

此，他們的政治思想相對比較保守。一般他們主張改良而不主張革命。正如有人評論道，他們感覺在當時的情況下，「不革命沒有出路，革命也沒有出路」。「而他們擔心革命會造成更大的內亂，因此他們提出，從考慮政局的穩定出發，必須加強現有的政權力量，實行獨裁；經過一段開明專制的時期，才能適當地考慮過渡到一個旨在造福民眾的比較溫和的政府形式。」〔註15〕同時，留學的國度是自由主義氣氛比較濃厚的英美，因此，很大部分的留美留英知識份子是自由主義者。據專家實證研究，具有強烈自由主義傾向的《獨立評論》的同仁大都是留美留英的知識份子。〔註16〕由於是自由主義者，個性解放、人格獨立和自由、理性的價值等特徵在他們身上表現得淋漓盡致。但是由於「中國的自由主義者先天不足，後天失調」。〔註17〕和中國社會結構沒有發生深刻的變遷——中產階級的崛起，他們這些力圖通過言論和知識的力量，重返社會的中心的人只能是「淒慘的落日餘暉」〔註18〕正如美國學者格里德所說：「自由主義在中國失敗並不是因為自由主義者本身沒有抓住他們提供了的機會，而是因為他們不能創造他們所需要的機會。自由主義之所以失敗，是因為中國那時正處於混亂之中，而自由主義所需要的是秩序。自由主義的失敗是因為，自由主義所假定應當存在的共同價值標準在中國卻不存在，而自由主義又不能提供任何可以產生這類價值準則的手段。它的失敗是因為中國人的生活是由武力來塑造的，而自由主義的要求是，人應靠理性來生活。簡言之，自由主義之所以在中國失敗，乃因為中國人的生活是淹沒在暴力和革命之中的，而自由主義則不能為暴力與革命的重大問題提供什麼答案。」〔註19〕

而留學法俄的知識份子，與留日、留美知識份子相較，更處於邊緣層。因為留法的學生，主要是儉學和勤工儉學之人。他們是「只受過中等教育的

〔註15〕王彬彬，讀書札記：關於自由主義〔A〕，張明主編，知識份子立場：自由主義之爭與中國思想界的分化〔C〕〕，長春：時代文藝出版社，2000年，第168頁。

〔註16〕章清，「學術社會」的建構與知識份子的「權勢網路」——〈獨立評論〉群體及其角色與身份〔J〕，歷史研究，2002－4。

〔註17〕殷海光，中國文化的展望〔M〕，北京：中國和平出版社，1988年，第275頁。

〔註18〕許紀霖，社會民主主義的歷史遺產——現代中國自由主義的回顧〔A〕，張明主編，知識份子立場：自由主義之爭與中國思想界的分化〔C〕，長春：時代文藝出版社，2000年，第485頁。

〔註19〕格里德，胡適與中國的文藝復興〔M〕，南京：江蘇人民出版社，1989年，第368頁。

青年，有提高科學文化水準的願望，但因家境貧寒，無力升學，一旦知道可以到法國經過勤工達到升學的目的，便想盡辦法奔向這條路上來。」〔註 20〕李維漢就是其中一個。他的赴法求學的費用，主要靠第一師範教員朱炎的資助。〔註 21〕而留俄的學生，主要是適應中國共產主義運動的需要，由俄國資助，通過在上海辦的補習班而進行。其經濟、政治地位與留法學生相比，也好不了多少。他們大都與草根社會關係密切，因此，他們自居社會的邊緣，反叛體制，反叛主流。毛澤東所道：「國家的情況一天一天壞」，「環境迫使人們活不下去。懷疑產生了，增長了，發展了。」〔註 22〕指的就是這一部分知識份子。中國二十世紀二、三、四十年代共產主義運動就是由他們發起和領導的。

除此留學生外，還有新式學堂培養出來的大量知識份子。他們散居全國各地。或從屬「中等社會」，或從屬自由主義，或從屬「斷裂社會」的邊緣。他們與留學生一樣，力圖回歸社會的中心。他們認為：「唯一之救國方法，止當致意青年有志力者，從事於最高深之學問，歷二三十年沉浸於一學。專門名家之學者出，其一言一動，皆足以起社會之尊信，而後學風始以丕變。即使不幸而國家遭瓜分之禍，苟此一種族，尚有學界之聞人，異族虐待之條件，必因有執持公理之名人為之刪減。於是種人回復之力，可不至於打消淨盡。」〔註 23〕但是，十九世紀末二十世紀初的社會結構，「不再是一個以讀書人為中心的四民社會，而是一個無中心的『斷烈社會』」〔註 24〕。在這個社會中，不但知識份子處於邊緣化，工人、農民、軍人、商人也處於邊緣化。但由於社會失序，掌控政治權力和權利的是軍事和經濟強力。因此，軍人和商人因社會的需求而崛起。羅志田先生所述：「民國成立，軍焰薰天」，便是時代的寫照，〔註 25〕說的就是這種情況。軍人和商人的主流化，從某種程度上講，阻

〔註 20〕李維漢，回憶與研究（上）〔M〕，北京：中共黨史資料出版社，1986 年，第 13 頁。

〔註 21〕李維漢，回憶與研究（上）〔M〕，北京：中共黨史資料出版社，1986 年，第 5 頁。

〔註 22〕毛澤東選集：第 4 卷〔M〕，北京：人民出版社，1991 年，第 1470 頁。

〔註 23〕吳敬恒選集〔M〕，臺北：文星出版公司，1967 年，第 221 頁。

〔註 24〕許紀霖，「斷裂社會」中的知識份子（編者序）〔A〕，許紀霖主編，20 世紀中國知識份子史論〔C〕，北京：新星出版社，2005 年，第 2 頁。

〔註 25〕羅志田，近代中國社會權勢的轉移——知識份子的邊緣化與邊緣知識份子的興起〔J〕，開放時代，1999 年。

礙了邊緣知識份子的中心化。同時，知識份子的自我邊緣化，也拓寬了其疏離的幅度。「我很慚愧，我現在還不是一個工人。」〔註26〕「然而僭竊者何嘗專是帝王貴族紳士的高號呢？我們不勞亦食的人對於社會犧牲的無產勞動者，也是僭竊者，將來他們革我們的命，和我們以前的人革帝王貴族的命是一種運動」〔註27〕等這些諸如自我貶抑的言論，正如有人指出的那樣：使「知識份子失去了抗衡統治者的正當性與自信。同時，社會也失去多元的聲音，政治決策也全面輕視專業知識的重要性，以及許許多多的問題也跟著產生了。」〔註28〕因此，從形成到二、三十年代，中國近代知識份子一直游離於社會的邊緣，儘管一部分知識精英想重返中心，但中國的社會結構和社會政治生態環境的變遷，嚴格地妨礙著這種升級。只是到抗日戰爭時期，由於救亡壓倒了啟蒙，邊緣知識份子出現了「短暫的春天」。

就國民政府而言，要集中「全國所有人才，無論是軍事、政治、經濟、財政、教育、工程、技術以及社會方面的各種人才」實現「抗戰建國」，必須「猛醒過去不能保育青年，領導青年之罪愆」「急起直追」〔註29〕因此，國民政府實行了自由主義知識份子所說的「開明專制」。國民黨中央指示中政會和教育部發出 200 份聘書，邀請大學教授、各界領袖參加蔣介石的廬山談話會。一時來源草根社會的、自由主義的形形色色的知識份子，因抗日活躍於主流社會。自詡為「哲學是我的職業，文學是我的娛樂，政治只是我的忍不住的新努力」〔註30〕的胡適這時也擔任了國民政府的駐美大使，而且一做就是七年。但是，當時的中國社會是：「人人由一個權力中心點投射出去，再由此權力中心點將每人繫縛著以對此一權力中心點負責。於是人格、知識、社會，不復是人的出發點與歸結點，只有此權力中心才是人的出發點與歸結點。」〔註31〕這對有著「清議」傳統的知識份子（在傳統的中國，每遇政治危機和經濟

〔註26〕施存統，覆軼千〔N〕，民國日報・覺悟副刊，1920－4－16。
〔註27〕王泛森，近代知識份子自我形象的轉變〔A〕，許紀霖主編，20 世紀中國知識份子史論〔C〕，北京：新星出版社，2005 年，第 116 頁。
〔註28〕王泛森，近代知識份子自我形象的轉變〔A〕，許紀霖主編，20 世紀中國知識份子史論〔C〕，北京：新星出版社，2005 年，第 116 頁。
〔註29〕魏繼昆，抗日時期國共兩黨知識份子政策之比較〔J〕，東北師大學報（哲學社會科學版），1995－3。
〔註30〕胡適，我的歧路〔A〕，胡適作品集：第9集〔C〕，第9頁。
〔註31〕徐復觀，中國知識份子的歷史性格及其歷史的命運〔A〕，許紀霖主編，20 世紀中國知識份子史論〔C〕，北京：新星出版社，2005 年，第 74 頁。

困難的時候，或者文人們組織起來討論那些他們認為政府舉措失宜的問題的時候，就會出現這種以「清議」為事的集團。每當遇到這種情況，他們就要想辦法來恢復政府的元氣，使它更能適應社會的需要。）〔註32〕和五四運動以來自視為革命的精英，有塑造輿論和改造社會使命的知識份子及其那些知識上獨來獨往的知識份子來說，無異是一種沉重的心理負荷和權勢打壓。因此，隨著抗日戰爭的結束，國統區的知識份子又迅速邊緣化了。

　　就中共而言，「為了團結一切可以團結的力量，爭取抗戰的勝利」和在將來的國共爭奪的政治格局中佔主導地位，也須在主控區充分發揮知識份子的作用。因此，中共在瓦窯堡會議決議中，制定了「三個一切」：「一切同情於反日反賣國賊的知識份子」不問其過去如何，「都能享受蘇維埃政府的優待」；「一切受日本帝國主義和漢奸賣國賊國民黨所驅逐輕視與虐待的知識份子，」「都可到蘇區來」；「一切革命的知識份子」，不問其出身如何，「蘇維埃政府給予選舉權和被選舉權」。〔註33〕接著又於1939年12月發出《大量吸收知識份子》的決定，向全黨指出「沒有知識份子的參加，革命的勝利是不可能的」。〔註34〕處於此語境下，大量知識份子湧向延安和各抗日根據地。因此，知識份子在中共統治區域內由邊緣到主流。王實味就是一個很好的例子。在國統區曾是為衣食發愁的青年，到延安後，被任命為中央研究院中國文藝研究室特別研究員，其工資四塊半，比當時政府主席林伯渠還多半塊，而且享受高級領導人才能享受的小灶待遇。〔註35〕但是為了把這種小資產階級知識份子納入無產階級意識形態體系內，還需「緊火煮來慢火蒸」〔註36〕鍛造出「新人」。因此，延安整風運動必要，意義重大而深遠。然而，在這種話語的置換過程中，一部分知識份子又由主流走向了邊緣。毛澤東所說：「最乾淨的還是工人農民，儘管他們手是黑的，腳上有牛屎，還是比資產階級和小資產階級知識份子都乾淨。」〔註37〕就是最好的注腳。

〔註32〕麥克法誇爾、費正清，劍橋中華人民共和國史：革命的中國的興起（1949～1965年）〔M〕，北京：中國社會科學出版社，1998年，第230頁。

〔註33〕中共中央檔選集（第十冊）〔M〕，中共中央黨校出版社，1989年，第610～611頁。

〔註34〕毛澤東選集：第二卷〔M〕，北京：人民出版社，1991年，第618頁。

〔註35〕黃昌勇，王實味：野百合花〔M〕，北京：中國青年出版社，1999年，第43～44頁。

〔註36〕煥南（謝覺哉），拂拭與蒸煮〔N〕，解放日報，1942-6-23。

〔註37〕毛澤東選集：第三卷〔M〕，北京：人民出版社，1991年，第851頁。

建國後，隨著新政權的建立，「新體制將各種類型的知識份子納入了先後建立起來的以單位爲核心以戶口爲紐帶的制度性網路之中，並且，與這種制度性約束相配合，各種類型的知識份子都相繼經受了以思想改造和意識形態批判爲標誌的話語轉換過程。」〔註38〕通過這一過程，到 1956 年，「知識份子的基本隊伍已經成了勞動人民的一部分；已經形成了工人、農民、知識份子的聯盟。」〔註39〕毛澤東熱情洋溢地指出：「在社會主義社會裏，主要的社會成員是三部分人，就是工人、農民和知識份子。知識份子是腦力勞動者。他們的工作是爲人民服務的，也就是爲工人農民服務的」。〔註40〕這樣，經過 60 年多年艱難跋涉，知識份子終於回歸主流。然而，反右運動和以後的文化大革命又使這種主流化曇花一現。只有到後毛時代「尊重知識，尊重人才」，知識份子才眞正走向主流。〔註41〕

綜上所述，知識份子一百年來從邊緣到主流的心路歷程，是一部充滿曲折、痛苦、無奈和抗爭的歷史。在這歷史過程中，身份認同和社會變遷起著重大的作用。從殷周時期起，中國的文人一直依附政治權勢，缺乏獨立的私人空間。一部中國古代政治思想史，實際上是一部奴化的歷史。19 世紀末 20 世紀初社會層面爲專業化的知識份子的形成和邊緣化，從某種程度上說，有利於獨立人格的形成和自由思想的張揚。然而，幾千年來，「集道統與政統於一身」的慣性和「立功」、「立言」的心態，又使知識份子向主流社會靠攏，於是一時出現了「出山要比在山清」的現象。因此，有人指出：「現代中國讀書人建構「學術社會」，其初衷是要擺脫政治的糾纏，重新確定讀書人在現代社會的位置，但最後的定位卻仍舊是一個依附性階層，並沒有擺脫傳統「士大夫」角色的曖昧性。」〔註42〕而對政治的依附性，反過來又加速了知識份

〔註38〕黃平，有目的之行動與未預期之後果——中國知識份子在 50 年代的經歷探源〔J〕，中國社會科學季刊，香港，1994－11。

〔註39〕毛澤東文集：第七卷〔M〕，北京：人民出版社，1999 年，第 270 頁。

〔註40〕毛澤東文集：第七卷〔M〕，北京：人民出版社，1999 年，第 270 頁。

〔註41〕許紀霖先生認爲：「直到 20 世紀的最後 20 年，當社會重新從國家中解放出來，知識份子也重新從邊緣走向了中心，但很快地，一個世俗的工商社會崛起，使得知識份子重新邊緣化，重新變得微不足道。」許紀霖，「斷裂社會」中的知識份子（編者序）〔A〕，許紀霖主編，20 世紀中國知識份子史論〔C〕，北京：新星出版社，2005 年。

〔註42〕章清，「學術社會」的建構與知識份子的「權勢網路」——〈獨立評論〉群體及其角色與身份〔J〕，歷史研究，2002－4。

子的邊緣化。從蔣介石的文化、思想控制，到毛澤東的思想改造、反右運動和文化大革命，知識份子無不被推向社會的邊緣。因此，知識份子想在主流社會立一席之地，必須有自己的公共領域，具有獨立的批判和自由精神。改革開放後，知識份子在社會分層上成為主流社會的一重大部分。在政治資源和經濟資源上享受一定的權利，在建構社會主義意識形態上和政治文明、物質文明的建設上起著重大的作用。然而我們不能不看到：知識份子在經濟和政治主流的同時，其思想和價值也犬儒化了。因此，從某種程度上講，知識份子的邊緣化又未必不是一件好事。

論辛亥革命時期
知識份子階層的分化〔註1〕

19 世紀末 20 世紀初是中國由傳統社會逐步向現代社會轉型的時期。作為此時期形成的新興知識份子階層經歷了一個構建和分化的過程。筆者選取 1912～1919 年為時間段，具體考察新興知識份子在政治上、組織上和思想上的分化。

（一）

按照社會學的觀點，社會分化是指社會結構系統不斷分解成新的社會要素，各種社會關係分割重組最終形成新的結構及功能專門化的過程。其基本形式有兩種：一種是社會異質性增加，即群體的類別增多；二是社會不平等程度的變化，即社會群體間的差距拉大。根據定義，辛亥革命後的知識份子不僅種類多樣化：有經商資產階級化的，有政黨官僚化的，還有游離社會邊緣化的；而且，新興知識份子的政治、經濟地位差距也逐漸擴人。具體說來，主要表現為：

1、政治上的分化。在傳統社會裏，知識份子的前身——士，在政治統治秩序中一直處於中心地位。他們不但佔有了政治資源、經濟資源，而且佔有了思想資源。余英時先生曾就此進行過精闢的論述：「在比較安定的時期，政治秩序和文化秩序的維持都落在『士』的身上；在比較黑暗或混亂的時期，『士』也往往負起政治批評或社會批評的任務。通過漢代的鄉舉里選和隋唐以下的

〔註 1〕載《貴州社會科學》2007 年第 6 期。

科舉制度，整個官僚系統大體上是由『士』來操縱的。通過宗族、學校、鄉約、會館等社會組織，『士』成為民間社會的領導階層。」〔註2〕科舉制的廢除，「朝廷失去了官僚體制自身的再造功能，朝野官民之間制度化的流通與平衡機制被破壞，有志之士仕進無門。」〔註3〕在體制變化的情況下，這些士進行新的路徑選擇。19世紀末20世紀初，出現了一股留學和大辦新式學堂的熱潮：「自辛壬之間，尉屬遊學，明詔皇皇，青衿之子挾希望來東遊者如鯽魚。」〔註4〕而這些新式學堂培養出來的學生和留學生，則是我們平常所說的中國近代知識份子。由於主流社會的政治合法性危機和自身在政治、經濟資源上的分配的下降，新興的處於社會邊緣層的知識份子，便內聚於民族主義大旗之下，開始了政治革命。董必武就是痛感「腥風血雨難為我，好個江山忍送人」才奮起推翻清王朝統治的〔註5〕。隨著新政權的獲取，邊緣層的知識份子一躍成為新政權的政治精英，掌握著新的政治資源、經濟資源和文化資源。宋教仁就是一個很好的例子。他原來是一個普通的落魄邊緣文人，辛亥革命後，成為了新政權的農林部長。隨著知識份子政治、經濟地位的改變，其政治思想和政治態度也發生改變。一部分人「開始蛻化，逐漸地喪失革命意志，而一昧追求個人的官職和利祿去了。」〔註6〕另一部分人「辭謝政治任務」，「專心開發實業」。〔註7〕再一部分人「成群結黨，花天酒地，置軍務於高閣」。〔註8〕據此，我們可以把這些由邊緣化的知識份子轉化而來的政治精英，在社會分層上分成兩層：居於核心圈的既得利益階層和處於體制外的游離階層。前者可以以宋教仁為首的中央官僚和以胡漢民為首的地方都督為代表；後者主要指的是孫中山及其周圍一些失意的知識份子。如柳亞子等「天天狂歌痛飲，喝醉了便在堆瓦礫的空場上亂跳亂滾」〔註9〕。而且這種分層是一種動態的分層。居於主流社會的有可能跌為邊緣人士，邊緣人士的有可能升格為主流精

〔註2〕 余英時，中國知識份子的邊緣化〔J〕，二十一世紀：網路版，2003（6）。

〔註3〕 周寧，驀然回首：廢除科舉百年祭〔J〕，書屋，2005（5）。

〔註4〕 文詭，非省界〔J〕，浙江潮（3）。

〔註5〕 李東朗 等，董必武〔M〕，河北：人民出版社，1997年，第15頁。

〔註6〕 吳玉章，辛亥革命〔M〕，北京：人民出版社，1961年，第148頁。

〔註7〕 馮自由，革命逸史：初集〔M〕，上海：商務印書館，1945～1947年，第194頁。

〔註8〕 龍浩池致陳其美函〔A〕，上海科學院歷史研究所，辛亥革命在上海史料選輯〔C〕，上海：人民出版社，1966年，第961頁。

〔註9〕 柳亞子，南社紀略〔M〕，上海：人民出版社，1983年，第75頁。

英。例如，李烈鈞在二次革命前，是江西的都督，屬於主流社會的既得利益
階層；二次革命後便亡命日本，成爲體制外的邊緣人士。同時，由於文化傳
承、政治理念和性格的差異，這種分層內部極其多樣化。在中央核心層，有
攀附新政權新統治者，成爲新的政治權貴的，如孫武等；有主張在現有的政
治統治之下，利用新的政治秩序，推行政黨民主政治的，如宋教仁等。在邊
緣層，有對新政權不滿，成爲新的社會衝突力量的，如孫中山和他的中華革
命黨；也有消沉墮落的。而且這政治分化在以後的歲月裏一直持續著，正如
有人所說：「一方面自由派和保守派徒勞地要求在軍閥統治下實行溫和的改
革，另一方面左派份子和民族主義者在蘇俄與日俱增的影響下加速了他們的
組織活動。」〔註10〕

　　2、組織上的分化。19 世紀末 20 世紀初，由於處於社會的轉型時期，根
據法國當代社會學家涂爾幹的觀點：在轉型期社會裏，人們賴以生存的舊社
會的社會組織已經解體而新的社會組織還沒有建立起來。這時，人民不僅失
去了心理和情感方面的依託，而且也喪失了經濟生活的基本保障。因此社會
要維持和發展下去，就必須提供新的組織形式，即社會重組，爲人類心理情
感以及經濟生活上新的依託。〔註11〕邊緣知識份子在與統治者的社會衝突中，
因此，撤銷政治權威的合法性，在地域的基礎上，尋求著組織的建立。興中
會、華興會、光復會、科學補習所等就是此語境的產物。由於統治者力量的
強大，被統治者便有進一步尋求全國統一組織的訴求。1905 年同盟會的建立，
便是新興的知識份子問鼎政治統治的組織表現。據記載，在同盟會初期入會
會員 979 人中，90％是一般學生和留學生。〔註12〕由於「大學生和知識份子
構成了 1911 年前革命黨的中堅力量，並且勢必成爲民國時期激進政黨的領導
人」〔註13〕因此，從某種程度上講，辛亥革命是一次知識份子團體的革命。
從政權的組織形式上，新興知識份子填補了清王朝失去統治的權力的真空。
又由於組織的利益個體的經濟、政治訴求不同，在共同目標——清王朝的政

〔註10〕周策縱 著，周子平 等譯，五四運動：現代中國的思想革命〔M〕，江蘇：人
　　　　民出版社，1996 年，第 332 頁。
〔註11〕王惠岩，政治學原理〔M〕，北京：高等教育出版社，1999 年，第 215～216
　　　　頁。
〔註12〕章開沅 等，辛亥革命史：中冊〔M〕，北京：人民出版社，1981 年，第 63 頁。
〔註13〕費正清 等著，章建剛 等譯，劍橋中華民國史：第二部〔M〕，上海：人民出
　　　　版社人民出版社，1992 年，第 44 頁。

治統治失去之後，組織上的分化，則是歷史的必然了。至於章太炎提出的「革命軍興，革命黨消，天下爲公，乃克有濟」〔註14〕在某種程度上，則具有一定的合理性。同盟會既然是一個「驅逐韃虜、恢復中華、建立民國，平均地權」的知識份子的集合體，在革命勝利後，也就失去了它應有的組織革命的功能。因此，我們大可不必用今人的眼光，苛求故去的賢哲。認爲章的主張，導致了同盟會組織的渙散。而宋教仁在新政權下變革組織形式，將同盟會改組爲國民黨，在知識份子和會黨外，拾取封建官僚、政客等其他人士，且把「力謀國際平等」改爲「維持國際和平」，宗旨變爲「以鞏固共和，實行平民政治爲宗旨」，固然是爲了加強組織力量，以達到實現資產階級民主政治的理念。但同時，也實現了知識份子從邊緣到主流的常規化。從這個方面來說，同盟會的改組，爲知識份子政治參與，提供了組織保障。由於在參與的過程中，利益訴求的不同，國民黨內部的分化和眾多新政黨的成立，則是自然的了。黃興曾說：「自袁賊亂國以來，一般士夫以權利相尙，即民黨多錚錚者亦侈言之，惡德相沿，成爲習氣。」〔註15〕因此，民元時期僅政治性團體就有312個，正如有人所說「目有視視黨、耳有聞聞黨、手有指指黨。」〔註16〕從某種方面上說，這些政黨不是嚴格意義上的近代資產階級政黨。它既沒有系統的黨章黨綱，又沒有嚴格的組織紀律，它倒有點像封建社會的朋黨。而且這些政黨都想把自己打造成強有力的政黨，然後運用政治力量，組織方法，深入和控制每一個階層、每一個領域，從而取得執政的地位。因此，各黨都想法設法拉攏人，擴大自己的力量。而黨員以入黨作爲競權牟利的工具，既掛名於甲黨，同時又掛名於乙黨，甚至並掛名於丙黨的。正如一學者評論道：「所有的政黨都與民眾不生關係，都成了水上無根的浮萍，在勢都沒有成功的希望。」〔註17〕因此，這些政黨都沒有生命力。1920年代一些知識份子痛定思痛重新進行組織，其基本標誌便是依託階級進行社會動員的「列寧主義政黨」的湧現。

　　3、思想文化上的分化。在傳統社會裏，儒家思想一直是社會文化的主體。通過制度層面，它不但政治化，而且最直接有力地保證了在意識形態的霸權

〔註14〕章炳麟之消黨見〔N〕，大公報，1911－12－12。
〔註15〕湖南社會科學院，黃興集〔A〕，北京：中華書局，1981年，第423頁。
〔註16〕黃遠庸，遠生遺著：上冊（卷2）〔M〕，北京：商務印書館，1984年。
〔註17〕李劍農，中國近百年政治史（1840～1926年）〔M〕，上海：復旦大學出版社，2002年，第328頁。

地位。廢除科舉，「使傳統國家失去政治意識基礎，也使儒家意識形態失去國家權力的制度化依託，使社會中文人邊緣化，也使文人的知識與價值儒學邊緣化。」〔註18〕由於主流文化儒學的邊緣化，一時意識形態出現了真空。一部分知識份子深感「近來有一種歐化主義的人，總說中國人比西洋人所差甚遠，所以自甘暴棄，說中國必定滅亡，黃種必定剿絕。因爲他不曉得中國的長處，見得別無可愛，就把愛國愛種的心，一日衰薄一日」〔註19〕，提倡國粹主義，欲建構新儒學統治。另一部分知識份子則從「歐風美雨」中尋求價值的重塑和對社會失序的批判。同時，由於近代中國知識份子的日趨「邊緣化」和「職業化」，不少學人對政治鬥爭的慘烈，產生了強烈的疏離甚至排斥的情緒，他們也從「批判的武器」轉向「武器的批判」。因此，辛亥革命時期社會思潮紛呈。單革命派的政治思想就有以黃興、章太炎、陶成章爲代表的「民族主義派」、以孫中山、胡漢民、汪精衛爲代表的「民族民權主義之激進派」、以陳天華爲首的「民族民權主義之漸進派」、以張繼爲領袖的「無政府主義派」和劉光漢的「社會主義派」等。〔註20〕辛亥革命後，由於政治動盪：「自從一九一二年袁世凱取得政權，一直到一九一九年五四運動以前，短短 7 年的時間裏，一切內憂外患都集中表現出來，比起過去 70 年憂患的總和，只有過之而無不及。」〔註21〕和革命的弔詭：「無量頭顱無量血，可憐購得假共和」一部分知識份子的心態由辛亥時期的積極進取一變爲消極、頹廢、遁世、遊戲人生。有人研究，當時知識份子：（1）政治心態：由熱忱參與到逃避政治。（2）生活態度：由俠義精神到遁世主義。（3）文學態度：由嚴肅高雅到售世媚俗。（4）文人酒色：由狂放浪漫到無聊無賴。〔註22〕因此，民國著名記者黃遠生說：「今日吾國大患安在？不佞以爲……所可疾首痛心引爲大患者，則人心之枯窘無聊希望斷絕是也。」〔註23〕但是，這種心態不可能長期持續下去。短暫的沉寂後，隨著新政權對新思想的反動，一部分沐浴西方民

〔註18〕周寧，驀然回首：廢除科舉百年祭〔J〕，書屋，2005（5）。
〔註19〕太炎，演講錄〔N〕，民報第 6 號。
〔註20〕中國社會科學院近代史研究所，辛亥革命時期期刊介紹（3）〔M〕，北京：人民出版社，1983 年，第 451 頁。
〔註21〕范文瀾，中國近代史的分期問題〔J〕，社會科學戰線，1978（1）。
〔註22〕余華林，辛亥至五四時期知識份子心態變化研究〔A〕，田伏隆 等，辛亥革命與中國近代社會〔C〕，湖南：嶽麓書社出版社，2003 年，第 405 頁。
〔註23〕黃遠生，論人心之枯窘〔A〕，近代中國史料叢刊三編：第 21 輯〔C〕，上海：人民出版社，1957 年，第 88 頁。

主思想的知識份子痛感封建君主專制「以君主之愛憎爲善惡，以君主之教訓爲良知，生死與奪，惟一人意志是從」造成「人格喪亡，異議杜絕」，使「民德、民知、民氣」掃地以盡〔註24〕，和「宗教上、政治上、道德上自古相傳的虛榮、欺人、不合理的信仰」〔註25〕揭櫫「科學」和「民主」，開始了新文化運動。這一運動，吸聚了一大批邊緣知識份子。一場新的革命風暴就在社會的邊緣醞釀著……。

（二）

根據社會分化的理論，大部分人生活水準上升，小部分人生活水準下降的分化屬於積極的分化。這種分化有利於社會的穩定。而少數人生活水準上升、大部分人生活水準下降的分化是消極的分化。這種分化將造成動亂和對固有社會秩序的破壞。19世紀末20世紀初，是中國社會劇烈分化，各種利益重組，由傳統向現代轉型的大變革時期。知識份子的這種急劇分化，是社會劇烈分化的反映。儘管在一定程度上，引起了社會震盪和政治失衡。但由於一部分知識份子處於社會的邊緣層，在中央的權力出現政治失控的情況下，趁機喚起被統治者被掠奪的情感，掠取地方權力，因此，辛亥革命後，一時出現了地方自治的浪潮：「民國初興，推行地方自治。縣以下置自治區，行政機關叫區自治局，後改稱區自治公所，無定員」〔註26〕由於地方對中央的整合失去了向心力。一方面，當中央的統治出現政治失範，例如，爲一己之私利或出賣國家民族利益時，地方有可能爲了自己的利益揭竿而起。如果統治者或繼任統治者不變更統治方式，統治者的統治便不能維持。袁世凱的垮臺，充分說明了這一點。正如黃興挽袁世凱聯道「好算得四十餘年天下英雄，陡起野心，假籌安兩字美名，一意進行，居然想學黃公路。僅做了八旬三日屋裏皇帝，傷哉短命，援快活一時諺語，兩相比較，畢竟差勝郭彥威」〔註27〕因此，從某種程度上說，促進了社會的進步。另一方面，由於一部分知識份子長期處於邊緣層，面對主流社會的政治失序和黑暗，很容易接受新的激進思潮，提出變革社會的要求。中國共產黨，雖然它的階級基礎是廣大的普羅

〔註24〕陳獨秀，吾人最後之覺悟〔N〕，新青年，1916－2－15。
〔註25〕陳獨秀，偶像破壞論〔N〕，新青年，1918－8－15。
〔註26〕于建嶸，岳村政治：轉型期中國鄉村政治結構的變遷〔M〕，北京：商務印書館，2001年，第136頁。
〔註27〕魏得勝，當紅袁世凱〔J〕，書屋，2005（5）。

階層，但創立時，它的組成成員卻是政治邊緣化的知識份子。他們不滿「國家的情況一天一天壞」，「環境迫使人們活不下去。懷疑產生了，增長了，發展了。」〔註28〕憤而組織政黨，提出以無產階級的革命軍隊推翻資產階級，建立無產階級專政，廢除私有制，直至消滅階級差別，聯闔第三國際。同時，由於另一部分知識份子也來源於邊緣層，對民間的疾苦有深刻的體會，因此他們很容易把封建文人的清議傳統發揚光大，從而在中國的歷史上出現了一批自視爲革命的精英，有塑造輿論和改造社會使命的新興知識份子。這也是中國近現代民本主義產生的一個根源。

　　總之，19 世紀末 20 世紀初知識份子的形成和分化，對中國現代社會的形成、發展和進步，起到了一定的作用，在一定程度上，它是一種積極的、進步的分化。

〔註28〕毛澤東選集：第 4 卷〔M〕，北京：人民出版社，1991 年，第 1470 頁。

陳天華自殺之謎探析 [註1]

　　1905 年 12 月 8 日，陳天華在日本東京大森灣蹈海自殉。關於他的死因，史學界進行了積極的探討，有的認為陳以死來激發國人，有的認為陳因對現實的悲觀失望而喪生。[註2] 筆者認為陳的死因是多種因素綜合作用的結果。

　　許多文章把陳的死因歸因於日本當局頒發的《取締留學生規則》。因此，首先有必要對《規則》加以說明。日本政府因「支那留學生之東渡者，今在學外閒遊不得入學者有三千餘人焉，以此三千餘人之眾，欲進校而不能，欲歸國而不可，東奔西走，逞無所之」[註3]；再加上一些留學生「常川出入於酒樓妓館，恣意遊蕩，樂而忘返，多有荒廢學業，相率而墮落者不可勝計，先來者，既作俑於前，而後到者更尤而傚之。」[註4] 嚴重影響了日本社會秩序的穩定。因此日本文部省出籠了一個對清朝留學生有重大影響的規則：「受選定之公立或私立學校，其令清國學生宿泊之寄宿舍或屬於學校監督之旅館，須受校外之取締。」「受選定之公立或私立學校，遇有清國人曾在他校以性行不良之故被命退學者，不得復令入學。」[註5] 自然引起了留學生們的抗

〔註 1〕　載《貴州文史叢刊》2004 年第 3 期。
〔註 2〕　關於這種爭論可參見劉宏章，《陳天華思想評價的若干問題》，《求是學刊》1986
　　　　　年第 2 期；陳一容：《陳天華蹈海自殉探因》，《西南師範大學學報》1997 年第
　　　　　3 期。
〔註 3〕　黃福慶，清末留日學生〔A〕，中央研究院近代史研究所編，中央研究院近代
　　　　　史研究所專刊（34）〔C〕，臺北：中央研究院，1975 年，第 284 頁。
〔註 4〕　順天時報〔N〕，光緒 30 年 11 月 22 日。
〔註 5〕　黃福慶，清末留日學生〔A〕，中央研究院近代史研究所編，中央研究院近代
　　　　　史研究所專刊（34）〔C〕，臺北：中央研究院，1975 年，第 282 頁。

議：「此次之抗爭，合八千人而爲一氣，而又嚴行自治，條理井然，絕無一毫暴亂情形，紀律之師，雖日人亦爲之氣懾。」〔註6〕而作爲留學生的陳天華雖然他也認爲「規則之頒，其剝我自由，侵我主權，故不待言。」〔註7〕但同時他意識到「此次規則，出於文部省，專言我國學務，且細觀條文，重在辦學方面，與前報迥乎不同。」〔註8〕因此在整個抗議風潮中，陳天華「君猶無動。」〔註9〕而且在《絕命辭》中告戒同仁：「鄙人死後，取締規則問題可了則了，切忽固執。」〔註10〕從上述內容來看，陳天華的死，與《取締留學生規則》無關，並不是主流書所說，以死激勵人們將反日鬥爭進行到底。

既然陳的死不是反抗規則的結果。根據社會學原理，社會誘因只是產生自殺行爲的條件，而自殺者的個性則是產生自殺行爲的根據。因此，對陳死因的探索，有必要從他的心態入手。據《湖南歷史資料》記載，陳天華幼年喪母，長兄是個生活不能自理的殘疾人，二兄早年夭亡，而相依爲命的父親家境貧寒，從而「居在鄉間，無人理睬。」〔註11〕而陳天華自己又「面廣而多痳。」〔註12〕這樣的家境和生理缺陷，從而使陳天華有一種強烈的自卑感。正如他自己在《絕命辭》所說：「無在不是悲觀，未見有樂觀者存。」〔註13〕而這種強烈的自卑感，又使他養成了多愁善感、情緒極不穩定的心態：「自幼生就了一種癡情，好替古人擔憂，講到興亡之上，便有數日的不舒快，……每每痛苦而返。」〔註14〕甚至「涕泗橫流，投書起舞，作憤慨狀。」〔註15〕而清末的黑暗和亡國奴的危機，又使具有強烈愛國者心的陳天華的這種負面

〔註6〕 辛亥革命（二）〔A〕，中國近代史資料叢刊〔C〕，上海：上海人民出版社，1957年，第223頁。

〔註7〕 陳天華，絕命辭〔A〕，劉晴波 等，陳天華集〔C〕，長沙：湖南人民出版社，1982年，第234頁。

〔註8〕 楊源濬，陳天華殉國記〔J〕，湖南歷史資料1959（1）。

〔註9〕 陳旭麓，宋教仁集〔M〕，北京：中華書局，1982年，第20頁。

〔註10〕 陳天華，絕命辭〔A〕，劉晴波 等，陳天華集〔C〕，長沙：湖南人民出版社，1982年，第235頁。

〔註11〕 羅元鯤，陳天華的青少年時代〔J〕，湖南歷史資料，1959（1）。

〔註12〕 楊源濬，陳天華殉國記〔J〕，湖南歷史資料1959（1）。

〔註13〕 徐佛蘇，對於陳烈士蹈海之感歎〔J〕，新民從報，第2年第4號。

〔註14〕 陳天華，獅子吼〔A〕，劉晴波 等，陳天華集〔C〕，長沙：湖南人民出版社，1982年，第90頁。

〔註15〕 宋教仁，烈士陳星臺小傳〔A〕，宋教仁集（上）〔C〕，北京：中華書局，1983年，第25頁。

情結雪上加霜。1905 年春，在一次留日湖南速成師範生畢業歸國餞行儀式上，陳天華「痛陳天演界自立之可懼，臚數世界之滅亡公理，指出波蘭、印度致亡之因，以與中國相比較。又謂中國實統匯各國亡國之弱點，有不足罄數，尋演尋哭，忽大喤一聲，仰倒在地，口沫交流，一座大驚，相與痛哭。」〔註16〕由於陳天華因國事常「憂憤益大過量，時時相與過從，談天下事，未嘗不哽咽垂泣也。」〔註17〕因此，「蓋自是憔悴憂傷，淚痕縈縈然不絕於目矣。」〔註18〕以這樣的心態投入革命，自然革命一遇挫折，便心灰意冷。1904 年底長沙起義流產後，陳天華暫住上海與黃興準備再起，但又因爲洩密而胎死腹中，陳天華絕望之至：「事不成，國滅種亡等死爲，何生爲？」〔註19〕陳這種「不願久留此人間」的人生態度，在他生命的最後兩年，表現得最爲強烈，他在言論中多次談到以身赴死：「死於今日，或可僥倖於萬一，死於異時，徒死無補。」〔註20〕「蓋志士遲早一死，不死於政府，必死於外敵。死，一也，又何擇焉。」〔註21〕並在行動中屢屢表現出輕生的舉動。因此，陳天華的死因，與他極度悲觀的心態有很大的關係。

　　同時，陳天華對生、死的看法和認識也是影響他蹈海自殉的一個重要方面。陳天華雖然也承認死亡是一個令人普遍困惑、普遍恐懼的問題。他常說：「諸君所畏者，死也。然而死，人孰不畏。」〔註22〕但是他對死的認識達到了更高的層次：「故我勸列位，撞著可死的機會，這死一定不要怕。我雖死了，我的子孫，還有些利益，比那受盡無窮的恥辱，到頭終不能免，死了更無後望的，不好的多嗎？」〔註23〕正如司馬遷所說：「人固有一死，或重於泰山，或輕於鴻毛。」因此陳天華認爲，爲國家爲民族利益而死是件很光榮的事，

〔註16〕楊源濬，陳天華殉國記〔J〕，湖南歷史資料 1959（1）。

〔註17〕陳旭麓，宋教仁集〔M〕，北京：中華書局，1982 年，第 20 頁。

〔註18〕宋教仁，烈士陳星臺小傳〔A〕，宋教仁集（上）〔C〕，北京：中華書局，1983 年，第 25 頁。

〔註19〕楊源濬，陳天華殉國記〔J〕，湖南歷史資料 1959（1）。

〔註20〕陳天華，敬告湖南人〔A〕，劉晴波 等，陳天華集〔C〕，長沙：湖南人民出版社，1982 年，第 11 頁。

〔註21〕陳天華，覆湖南同學諸君書〔A〕，劉晴波 等，陳天華集〔C〕，長沙：湖南人民出版社，1982 年，第 23 頁。

〔註22〕陳天華，敬告湖南人〔A〕，劉晴波 等，陳天華集〔C〕，長沙：湖南人民出版社，1982 年，第 11 頁。

〔註23〕陳天華，警世鐘〔A〕，劉晴波 等，陳天華集〔C〕，長沙：湖南人民出版社，1982 年。

正如他所說：「就是不幸身死，眾口交傳，全國哀痛，還要鑄幾個銅像，立幾個石碑，萬古流芳，永垂不朽。豈非可快到極處嗎？」〔註24〕所以，在亡國滅種的歷史關頭，他鼓勵同仁要以死「打救同胞出水火，這方算是大英雄、大豪傑。」〔註25〕指出：「俗話說的好，一人捨得死，萬夫不敢當。……捨死向前去，莫愁敵不住。」〔註26〕而且自己也決心慷慨赴死。據有關專家研究，陳天華自己舍生就死的言論有十餘次。〔註27〕陳天華這種「犧牲個人以爲社會；犧牲現在以爲將來。」〔註28〕的生死觀，固然反映了傳統儒家「捨生取義」「殺身成仁」的道德風範，但同時我們不能不考慮，陳天華之死與此有莫大關係。況且陳天華主張「知行合一」。他認爲：「夫空談救國，人多厭聞，能言如鄙人者，不知凡幾！以生而多言，不如少言之有效乎。」因此「徒以空言驅人發難，吾豈爲也。」〔註29〕他人生的自我設計是：「鄙人志行薄弱，不能大有所作爲。將來自處，惟有兩途，其一，則作書報以警世；其二，則遇有可死之機會死之。」〔註30〕所以在1903年拒俄運動、1905年北上之請願等許多事件中，陳天華都有以身殉道的行爲傾向。因此，從這一點講，陳天華之死是這種行爲的必然結果。同時，歷史語境對陳天華之死起了重大的催化作用。正如他自己所說：「我的國勢墮落十丈，比如一爐火，千個人添柴添炭，一個人慢慢運水，那火能打滅嗎？兵臨境上，你方才講學問，講教育，能開通風氣，猶如得了急症，打發人往千萬里之外買滋補的藥。直等到病人的屍首都爛了，買藥的人還回來，怎麼能救急嗎？爲今之計，唯有不顧成敗，節節打去，得寸是寸，得尺是尺。」〔註31〕「只有現在捨死做幾次，實在無

〔註24〕陳天華，警世鐘〔A〕，劉晴波 等，陳天華集〔C〕，長沙：湖南人民出版社，
　　　　1982年。
〔註25〕陳天華，警世鐘〔A〕，劉晴波 等，陳天華集〔C〕，長沙：湖南人民出版社，
　　　　1982年。
〔註26〕陳天華，警世鐘〔A〕，劉晴波 等，陳天華集〔C〕，長沙：湖南人民出版社，
　　　　1982年。
〔註27〕張顯菊，論陳天華蹈海〔J〕，吉林大學學報，1989（1）。
〔註28〕陳天華，警世鐘〔A〕，劉晴波 等，陳天華集〔C〕，長沙：湖南人民出版社，
　　　　1982年。
〔註29〕陳天華，絕命辭〔A〕，劉晴波 等，陳天華集〔C〕，長沙：湖南人民出版社，
　　　　1982年，第235頁。
〔註30〕陳天華，絕命辭〔A〕，劉晴波 等，陳天華集〔C〕，長沙：湖南人民出版社，
　　　　1982年，第235頁。
〔註31〕陳天華，警世鐘〔A〕，劉晴波 等，陳天華集〔C〕，長沙：湖南人民出版社，
　　　　1982年。

可如何了，那後輩或者體諒前輩的心事，接踵繼起，斷沒有自己不肯死，能使人死的……人所不爲的，我便當先做，這方算是眞讀書人。」〔註 32〕正因爲出於這種理念，陳天華勇於獻身，從而爲陳天華之死打下深深的愛國歷史烙印。

　　總之，陳天華的死，既有思想上的原因，又有負面心態的影響，還有歷史環境的因素在催化，是多種因素綜合作用的結果。

〔註 32〕陳天華，警世鐘〔A〕，劉晴波 等，陳天華集〔C〕，長沙：湖南人民出版社，
　　　　1982 年。

傳統文化與現代理念撞擊下的革命
——北洋時期師範教育的價值重塑〔註1〕

　　北洋時期（1912～1927 年）是中國由傳統社會向現代社會的轉型時期。在此轉型時期，中國的社會結構發生了劇烈變化，它「不再是一個以讀書人為中心的四民社會，而是一個無中心的『斷裂社會』」〔註2〕在這個社會中，不但知識份子處於邊緣化，工人、農民、軍人、商人也處於邊緣化。但由於社會失序，掌控政治權力和權利的是軍事和經濟強力，因此，軍人和商人因社會的需求而崛起。同時儒家文化由於失去國家制度化的依託，頑強地與尊西崇新的主流文化抗爭著。由此社會出現了巨大的政治權力眞空和思想權力眞空。處於傳統文化與現代理念撞擊下的北洋軍閥統治下的師範教育也乘勢誕下革命的種子，從而促進了二十世紀二十年代共產主義運動的興起。

（一）

　　傳統教育的宗旨，根據朱熹的觀點，則是：「立學校以教其民……必始於灑掃應對進退之間，禮樂射御書數之際，使之敬恭，朝夕修身孝悌忠信而無違也。然後，從而教之格物致知，以盡其道；使知所以自身及家而達之天下者，蓋無二理。」〔註3〕就個人而言，則是「修身齊家治國平天下」；就國家

〔註 1〕 載《中南大學學報》（社會科學版）2007 年第 4 期。
〔註 2〕 許紀霖，「斷裂社會」中的知識份子（編者序）〔A〕，許紀霖，20 世紀中國知識份子史論〔C〕，北京：新星出版社，2005 年。
〔註 3〕 楊少松 等，中國教育史稿（古代、近代部分）〔M〕，北京：教育科學出版社，1989 年，第 141 頁。

而言，則是：「忠君報國」。按照主流學者的評價，這當然是「統治者利用教育作為統治的工具，從這個出發點來制定各項制度，這些制度都只是有利於統治階級，不利於勞動人民。」〔註4〕隨著西方政治教育思想的傳入和資產階級民主革命的勝利，教育宗旨突變為：「注重道德教育，以實利教育、軍國民教育輔之，更以美感教育完成其道德」。〔註5〕固然，如孫中山所論：「今破壞已完，建設一事伊始，前日寓於破壞之學問者，今當變求建設之學問，世界進化，隨學問為轉移。」〔註6〕重要的是時代發生了深刻的變化：「專制時代（兼立憲而含專制性質者言之），教育家循政府之方針以標準教育，常為純粹之隸屬政治者。共和時代，教育家得立於人民之地位以定標準，乃得有超軼政治之教育。」「我國地寶不發，實業界之組織尚幼稚，人民失業者之多，而國甚貧。實利主義之教育，固亦當務之急者也。」〔註7〕因此，民元時期，教育迅速發展。以山東為例，1912年，僅全省小學教師就比1911年增加1459人。〔註8〕但歷史進入袁世凱統治時期，這種新式的資產階級教育「迄於今日，不惟未見其盛大，且反日即於衰微」。究其原因，按袁教育總長范源廉的說法，則是「雖時局搶攘，經濟窘困有以致之，而其最要之原因，蓋莫甚於向之熱心學務者，已多趨於消極；而一般社會之人，又對於新教育多懷疑阻也。」而懷疑消極的原因又則是「後生小子，競尚自由，倡言平等，於家庭主破壞，於學校起風潮，於社會為逾閑蕩檢、非道無法之舉動，其禍視洪水猛獸為尤烈，是弊害之最大者也。」〔註9〕因此，1913年袁世凱頒發了《注重德育整飭學風令》。主要內容為：「考察京外各學校，其管理認真日有起色者實不多見，大都敷衍荒嬉，日趨放任，甚至託於自由平等之說，侮慢師長，蔑視學規，準諸東西各國學校取服從主義，絕不相同。倘再事因循，不加整飭，恐學風

〔註4〕顧樹森，中國歷代教育制度〔M〕，南京：江蘇人民出版社，1981年，第3頁。

〔註5〕宋恩榮 等，中華民國教育法規選編〔M〕，江蘇教育出版社，2005年，第1頁。

〔註6〕孫中山，民國教育家之任務〔A〕，舒新城，中國近代教育史資料》（下冊）〔C〕，北京：人民教育出版社，1981年，第1005頁。

〔註7〕蔡元培，對於新教育之意見〔A〕，高叔平，蔡元培全集（第二卷）〔C〕，北京：中華書局，1984年，第130頁。

〔註8〕山東省地方志編纂委員會，山東省教育志〔Z〕，山東人民出版社，2003年，第778頁。

〔註9〕范源廉，說新教育之弊〔A〕，舒新城，中國近代教育史資料（下冊）〔C〕，北京：人民教育出版社，1981年，第1047頁。

日壞，污俗隨之，關繫於世道人心者至大。爰特剴切申明：凡各學校教職員學生，須知共和國體，必養成人民優美高尚之風，而後自由平等，方能以法律爲範圍；況學生在校最重服從，詎可任其囂張敗壞規則？著教育部行知京師各學校校長，並督飭各省教育司長，凡關於教育行政，一以整齊嚴肅爲主。學生有不守學規情事，應隨時斥退，以免害群指示懲徵。」〔註 10〕隨後又頒定了教育要旨，把「愛國、尚武、崇實、法孔孟、重自治、戒躁進」七項作爲新的教育要求。這在很大程度上，是晚清教育宗旨的翻版。1906 年清政府頒佈學部奏請的教育宗旨爲：「忠君、尊孔、尚公、尚實」。顯然它們有很大的相似性，這反映了政治上的倒退，隨之而來的則是文化教育上的復古。但隨著袁世凱的去世，新文化運動的開展和各種教育思潮如杜威實用主義教育、義務教育思潮和平民主義教育思潮等傳播及各種教育方式如五段教學法、道爾頓制等的推行，教育宗旨也不得不爲之一變。具體爲 1、適應社會進化之需要。2、發揮平民教育精神。3、謀個性之發展。4、注意國民經濟力。5、注意生活教育。6、使教育易於普及。7、多留各地方伸縮餘地。〔註 11〕到 1928 年南京國民政府成立，又把三民主義作爲中華民國教育之根本原則。

　　北洋時期這種教育宗旨的變化，固然反映了政治生態的變化，但更重要的則是反映了文化的變遷。在傳統社會裏，以「三綱五常」爲表徵的儒家倫理思想占主導地位，當然「忠君報國」作爲教育宗旨，尊孔讀經爲其外在表現。而在現代社會裏，「自由」、「民主」、「平等」等爲其理念，教育準則當然爲「謀個性發展」「發揮美感教育」。但是這種變化不是線性的，單調的，而是複調式的。例如在現代資產階級教育思想和教學方法大盛時，傳統的國學和私塾教育也如火如荼。據記載，在偏僻的寧夏固原縣「當時私塾，遍佈全縣，人口集中市鎮有，偏僻山區亦有。仍沿古例，學生入學有摯敬，多至有禮節，塾師所需氈鞋，木炭各錢，由學生分攤。教材爲《百家姓》、《三字經》、《弟子規》和《四書》、《五經》等。學生最多爲三十人，中等者十二、三人，個別私塾還有女生，人口稀少山區每一私塾僅有學生三、五人」〔註 12〕因此，

〔註10〕宋恩榮　等，中華民國教育法規選編〔M〕，江蘇教育出版社，2005 年，第 3頁。

〔註11〕宋恩榮　等，中華民國教育法規選編〔M〕，江蘇教育出版社，2005 年，第 32～33 頁。

〔註12〕固原縣志辦公室，民國固原縣志〔Z〕，銀川：寧夏人民出版社，1991 年，第 81 頁。

正如一書所述:「地方統治者對教育只限於短期利用,中央政府法定的教育宗旨影響有限,所以教育思想相當活躍,各種教育思想支配下的教育形式、教學方法、教學內容並存。一方面,資產階級教育改革思想、五四前後的新文化運動,對教育的發展起了很大的促進作用。……另一方面,封建主義的教育思想仍佔據著學校舞臺,以講學經書爲內容的私塾遍佈城鄉,許多學校在國語課中講授《曾國藩家書》、《朱子格言》、《諸子文粹》,封建的倫理觀念依然在一定程度上支配著教學。」〔註 13〕在傳統文化裏有現代理念的滲入,在現代理念裏有傳統思想的復活,是傳統和現代的犬牙交錯。處於此種傳統文化和現代理念撞擊下的北洋師範教育,由於自身的異質結構特徵,迅速嬗變蛻化,從而誕下了革命的種子。

(二)

北洋時期,隨著新式學堂的創辦新式教育的普及,各地對師資力量的需求越來越急切。以福建爲例,截至 1927 年,全省有省立中學 9 所,縣立中學 34 所,其他各種形式的中學 71 所,全省合計有普通中學 114 所,比清末的中學校數增加數倍之多。〔註 14〕急需大量中學教師。因此,政府和地方紳士、華僑商人等投身師範學校的創辦。師範教育迅速發展起來:民國 5 年,全國有師範學校 195 所,教職員 3256 人,學生 24959 人,經費 3077746 元;民國 14 年,全國有師範學校 301 所,教職員 3951 人,學生 37992 人,經費 4368262 元。〔註 15〕

按照 1912 年 9 月教育部公佈的《師範教育令》,師範學校分國立高等師範學校、省立師範學校和縣立師範學校。其中國立高等師範學校全國有六所,即北京、南京、廣州、武昌、成都、瀋陽。而省立、縣立師範學校則由省行政長官規定地點及校數,報告教育總長分別設立。不管國立還是省裏,師範學校的學生一般免交學費,並由學校給以膳費及雜費。這可以爲處於社會邊緣的貧窮知識份子提供了就學的機會。毛澤東、蔡和森、徐向前、黃克誠、劉順元等一大批人就是因爲這而走進了師範學校的大門。據黃克誠自述,對

〔註13〕 常德地方志編纂委員會,常德地方志·教育志〔Z〕,北京:中國社會科學出版社,1990 年,第 4 頁。
〔註14〕 劉海峰 等,福建教育史〔M〕,福州:福建教育出版社,1996 年,第 337 頁。
〔註15〕 第一次中國教育年鑒(丙編)〔Z〕,臺北:傳記文學出版社(影印),1971 年,第 311 頁。

於在收成好，人不害病，牲畜不死亡的情況下，一年勞動所得，勉強可以糊口；而遇到災年，或者人、畜出問題就要借債他的家庭來說，師範學校是當時唯一能讀得起的學校。〔註 16〕而那些家境比較富裕的學生，大都去讀除師範以外如法政專業的學校。在福建省城福州的兩所公、私立法政專門學校最大限度地擴大招生數，仍滿足不了考生的要求，以致另有 4 個單位未經正式批准，也辦起法政專門學校，使 1912、1913 年兩年，法政招生失控。〔註 17〕

根據 1912 年公佈 1916 年修訂的《師範學校規程》，師範學校的教師應以下教育學生：「1、健全之精神宿於健全之身體，故宜使學生謹於攝生，勤於體育。2、陶冶情性，鍛鍊意志，爲充任教員者之要務，故宜使學生富於美感，勇於德行。3、愛國家、尊法憲，爲充任教員者之要務，故宜使學生明建國之本原，踐國民之職分。4、獨立博愛，爲充任教員者之要務，故宜使學生尊品格而重自治，愛人道而向大公。5、國民教育趨重實際，宜使學生明現今之大勢，察社會之情狀，實事求是，爲生利之人而勿爲分利之人。6、世界觀與人生觀爲精神教育之本，故宜使學生究心哲理而具高尚之志趣。……9、爲學之道，不宜專恃教授，務使學生銳意研究，養成自動之能力。」〔註 18〕因此，北洋時期的師範教育不是傳統的士大夫所能獨自擔當的，而是具有現代思想的近代知識份子才能夠勝任。據湖南師範學校的師資調查，湖南師範「當創辦時，重要教員都延自日本及留學歸來者。最近多就省內外大學，專門師範專科畢業，及留學歐美畢業富有學識經驗者。」〔註 19〕如表

資　　格	教員人數	百分比	職員人數	百分比
留學外國得有學士學位者	3	0.75	1	0.47
留學外國者	8	2.00	3	1.40
師範大學畢業者	20	5.00	8	3.76
大學畢業者	49	12.25	9	4.22
高等師範畢業者	63	15.75	30	14.08

〔註 16〕 黃克誠自述〔M〕，北京：人民出版社，1995 年，第 1～9 頁。
〔註 17〕 劉海峰 等，福建教育史〔M〕，福州：福建教育出版社，1996 年，第 333 頁。
〔註 18〕 宋恩榮 等，中華民國教育法規選編〔M〕，江蘇教育出版社，2005 年，第 428 頁。
〔註 19〕 第一次中國教育年鑒（丙編）〔Z〕，臺北：傳記文學出版社（影印），1971 年，第 326 頁。

資　　格	教員人數	百分比	職員人數	百分比
專門學校畢業者	98	24.50	46	22.59
其他	159	39.75	116	54.47
合　計	400	100	213	100

　　所以毛澤東、蔡和森、何叔衡等人在湖南一師讀書時，既有國學功底深厚的袁大鬍子，又有精通西方倫理思想的楊昌濟先生，還有傳播新思潮的唐老師。〔註20〕其中，那些具有新思想和新知識的教師尤得學生的喜歡。黃克誠在湖南三師讀書最崇拜的教師是具有現代思想和知識的張秋人先生等。黃談及這些老師對他的影響後深情地寫道：在此之前，我受古書的影響，眼界不寬，思想狹窄，只想獨善其身，做一個淡泊正直的人，隨遇而安，知足常樂。來到第三師範之後，我才開始接觸到時代的脈搏，開闊了視野，就如同從一個狹小的圈子裏突然進到廣闊的天地，別開生面。〔註21〕

　　而師範學校大都是為中學、小學培養師資力量。一般來講，這些深受新思想影響的師範學生大都有改造社會改造中國的願望。徐向前在河邊村川至中學附屬小學任教時，就經常向學生講述一些歷史故事和當今事件，引導孩子們認識中國認識社會。〔註22〕而殘酷的社會現實粉碎了他們的美夢。一來他們的思想不容於社會。徐向前兩次被兩個小學辭退，就是因為他想「通過自己的努力，讓學生從小就理解這一點（改造黑暗社會），長成有用的人才，擔負救國救民的重任。」〔註23〕二來教育經費和工資極少。一般來說，高等師範學校的經費由國家給之，省、縣師範學校的經費由省給之。而縣辦中學、小學的經費主要來源於田賦附捐、學田租金、基金利息、雜捐和其他臨時收入，而以田賦附捐為大宗。北洋時期軍閥混戰，各軍閥都把教育經費挪用為軍費。因此教育經費支絀。福建省多數縣每年的教育經費僅一、二萬元，有些縣不及一萬元。這些經費，幾乎全靠自籌。但「地方貧瘠，無款可籌。」〔註24〕所以，師範、中小學「當教職員的人，每月得到的報酬多數不過十餘元或

〔註20〕愛德格·斯諾，西行漫記〔M〕，董樂山 譯，北京：生活·讀書·新知三聯書店，1979 年，第 121～122 頁。
〔註21〕黃克誠自述〔M〕，北京：人民出版社，1995 年，第 14 頁。
〔註22〕徐向前，歷史的回顧（上）〔M〕，北京：解放軍出版社，1984 年，第 19 頁。
〔註23〕徐向前，歷史的回顧（上）〔M〕，北京：解放軍出版社，1984 年，第 18 頁。
〔註24〕劉海峰 等，福建教育史〔M〕，福州：福建教育出版社，1996 年，第 341 頁。

五六元，全拿來吃飯，還是不夠。」「教師待遇過薄，當教師的，多不大願意。」
〔註25〕三來一些貧窮的學生面臨就業的困難。黃克誠就是因爲這情緒日漸低
沉：「讀了師範又如何？對國家、社會、家庭能起到什麼作用？當時社會上就業
很困難，我這個貧苦農民的子弟有什麼辦法去謀個職業？家族花那麼大力氣培
養我，豈不使他們大失所望。要能考上大學也許會好一點，但路費、學費又從
何而來？不能上大學，又不能就業，那麼眼下學這些功課有什麼用？」〔註26〕

（三）

　　二十世紀初的共產主義運動，固然是無產階級壯大和馬克思主義傳播的
結果，但起領導作用的還是知識份子。這主要是因爲農民是小生產者，決定
他們不能以自己的名義代表和保護自己的利益，而必須依靠站在他們上面的
權威；而工人雖然是先進生產力的代表者，但文化的落後，也直接決定他們
不能充分反映自己的政治訴求；而知識份子「爲天地立心，爲生命立命，爲
往世繼絕學，爲萬世開太平」的優良傳統、對社會敏銳的觀察力及對新知識
的熟練掌握從而充當了時代的代言人。

　　而北洋時期的知識份子，正是處於從主流到邊緣的過渡階段。由於他們
遠離有著「差序格局」的鄉土社會，進入自由浮動的都市空間。他們「不能
不謀自存之道，不能不服事畜之勞。於是無問其所學爲工、爲農、爲商、爲
理、爲文、爲法政，乃如萬派奔流以向政治之一途，仰面討無聊之生活。」〔註
27〕而師範生在邊緣知識份子中更處於邊緣地位。從前面的分析我們知道，進
師範學校的一般是那些貧寒的知識份子，想通過自己努力學習改變目前的處
境。然而畢業後面臨著就業和生活的困境。在學校，他們又接受新思想的薰
陶。因此，從某種程度上說，師範生是社會上最危險、最能引起革命的人群。
事實上也是如此。五四運動在全國的爆發，在許多地方都是師範學生起著領
導作用。湖南的五四運動就是由毛澤東、何叔衡這些師範生發起的。成都也
是如此。由劉硯僧、王維徹等高師學生等團結全市學生掀起的。〔註28〕許多
師範學校如湖南一師、常德師範學校、衡陽三師等師範學校爲革命培育了一

〔註25〕劉海峰 等，福建教育史〔M〕，福州：福建教育出版社，1996 年，第 342 頁。
〔註26〕黃克誠自述〔M〕，北京：人民出版社，1995 年，第 10 頁。
〔註27〕李大釗文集（上冊）〔M〕，北京：人民出版社，1984 年，第 426～427 頁。
〔註28〕秦德君 等，火鳳凰：秦德君和她的一個世紀〔M〕，北京：中央編輯出版社，
　　　1999 年，第 5 頁。

大批卓越人才，如毛澤東、蔡和森、向警予、滕代遠、粟裕、帥孟奇、黃克誠等，成為當地革命的中心。因此，從這一方面來講，師範教育走向了它的反面。北洋時期的師範教育本來是為了培養人才，以維護北洋政府的統治的。然而，培養出來的學生卻充當了它的「掘墓人」。

同時，北洋時期也是中國近代知識份子政治社會化的一個重要時期。在此時期，知識份子通過現代新式學堂這一重要途徑，樹立起民族主義、民主、自由、科學和向西方學習等一系列新的政治價值和政治心理。政治的黑暗和動盪、人民生活的顛沛與流離、科學與民主新思想的傳播等，又通過這些具有新的政治價值和政治思想的師範教師這一媒介，迅速植入一大批中小學生的政治生活。王凡西的回憶充分說明了這一點：「在未接觸到新文化運動的影響之前，我們這些孩子簡直沒有精神生活的，渾渾噩噩的。拿我個人來說吧，除了演義小說裏的人物引起我一些奇異的空想之外，更不會想到比飲食遊玩更多的事。而新影響卻在孩子們的心靈裏打開許多窗，讓我們由那裏看見許多未曾前見的境界，嘗到了許多前所未知的樂趣，以致引發了對遠大事物的憧憬和嚮往。……總之，五四精神使我們變成了染上時代狂疾的小志士，變成了好高鶩遠的理想家。」〔註 29〕也就是說，在這種新的政治思想和具有這種政治思想的師範學生的影響下，許多處於「斷裂社會」的邊緣的知識份子愈來愈游離主流社會，走上反叛舊體制的革命道路。管文蔚就是這樣一個人。在丹陽讀小學時，他在老師講帝國主義蠶食中國的領土、外國人在中國的租界橫行霸道的過程中，深深感到「它（社會和家庭）的黑暗和腐敗，內心的厭惡和積憤，終於發展成強烈的反抗。這樣的家庭非拆散不可！這樣的社會非徹底改造不可！拯救祖國的思想，開始在心裏孕育、激蕩、萌發了。」〔註 30〕因此，從這一角度上說，師範教育的革命價值遠遠大於它的實用價值。

〔註29〕王凡西，雙山回憶錄〔M〕，北京：東方出版社，2004 年，第 6 頁。
〔註30〕管文蔚回憶錄〔M〕，北京：人民出版社，1994 年，第 13 頁。

知識份子政治社會化的臨界
——以陳獨秀李大釗胡適和魯迅爲例 〔註1〕

　　政治文化屬於政治學的範疇，指的是一個民族在特定時期形成的一套政治態度、信仰和情感，是政治關係在人們精神領域內的投射形式。〔註2〕它的主要載體是政治社會化。按照政治學的定義，政治社會化指的是政治文化的形成、維持和改變的過程，也就是一個社會內政治取向模式的學習、傳播、繼承的過程。從個體上講，政治社會化是一個人特有的政治態度、政治情感、政治價值觀和政治認知模式的形成過程。它的主要途徑包括家庭、學校、大眾傳媒、政治組織、各種形式的社群、聚居區等。〔註3〕也就是說，政治文化只有通過政治社會化，才會傳承和創新。

　　鴉片戰爭前，中國幾千年的政治文化是一種以儒家倫理思想爲主導，兼顧其他思想如法家思想、道家思想等保守主義的政治文化。隨著外來勢力和思潮的侵入，這種政治文化漸漸發生異質性的變化。到十九世紀末，在儒家文化的基礎上，產生了新的表現形式，主要爲：一、民族主義。二、向西方學習。三、變革維新。而這種新型的政治文化，經過一部分知識份子，主要指那些在新文化運動中起領導作用的陳獨秀、李大釗、胡適和魯迅同人政治社會化後，成爲中國歷史上著名的五四精神。它是革命政治文化的開端。本文就此進行歷史的檢視。

〔註1〕 載《文化中國》（加拿大）2007 年第 4 期。
〔註2〕 孫關宏、胡雨春，政治學〔M〕，上海：復旦大學出版社，2004 年，第 223 頁。
〔註3〕 孫關宏、胡雨春，政治學〔M〕，上海：復旦大學出版社，2004 年，第 237～240 頁。

（一）

十九世紀末，正是中國內憂外患最嚴重之際，甲午戰爭中國的戰敗，正如梁啓超所說：「吾國則一經庚申圓明園之變，再經甲申馬江之變，而十八行省之民，猶不知痛癢，未嘗稍改其頑固囂張之習，直至臺灣既割，二百兆之償款既輸，而鼾睡之聲，乃漸驚起。」〔註4〕它促使了近代民族主義的發軔。

按照定義，民族主義指的是「一種被燃燒起來的民族意識」。〔註5〕中國幾千年封建社會只有皇權主義和華夏中心主義，而無民族主義。晚清以降，西方列強和日本的殖民侵略，使古老的中華帝國的「天下式」文明體系陷入了分崩離析的困境。正如列文森所道：「近代中國思想史的大部分時期，是一個使『天下』成為『國家』的過程。」〔註6〕所以，從 1901 年起，「民族」一詞在刊物上出現的頻率達到了最高峰。〔註7〕許多維新人士和革命者都宣傳民族主義。正如一文章所說：「互十九世紀二十世紀之交，有大怪物焉。……今日者，民族主義發達之時代也。而中國當其衝，故今日而再不以民族主義提倡於吾中國，則吾中國乃眞亡矣。」〔註8〕

由於民族主義運動勃興，建構其上的變革維新文化也得到了迅速發展：「上自朝廷，下至人士，紛紛言變法。」〔註9〕具體說來，宣傳維新變法的組織和刊物增加了。據專家研究，戊戌時期的學會組織就有七十八個。〔註10〕因此，康有為說：「學堂學會，遍地並地。」〔註11〕正如一材料所說：「至戊戌春康君入都變法之事，遂如春雷之啓蟄，海上志士，歡聲雷動，雖謹厚者

〔註4〕 梁啓超，戊戌政變記〔M〕，北京：中華書局，1954 年，第 133 頁。
〔註5〕 Isaiah Berlin, *The Crooked Timber of Humanity*〔M〕, London：Frontana Press, 1991, p245.
〔註6〕 列文森，儒教中國及其現代命運〔M〕，鄭大華、任菁 譯，北京：中國社會科學出版社，2000 年，第 87 頁。
〔註7〕 金觀濤、劉青峰，從「天下」「萬國」到「世界」——萬清民族主義形成的中間環節〔J〕，二十一世紀，2006－4。
〔註8〕 余一，民族主義論〔J〕，浙江潮，1903－2。
〔註9〕 中國近代史資料叢刊，戊戌變法（二）〔M〕，上海：人民出版社，1957 年，第 19 頁。
〔註10〕 中國近代史資料叢刊，戊戌變法（四）〔M〕，上海：人民出版社，1957 年，第 135 頁。
〔註11〕 中國近代史資料叢刊，戊戌變法（四）〔M〕，上海：人民出版社，1957 年，第 157 頁。

亦如飲狂藥。」〔註12〕

　　與此同時，歐風美雨也撲面而來，一些文化同人通過著書立說和辦報紙來宣傳西方的文化。除前期的魏源的《海國圖志》、徐繼畬的《瀛環志略》外，中後期的郭嵩燾的《使西紀程》、王韜的《弢園文錄外編》、鄭觀應的《盛世危言》、嚴復的《天演論》也一時暢銷。而且學習西方，論說時政的報紙如雨後春筍。據專家考證，戊戌變法時，宣講西方的社會科學和自然科學的報紙有《萬國公報》，《時務報》、《知新報》等四十多種。〔註13〕以致有人說道：「歐風吹汝屋，美雨襲汝房，汝家族其安在哉？」〔註14〕

　　因此，民族主義、向西方學習和變革維新成爲十九世紀末重要的政治文化。陳獨秀（1879～1942）、李大釗（(1889～1927)、胡適（1891～1962）和魯迅（1881～1936）同人恰逢其會，這種政治文化對他們的政治社會化產生了重大的影響。

（二）

　　從家庭看，陳獨秀、李大釗、胡適、魯迅都有相似的境遇。他們都生活在一個單親的家庭裏。陳獨秀未滿兩周歲，父親因染上瘟疫而去世。李大釗父親去世時，還在母親的襁褓裏，不久母親也去世，由祖父撫養長大。胡適四歲時，父親就病死，由母親一手帶大。魯迅相對而言，父親去世時，年齡稍大，但也只有 16 歲。因此，這樣的家庭背景對他們政治人格的塑造產生了深刻的影響。胡適生活在三四十口人家的大家庭裏，母親是當家的後母，家裏矛盾重重，大嫂與二嫂常常鬧意見。這樣母親容忍的性格深深影響了胡適以後的生活。胡適曾說過「如果我學得了一絲一毫的好脾氣，如果我學得了一點點待人接物的和氣，如果我能寬恕人，體諒人，——我都得感謝我的慈母」〔註15〕而陳獨秀的母親「很能幹而疏財仗義。好打抱不平，親戚本家都稱她爲女丈夫；其實她本質還是一個老好人，往往優容奸惡，缺乏嚴肅堅決

〔註12〕中國近代史資料叢刊，戊戌變法（四）〔M〕，上海：人民出版社，1957 年，第 249 頁。
〔註13〕葉再生，中國近代現代出版通史〔M〕，北京：華文出版社，1999 年，第 592 ～605 頁。
〔註14〕許守微，論國粹無阻於歐化〔A〕，辛亥革命前十年間時論選集（第 2 卷）（上冊）〔C〕，北京：三聯書店，1963 年，第 52 頁。
〔註15〕李燕珍編，胡適自述〔M〕，北京：團結出版社，1996 年，第 59 頁。

的態度。」〔註16〕因此,陳獨秀受母親的薰陶,有性情暴躁的一面,也有優柔寡斷的一面。正如他自己所說:「有人稱讚我疾惡如仇,有人批評我性情暴躁。其實我性情暴躁則有之,疾惡如仇則不盡然。在這方面,我和我的母親同樣缺乏嚴肅堅決的態度,有時簡直是優容奸惡。因此誤過多少大事,上過多少惡當。至今雖然深知之,還未必痛改之,其主要原因固然由於政治上之不嚴肅、不堅決,而母親的性格之遺傳,也有影響罷」。〔註17〕李大釗因是一個遺腹子,常常受到欺負和嘲笑,其祖父盡可能不讓孫子一個人跑到外面去玩,在家裏種了一些花草,餵養了些貓與狗給他作伴,這固然可以增加童年生活的樂趣,但更多的是造成了孩子的早熟和因缺少與同齡孩子的正常交往形成的「交往性緊張」心理。〔註18〕而魯迅因家庭經濟破產,常常受到社會的歧視和壓迫,所以刺激很深,憤然地說:「有誰從小康人家而墜入困頓的麼,我以為在這旅途中,大概可以看見世人的真面目。」〔註19〕

　　從學校來看,他們都經受了一個從傳統教育向現代教育過渡的過程。他們像許多人一樣,很早就納入了科舉制度的體系,不管他們願不願意。而且,他們的家境也促使他們過早成為這一制度的犧牲品。陳獨秀的母親常對不願參加科舉考試的陳獨秀進行考科舉教育,說起碼也要中個舉人,替父親爭氣。〔註20〕而胡適的母親為了兒子進私塾學校讀書,盡早博取功名,默默忍受他二哥和三哥的氣。〔註21〕而且陳、李、胡、魯在私塾所學的課程是不加解說強行背誦的《四書》、《五經》和《性理大全》等,因此一些和他們一起讀書的人,寧願躲在麥田裏和稻田裏不吃飯挨餓也不願讀書。〔註22〕但是那個時代的社會,如陳獨秀所說,科舉不僅僅是一個虛榮,實已支配了全社會一般人的實際生活。有了功名才能做官,做大官才能發大財,發了財才能買田置地,榮宗耀祖。〔註23〕所以,雖然1905年科舉制度廢除後,他們沒有參加或進一步參加科舉考試,但傳統教育在他們的身上打下了深深的烙印。魯迅曾

〔註16〕任建樹,陳獨秀大傳〔M〕,上海:人民出版社,1999年,第20頁。
〔註17〕任建樹,陳獨秀大傳〔M〕,上海:人民出版社,1999年,第26頁。
〔註18〕朱志敏,李大釗傳〔M〕,濟南:山東人民出版社,1998年,第11~12頁。
〔註19〕魯迅研究室、魯迅博物館,魯迅年譜(增訂本)(第一卷)〔M〕,北京:人民出版社,2000年,第47頁。
〔註20〕任建樹,陳獨秀大傳〔M〕,上海:人民出版社,1999年,第20~21頁。
〔註21〕胡適,胡適自述〔M〕,河南:人民出版社,2004年,第17頁。
〔註22〕李燕珍編,胡適自述〔M〕,北京:團結出版社,1996年,第50頁。
〔註23〕任建樹,陳獨秀大傳〔M〕,上海:人民出版社,1999年,第21頁。

在《〈古小說鉤沉〉序》中說:「余少喜披覽古說,或見訛啓,則取證類書,偶會逸文,輒亦寫出。」〔註24〕這種傳統教育養成的這種嚴謹的治學方法,為他後來整理古代文化遺產打下了初步基礎。一專家在研究李大釗的私塾生涯也指出:「為了應考而必須背誦原文和『破講』重要段落的意思,甚至還要在老師的指導下,結合其他經典和史籍的學習,邊擴充知識邊加深對儒家思想精義的理解,這便使儒家經書中的若干思想內容給少年時期的李大釗留下了深刻的印象,從而對於他思想意識和行為習慣的形成產生了不容忽視的影響」。〔註25〕

　　同時,現代教育也給他們產生了深刻的影響。由於西學的衝擊和科舉制度的廢除,新式學堂的創辦和新課程的設置成為社會的主流。陳、李、胡、魯諸人不但接觸過除傳統的經學、文史外的英文、數學、外國地理和歷史、格致學等新課目,而且還閱讀過《天演論》、《新民說》《革命軍》等著作。胡適曾這樣回憶道「我在澄衷一年半,看了一些課外的書籍。嚴復譯的《群己權界論》像是在這時代讀的。嚴先生的文字太古雅,所以少年人受他的影響沒有梁啓超的影響大。梁先生的文章,明白曉暢之中,帶著濃摯的感情,使讀的人不能不跟著他走,不能不跟著他想。」〔註26〕「《新民說》諸篇給我開闢了一個新世界,使我徹底相信中國之外還有很高等的民族,很高等的文化;《中國學術思想變遷之大勢》也給我開闢了一個新世界,使我知道《四書》、《五經》之外,中國還有學術思想。」〔註27〕所以余英時先生說,在這些人(陳獨秀、胡適、錢玄同、魯迅等)的青年時代,對他們思想最有影響的則是嚴復、康有為、譚嗣同、梁啓超、章炳麟一輩人。〔註28〕而這些影響又促使他們去國外進一步去尋求真理。

　　在留學的過程中,因留學的國度和留學的途徑不同,其政治價值、政治態度也不同。陳獨秀、李大釗和魯迅因留學的是革命風氣較濃的日本。在他們的人際網路中基本上是一些革命的志士。與陳獨秀為伍的是秦力山、張繼、

〔註24〕魯迅研究室、魯迅博物館,魯迅年譜(增訂本)(第一卷)〔M〕,北京:人民出版社,2000年,第41頁。
〔註25〕朱志敏,李大釗傳〔M〕,濟南:山東人民出版社,1998年,第14頁。
〔註26〕李燕珍編,胡適自述〔M〕,北京:團結出版社,1996年,第77頁。
〔註27〕李燕珍編,胡適自述〔M〕,北京:團結出版社,1996年,第79頁。
〔註28〕余英時,中國思想傳統的現代詮釋〔M〕,南京:江蘇人民出版社,2003年,第279頁。

蘇曼殊、潘贊化、蔣百里等「是爲留學生團體中揭櫫民族主義之最早者。」〔註29〕而與李大釗最爲相洽的則是章士釗。魯迅則與許壽裳、陶成章、張邦華等浙江籍留日學生組成浙江同鄉會，主辦《浙江潮》雜誌。因此，他們的政治思想是一種革命的、激進的民族主義思潮。而胡適留學的則是自由主義氣氛比較濃厚的美國，個性解放、人格獨立和基督教文化在胡適身上表現得淋漓盡致。胡適在哥倫比亞大學讀書時，就在他的留學日記裏記下了對他生平「有極大影響的人之一」──自由主義人士厄德諾教授的許多語錄。譬如：「道德的責任並不是外來的命令；只是必須要怎樣做才可以引出別人──例如所愛的人──的最好部分。」「要這樣影響別人，要使他們不再菲薄自己。」作爲他行事的準則。〔註30〕而且經常與他相接觸的蔣夢麟、梅光迪、任叔永等人都是受西洋文化影響很深的自由主義學者。在政治取向上胡適主張的是改良而不是革命。正如他在日記中所說：「我國今日的現狀，頑固官僚派和極端激烈派兩派同時失敗，所靠者全在穩健派的人物。這幫人的守舊思想都爲那兩派的極端主義所掃除，逐由守舊變爲穩健的進取。況且極端兩派人的名譽（新如黃興，舊如袁世凱）皆已失社會之信用，獨有這班穩健的人物如梁啓超、張謇之流名譽尚好，人心所歸。……將來的希望，要有一個開明強硬的在野黨做這穩健黨的監督，要使今日的穩健不致變成的明日的頑固，──如此，然後可望有一個統一共和的中國。」〔註31〕

　　除此之外，最主要的是，陳、李、胡、魯所處的時代是一個由傳統社會向現代社會急劇轉型的時期。在此轉型期，民族、國家、西學、救亡、革命、維新等話語不斷置換。陳、李、胡、魯處在這樣的政治生態裏，自然政治思維和政治態度不是傳統的內省的個體，而是日益開放的社會。不管他們願不願意，他們都得融入政治社會。魯迅曾興奮地回憶起他當初沐浴「西風」的場景：「看新書的風氣便流行起來，我也知道了中國有一部書叫《天演論》。星期日跑到城南去買了來，白紙石印的一厚本，價五百文正。翻開一看，寫得很好的字……哦！原來世界上竟還有一個赫胥黎坐在書房裏那麼想，而且想得那麼新鮮？一口氣讀下去，『物競』『天擇』也出來了，蘇格拉底、柏拉

〔註29〕紀愛國新報〔N〕，大公報，1902-4-19。

〔註30〕李燕珍編，胡適自述〔M〕，北京：團結出版社，1996年，第165頁。

〔註31〕曹伯言，胡適日記全編（1915～1917年）（2）〔M〕，合肥：安徽教育出版社，2001年，第431頁。

圖也出來了，斯多噶也出來了。學堂裏又設立了一個閱報處，《時務報》不待言，還有《譯學彙編》，那書面上的張廉卿一流的四個字，就藍得可愛。」〔註32〕而陳獨秀在他參加鄉試的那年（1897 年）因德國強佔膠州灣，「痛感時事日非，不堪設想」，寫出《揚子江籌防芻議》和《揚子江形勢論略》，要求加強國防建設。〔註 33〕而李大釗在天津法政學堂讀書時，就在《言治》刊物上發表《隱憂篇》和《大哀篇》，爲國家面臨的困境而擔憂，爲人民大衆痛苦的命運而悲哀。胡適也因受進化論的影響，取表字爲「適之」，以表「適者生存」之意。

　　總之，19 世紀末的政治文化通過家庭、學校、人際網路和社會，深深滲入到陳獨秀、李大釗、胡適和魯迅的政治生活。他們各自形成了一系列的政治認知、政治態度、政治價值和政治思想。而這些政治思想以新文化運動和五四運動爲載體，又深深的影響了後來的一大批知識份子。

（三）

　　十九世紀的政治文化，對於陳、李、胡、魯來說，像同時代的其他知識份子一樣，並不是全盤的吸收和複製，而是有所選擇地揚棄、融會和發展。關於他們各自的政治思想，可以說都博大精深，非三言兩語能詳盡。我們只能勾勒其大概的輪廓。胡適認爲中國的問題不能一下子解決，應該用改良而非革命的方式解決具體問題，高談主義「這是自欺欺人的夢話，這是中國思想界破產的鐵證，這是中國社會改良的死刑宣告。」〔註34〕魯迅關注的是「國民性的改造」，他認爲「喚醒鐵屋子沉睡的人」是他的主要責任。「所以我們的第一要著，是在改變他們的精神。」〔註35〕而陳獨秀和李大釗認爲：「若不經過階級戰爭，若不經過勞動階級佔領權力階級的時代，德謨克拉西必然永遠是資產階級社會利器。……我承認用革命的手段建設勞動階級（生產階級）的國家，創造那禁止對內外一切掠奪的政治法律，爲現代社會第一需要。」〔註36〕他們主張用革命的手段，對社會來一個根本的改造。不管陳獨秀、李大釗、

〔註32〕魯迅，朝花夕拾・瑣記〔M〕。
〔註33〕任建樹，陳獨秀大傳〔M〕，上海：人民出版社，1999 年，第41～42 頁。
〔註34〕胡適，多研究些問題，少談些主義〔J〕，每週評論，卷3，1919－7－20。
〔註35〕魯迅，吶喊自序〔A〕，魯迅選集（第 1 卷）〔C〕，北京：人民出版社，1980
　　　　年，第37～38 頁。
〔註36〕陳獨秀，談政治〔J〕，新青年，1920（8）。

胡適和魯迅的政治分歧多大，他們的政治思想還是可以通約的。他們政治觀點和政治訴求互相融合、激盪從而形成了一種新的政治文化，這就是五四精神。

　　關於五四精神，其說紛紜。有指愛國主義精神；亦有指科學民主精神；更有指反叛傳統走向現代精神；等等。按照周策縱先生的看法，五四精神「實際是思想運動和社會政治運動的結合，它企圖通過中國的現代化以實現民族的獨立、個人的解放和社會的公正。」〔註37〕這種濃鬱的民主、科學、民族情調的政治文化，又深深地影響了同時代和以後的一大批知識份子。王凡西的回憶充分說明了這一點：「在未接觸到新文化運動的影響之前，我們這些孩子簡直沒有精神生活的，渾渾噩噩的。拿我個人來說吧，除了演義小說裏的人物引起我一些奇異的空想之外，更不會想到比飲食遊玩更多的事。而新影響卻在孩子們的心靈裏打開許多窗，讓我們由那裏看見許多未曾前見的境界，嘗到了許多前所未知的樂趣，以致引發了對遠大事物的憧憬和嚮往。……總之，五四精神使我們變成了染上時代狂疾的小志士，變成了好高騖遠的理想家。」〔註38〕而其中那些出身草根社會的知識份子如毛澤東等人把這種精神進一步發揚廣大，從而建構起一種由無產階級領導的社會主義先進文化三大支柱之一的革命政治文化。

　　關於這種政治文化，毛澤東熱情洋溢地指出，在建立一個強大的反帝聯合戰線和反封建方面激起對舊倫理舊文學的反叛，爲共產黨的成立及後來的活動打下基礎，開始形成一種由無產階級領導的、構成世界社會主義文化革命的一部分的新民主主義燦爛文化等方面取得了巨大成績的局面。〔註39〕也就是說，陳、李、胡、魯的思想，也深深地影響了毛澤東和一批革命志士及建國後的一系列政治走向。毛澤東曾對斯諾說：「我在師範學習的時候，就開始讀這個雜誌了。我非常欽佩胡適和陳獨秀的文章，他們代替了已經被我拋棄的梁啟超和康有爲，一時成了我的楷模。」〔註40〕毛澤東建國以後一系列

〔註37〕周策縱，五四運動：現代中國的思想革命〔M〕，南京：江蘇人民出版社，1999年，第361頁。
〔註38〕王凡西，雙山回憶錄〔M〕，北京：東方出版社，2004年，第6頁。
〔註39〕周策縱，五四運動：現代中國的思想革命〔M〕，南京：江蘇人民出版社，1999年，第364頁。
〔註40〕愛德格·斯諾，西行漫記〔M〕，董樂山 譯，北京：生活·讀書·新知三聯書店出版社，1979年，第132頁。

政治活動，都可以從五四政治文化中找到根源，是陳、李、胡、魯政治思想的繼承和發展。毛澤東不愧為五四之子。

因此，從某種程度上說，陳、李、胡、魯同人的政治社會化，是同時代和以後知識份子政治取向和政治思想形成的關鍵。它上啓十九世紀末的政治文化，下開二十世紀、甚至二十一世紀的政治文化。

從身體改造到身心解放：
新文化運動同人的身體思想 [註1]

　　1895 年中日甲午戰爭中國的失敗，喚醒了沉睡的國人。如梁啓超所說：「吾國則一經庚申圓明園之變，再經甲申馬江之變，而十八行省之民，猶不知痛癢，未嘗稍改其頑固囂張之習，直至臺灣既割，二百兆之償款既輸，而鼾睡之聲，乃漸驚起。」[註2] 一些有識之士大力主張改造國民的身體，中國近代身體由此生成。隨著「亡國滅種」危機的日益加深，一些有識之士同時看到：身體的改造並不能救亡，只有「喚醒鐵屋子沉睡的人」才能使中國走向富強。魯迅在《吶喊自序》裏說過這樣的話：「我便覺得醫學並非一件緊要事，凡是愚弱的國民，即使體格如何健全，如何茁壯，也只能做毫無意義的示眾的材料和看客，病死多少是不必以爲不幸的。所以我們的第一要著，是在改變他們的精神，而善於改變精神的是，我那時以爲當然要推文藝，於是想提倡文藝運動了。」[註3] 於是，中國的身體運動發生了重大的轉變，由「身體改造」到「身心解放」。新文化運動同人恰逢其會，爲這一轉變作出了重大貢獻。

（一）

　　在中國傳統文化中，身與心是合一的。《孟子・公孫丑上》云：「惻隱之心，仁之端也；羞惡之心，義之端也；辭讓之心，禮之端也；是非之心，智之端也。人之有是四端也，猶其有四體也。」[註4] 這裡「心」「體」並用，

〔註 1〕 載《長白學刊》2015 年第 5 期。
〔註 2〕 梁啓超，戊戌政變記〔M〕，北京：中華書局，1954 年，第 133 頁。
〔註 3〕 魯迅，吶喊自序〔A〕，魯迅全集（第一卷）〔C〕，人民文學出版社，1981 年，第 417 頁。
〔註 4〕 《孟子・公孫丑上》

統一於人。因此，古人講究「身心並舉」。《大學》就是這樣說的：「古之欲明明德於天下者，先治其國；欲治其國者，先齊其家；欲齊其家者，先修其身；欲修其身者，先正其心；欲正其心者，先誠其意；欲誠其意者，先致其知；致知在格物。」〔註5〕

到了近代，「身」「心」開始分離。19世紀末由於「亡國滅種」危機加深，身體作用凸顯。蔡鍔指出：「體魄之弱，至中國而極矣。人稱四萬萬，而身體不具之婦女，居十之五；嗜鴉片者，居十之一二；埋頭窗下，久事呻吟，龍鍾憊甚而若廢人者，居十之一。其他如跛者、聾者、盲者、啞者、疾病零丁者，以及老者、少者，合而計之，又居十分之二。綜而核之，其所謂完全無缺之人，不過十之一而已。此十分之一中，復難保其人人孔武可恃。以此觀之，即歐美各強棄彈戰而取拳義，亦將悉為所格殺矣」〔註6〕因而，提倡尚武。尚武，按照梁啓超的解釋，「尚武者，國民之元氣，國家所恃以成立，而文明所賴以維持者也。」〔註7〕也就是說，梁啓超、蔡鍔等人想通過改造國民身體，以改造中國。

新文化運動同人早期也是這樣認為的。陳獨秀指出：「中國人喜歡聽天由命，認為什麼都是天命如此，氣數當然，人力不能挽回。國家也是如此。要改變這種狀況，就要盡人力振作自強。不盡人力振作自強的，就要衰敗，大而一國，小而一家，都逃不過這個道理。」〔註8〕陳獨秀這種保身亦保國的觀點，和梁啓超、蔡鍔軍國民思想沒有大的差異。

魯迅因少年常常幫父親抓藥，便「漸漸的悟得中醫不過是一種有意的或無意的騙子」，於是同情被騙的病人和家族。又從譯出的書中，知道了日本的明治維新發源於西方醫學。於是留學日本學醫。「預備卒業回來，救治像我父親似的被誤的病人的疾苦，戰爭時候便去當軍醫，一面又促進了國人對於維新的信仰。」〔註9〕魯迅想通過改造國民的身體來改造國家。

新文化運動同人這種身體改造反映在社會上，就是改造社會的惡俗。表

〔註5〕《大學》

〔註6〕奮翮生，軍國民篇·五、原因於體魄者〔J〕，新民叢報，1902（11）。

〔註7〕新民說〔A〕，梁啓超全集（第三卷）〔C〕，北京出版社，1999年，第709頁。

〔註8〕亡國篇〔A〕，任建樹，陳獨秀著作選（第一卷）〔C〕，上海人民出版社，1993年，第83頁。

〔註9〕魯迅，吶喊自序〔A〕，魯迅全集（第一卷）〔C〕，人民文學出版社，1981年，第417頁。

現在婚姻上，就是改造婚姻上的不合理現象。在陳獨秀看來，過去的婚姻，「不由二人心服情願，要由旁人替他作主，強逼成婚。」〔註10〕這樣的婚姻，「只因攀扯人家的富貴，或是戀了親戚的交情，孩子沒有一尺長，便慌著說媒定親，到後來是個瞎子也不曉得，是個身帶暗疾不能生養，不能長壽的也不曉得，男的是個愚笨無能的也不曉得，是個無賴敗家的也不曉得。」〔註11〕陳獨秀主張婚姻自主。他說：「若是夫婦不睦，都可以退婚，另擇合式的嫁娶，那全國的才子佳人，都各得其所，家家沒有了怨氣，便於國家也自然要添一段天平景象了。」〔註12〕

　　表現在纏足上，就是主張放足。在周作人看來，纏足有害文明的進化。周作人指出：有的學者認為，西方婦女的『以身殉美觀』的束腰，它的危害比纏足還大，這是一種錯誤的觀點。以身殉醜觀的纏足是一種野蠻行為。作為文明古國的新青年，興高采烈的出門去，忽然的當頭來了一個一蹺一拐的女人，這種文明古國的想法蕩然無存。如果是老年人，表明我的叔伯輩是喜歡這樣醜觀的野蠻；倘若年青，便表明我的兄弟輩是野蠻，總之我的不能免為野蠻，是確定的了。〔註13〕因此，為了文明的進步，「我最喜見女人的天足。」〔註14〕

　　表現在暗殺上，就是廢除暗殺。李大釗說：「抑暗殺者，不獲己之舉。仁人志士，本悲天憫人之苦衷以出於暗殺，大不幸之遇也。惟以反抗暴力之故，有不得不需乎暴力者；以毀滅罪惡之故，有不得不蹈乎罪惡者。縱賴以為斯民除暴，而其深自懺悼者，終其身弗能怡然自安。仁人志士，疾惡若仇，猶必不獲己而出此，且引以為大不幸焉。及強暴者為之，反恃此為快心之具，以濟厥奸，滔滔禍水，流毒尚有窮時耶。」〔註15〕李大釗認為，暗殺是得不償失，是對身

〔註10〕惡俗篇〔A〕，任建樹，陳獨秀著作選（第一卷）〔C〕，上海人民出版社，1993年，第40頁。

〔註11〕惡俗篇〔A〕，任建樹，陳獨秀著作選（第一卷）〔C〕，上海人民出版社，1993年，第40頁。

〔註12〕惡俗篇〔A〕，任建樹，陳獨秀著作選（第一卷）〔C〕，上海人民出版社，1993年，第45頁。

〔註13〕周作人，天足〔A〕，知堂文集〔C〕，北京十月文藝出版社，2011年，第26頁。

〔註14〕周作人，天足〔A〕，知堂文集〔C〕，北京十月文藝出版社，2011年，第26頁。

〔註15〕李大釗，暗殺與群德〔A〕，李大釗文集〔C〕，人民出版社，1984年，第23頁。

體生產的破壞。「是暗殺之風,所以不可長於群德墮喪之國歟!」〔註16〕

新文化運動同人早期身體改造說明了一個不爭的現實:在國勢垂蕩之際,改造身體作為改造一切的基礎,成為許多知識份子共同具有的基礎理念。正如一學者指出:「中國是在經過一系列的努力與失敗後,才將目光轉向原先不認為是問題的身體上,企望從中模造出一個富強的基礎出來。……身體所以成為舉國注目的焦點,成為各種論述和實踐性行動出發的起點,其實和前此各種改革運動的失敗有莫大的關係。身體並不是從一開頭就與國家的存亡或民族的興盛產生密切的聯想關係。將身體賦予一個勞役和稅賦之外的職責,是一個十分時代性的決定。而之所以會有這種轉變的發生,國勢的頹危與各種改革的失敗是其主要的背景原因。」〔註17〕

但是,身心並不能完全分離,因為人以體認的方式認識世界,心靈離不開身體與身體經驗。更何況中國傳統文化有身心合一的傳統。梁啟超指出:「凡人於肉體之外,必更求精神上之愉快,乃可以為養,此即屈子好修之說也。好修之道有二:一曰修德,二曰修學。修德者,從宗教道德上,確有所體驗,而自得之於己,則浩然之氣,終身不衰,自能不淫於富貴,不移於貧賤,此最上也。但非大豪傑之士,未易臻此造詣,則亦當修學以求自養。無論為舊學為新學,苟吾能入其中而稍有所以自得,則自然相引於彌長,而吾身心別有一系著之處,立於擾擾塵勞之表,則外境界不能以相奪。即稍奪矣,亦不至如空壁逐利者,盡為敵據其本營而進退無據也。」〔註18〕

在前人的基礎上,新文化運動同人進一步把心從身脫離而出,主張心的覺醒。陳獨秀指出:「今之中國人心散亂,感情智識,兩無可言。惟其無情,故視公共之安危,不關己身之喜戚,是謂之無愛國心。惟其無智,既不知彼,復不知此,是謂之無自覺心。」並認為沒有愛國心和自覺心,國家就會滅亡。〔註19〕

〔註16〕 李大釗,暗殺與群德〔A〕,李大釗文集〔C〕,人民出版社,1984 年,第 23 頁。

〔註17〕 黃金麟,歷史、身體、國家:近代中國的身體形成(1895~1937)〔M〕,新星出版社,2006 年,第 17~18 頁。

〔註18〕 梁啟超,瓜分危言〔A〕,梁啟超全集(第二卷)〔C〕,北京出版社,1999 年,第 404 頁。

〔註19〕 陳獨秀,愛國心與自覺心〔A〕,任建樹,陳獨秀著作選(第一卷)〔C〕,上海人民出版社,1993 年,第 113 頁。

　　李大釗深有同感，認爲政俗特質之變革「自賴先覺者之盡力，然非可期成功於旦夕也。惟吾民於此，誠當自覺。」而自覺之義，先樹立愛國的意識：「求一可愛之國家而愛之，不宜因其國家之不足愛，遂致斷念於國家而不愛。」〔註20〕

　　儘管如此，新文化運動同人的心的覺醒是建立在身體的基礎之上的。標誌新文化運動開始的《青年雜誌》發表《敬告青年》一文，向青年提出了六點要求，即：1、自主的而非奴隸的；2、進步的而非保守的；3、進取的而非退隱的；4、世界的而非鎖國的；5、實利的而非虛文的；6、科學的而非想像的。〔註21〕這六點要求是基於這一狀況：「吾見夫青年其年齡，而老年其身體者十之五焉；青年其年齡或身體，而老年其腦神經者十之九焉。華其髮，澤其容，直其腰，廣其膈，非不儼然青年也；及叩其頭腦中所涉想所懷抱，無一不與彼陳腐朽敗者爲一丘之貉。……循斯現象，於人身則必死，於社會則必亡。」〔註22〕也就是說，新文化運動高舉的「民主」與「科學」大旗，是以身體的改造爲基礎的。

　　正如 1918 年周作人在《人的文學》中說道：「我們所說的人，不是世間所謂『天地之性最貴』，或『圓顱方趾』的人。乃是說，『從動物進化的人類』」。在周作人看來，人具有兩個特點：（一）「從動物」進化的，（二）從動物「進化」的。即人首先是一種生物。與動物的本質是一樣的。因此，人的一切生活本能，都是美的善的，應得完全滿足。凡有違反人性不自然的習慣制度，都應該排斥改正。其次，人又不同於動物，它比動物更爲複雜高深，而且逐漸向上，有能夠改造生活的力量。〔註23〕因此，人的身體是第一位的，以科學和民主的精神，爲身體祛魅，是人的解放一個必要的步驟。

　　具體來說，首先破除封建制度和封建禮教對身體的束縛。吳虞認爲禮與刑是封建制度規訓人的身體的重要工具。他說：「觀陳寵、孟德斯鳩及劉申叔之說，吾國之禮與刑，實交相爲用。故《禮運》以禮爲人君之大柄，而《漢

〔註20〕李大釗，厭世心與自覺心〔A〕，李大釗全集（第二卷）〔C〕，河北教育出版社，1999 年，第 315 頁。
〔註21〕陳獨秀，敬告青年〔J〕，青年雜誌，1915 年 9 月 15 日。
〔註22〕陳獨秀，敬告青年〔J〕，青年雜誌，1915 年 9 月 15 日。
〔註23〕周作人，人的文學〔A〕，周作人文類編〔C〕，湖南文藝出版社，1998 年，第32 頁。

書‧刑法志》稱大刑用甲兵。專制之國，其御天下之大法，外禮與刑二者而已。」〔註 24〕而「忠」與「孝」是封建禮教的具體表現形式。他說「他們教孝、所以教忠，就是教一般人恭恭順順的聽他們一干在上的人愚弄，不要犯上作亂，把中國弄成一個『製造順民的大工廠』」。〔註 25〕因此，「一部歷史裏面，講道德說仁義的人，時機一到，他就直接間接的都會吃起人肉來了。」「吃人的就是講禮教的，講禮教的就是吃人的」。〔註 26〕這與魯迅在《狂人日記》所說「我翻開歷史一查，這歷史沒有年代，歪歪斜斜的每葉上都寫著『仁義德道』幾個字。我橫豎睡不著，仔細看了半夜，才從字縫裏看出字來，滿本都寫著兩個字是『吃人』！」〔註 27〕是一樣的意思。

胡適從李超的病死看到封建制度對身體的摧殘。胡適指出：李超的病與死，「可以用做中國家庭制度的研究資料，可以用做研究中國女子問題的起點，可以算做中國女權史上的一個重要犧牲者。」〔註 28〕新文化運動同人透過身體，看到了身體背後的制度與倫理的壓制，從而為身心的解放和「科學」「民主」精神的植入開啓了一扇大門。

因此，身體的各種外在形式成為揭露與解放的工具。李大釗認為娼妓的存在，是身體買賣和身體不平等的結果。他指出：「你想好端端的一個人，硬把他放在娼門裏，讓他冒種種恥辱，受種種辛苦，在青天白日之下，去營那人間最卑賤的生活，賣自己的肉體、精神、完全人格，博那些擁有金錢的人的歡心；那一種愁苦、羞憤、卑屈、冤枉，真是人所不能忍受的境遇。」〔註 29〕從自由的觀點出發，李大釗認為「為尊人道不可不廢娼」、「為尊重戀愛生活不可不廢娼」、「為尊重公共衛生不可不廢娼」、「為保障法律上的人身自由不可不廢娼」、「為保持社會上的婦女地位不可不廢娼」〔註 30〕

〔註 24〕吳虞文錄卷上〔M〕，上海：亞東圖書館，1927 年，第 60 頁。

〔註 25〕吳虞文錄卷上〔M〕，上海：亞東圖書館，1927 年，第 60 頁。

〔註 26〕吳虞文錄卷上〔M〕，上海：亞東圖書館，1927 年，第 71～72 頁。

〔註 27〕魯迅，狂人日記〔A〕，魯迅全集（第一卷）〔C〕，人民文學出版社，1981 年，第 424 頁。

〔註 28〕胡適，李超傳〔A〕，胡適文集（第 2 卷）〔C〕，人民文學出版社，1998 年，第 503 頁。

〔註 29〕李大釗，廢娼問題〔A〕，李大釗全集（第三卷）〔C〕，河北教育出版社，1999 年，第 214 頁。

〔註 30〕李大釗，廢娼問題〔A〕，李大釗全集（第三卷）〔C〕，河北教育出版社，1999 年，第 214 頁。

而胡適認爲「貞操不是個人的事，乃是人對人的事；不是一方面的事，乃是雙方面的事。」從資產階級平等思想出發提出了四點建議：「（一）男子對於女子，丈夫對於妻子，也應有貞操的態度；（二）男子做不貞操的行爲，如嫖妓娶妾之類，社會上應該用對待不貞婦女的態度對待他；（三）婦女對於無貞操的丈夫，沒有守貞操的責任；（四）社會法律既不認嫖妓納妾爲不道德，便不應該褒揚女子的『節烈貞操』」〔註31〕

因此，從1916年新文化運動開始，新文化運動同人的身體改造與身心解放合二爲一了。陳獨秀指出：「從前種種事，至一九一六年死；以後種種事，自一九一六年生。吾人首當一新其心血，以新人格；以新國家；以新社會；以新家庭；以新民族。必迨民族更新，吾人之願始償，吾人始有與晰族周旋之價值，吾人始有食息此大地一隅之資格。」從而提出從 1916 年後，「一、自居征服 To Conquer 地位，勿自居被征服 Be Conquered 地位；二、尊重個人獨立自主之人格，勿爲他人之附屬品；三、從事國民運動，勿囿於黨派運動。」〔註32〕這與當時社會「文明其精神，野蠻其體魄」是一致的：「欲文明其精神，先自野蠻其體魄；苟野蠻其體魄矣，則文明之精神隨之。……體育之效，至於強筋骨，因而增知識，因而調感情，因而強意志。筋骨者，吾人之身；知識、感情、意志者，吾人之心。身心皆適，是謂俱泰。故夫體育非他，養乎吾生，樂乎吾心而已。」〔註33〕

其次，提出了身心解放的對象和各種方法。李大釗認爲身心解放的對象主要爲青年。因爲「今者，白髮之中華垂亡，青春之中華未孕，舊稙之黃昏已去，新稙之黎明將來。際茲方死方生、方毀方成、方破壞方建設、方廢落方開敷之會，吾儕振此『晨鐘』，期與我慷慨悲壯之青年，活潑潑地之青年，明迎黎明之朝氣，盡二十稙黎明中當盡之努力，人人奮青春之元氣，發新中華青春中應發之曙光。」〔註34〕李大釗的青年應該是與陳獨秀一樣的新青年，他們「頭腦中必斬盡滌絕彼老者及比諸老者壯者腐敗墮落諸青年之做官發財思想，精神上別構眞實新鮮之信仰。」而不是「甚至縱慾自戕以促其天年，

〔註31〕 胡適，貞操問題〔J〕，新青年，第 5 卷第 1 號。
〔註32〕 陳獨秀，一九一六〔J〕，青年雜誌，第 1 卷第 5 號。
〔註33〕 二十八畫生，體育之研究〔J〕，新青年，第 3 卷第 2 號。
〔註34〕 李大釗，《晨鐘》之使命——青春中華之創造〔A〕，李大釗全集（第二卷）〔C〕，河北教育出版社，1999 年，第 364 頁。

否亦不過斯斯文文一白面書生耳！年齡雖在青年時代，而身體之強度，已達頭童齒豁之期」〔註35〕的舊青年。

在身心解放的方法上，陳獨秀認為應該首推教育。他說「蓋教育之道無他，乃以發展人間身心之所長而去其短，長與短即適與不適也。以吾昏惰積弱之民，謀教育之方針，計惟去短擇長，棄不適以求其適；易詞言之，即補偏救弊，以求適世界之生存而已。」〔註36〕為此，他提出了教育方針四條建議，即：「第一、當瞭解人生之真相；第二、當瞭解國家之意義；第三、當瞭解個人與社會經濟之關係；第四、當瞭解未來責任之艱苦。」〔註37〕陳獨秀這四點建議，與軍國民教育運動的身體思想有很大的不同，他主要強調的是個性的發展。所以有人指出：「這種著重個體、棄置集體的表現形式與訴求，是新文化運動在當時的重要表記，也是它所以深獲學子支持的理由」。〔註38〕

李大釗主要通過制憲來獲取身體自由進而思想自由。他說：「蓋自由為人類生存必需之要求；無憲法上之自由，則無立憲國民生存之價值，吾人苟欲為幸福之立憲國民，當先求善良之憲法；苟欲求善良之憲法，當先求憲法之能保障充分之自由。」而在袁世凱北洋軍閥統治下，既無身體自由，又無思想自由。「蓋彼袁氏之虐，不過僇吾人之身體，掠吾人之財產，剝奪吾人家宅、通信、集會結社之自由，其禍僅及於身體，僅及於個人，僅止於一時，茲乃並民族之生命、民族之思想而亦殺之，流毒所屆，將普遍於社會，流傳於百世。」因此李大釗號召大家起來鬥爭。「苟有匿身於偶像之下，以聖人之虛聲劫持吾人之思想自由者，吾人當知其禍視以皇帝之權威侵害吾人身體為尤烈，吾人對之與以其反抗之決心與實力，亦當視征伐皇帝之役為尤勇也。」〔註39〕

〔註35〕陳獨秀，新青年〔A〕，任建樹，陳獨秀著作選（第一卷）〔C〕，上海人民出版社，1993年，第184頁。

〔註36〕陳獨秀，今日教育之方針〔A〕，任建樹，陳獨秀著作選（第一卷）〔C〕，上海人民出版社，1993年，第142頁。

〔註37〕陳獨秀，今日教育之方針〔A〕，任建樹，陳獨秀著作選（第一卷）〔C〕，上海人民出版社，1993年，第142頁。

〔註38〕黃金麟，歷史、身體、國家：近代中國的身體形成（1895～1937）〔M〕，新星出版社，2006年，第55頁。

〔註39〕李大釗，憲法與思想自由〔A〕，李大釗全集（第二卷）〔C〕，河北教育出版社，1999年，第432頁。

　　胡適主張從文字上進行身心解放。他說：「思想之在文學，猶腦筋之在人身。人不能思想，則雖面目姣好，雖能笑啼感覺，亦何足取哉？文學亦猶是耳。」因此建議文學改良從八事入手，即：「一曰，須言之有物。二曰，不模倣古人。三曰，須講究文法。四曰，不作無病之呻吟。五曰，務去爛調套語。六曰，不用典。七曰，不講究對仗。八曰，不避俗字俗語。」〔註40〕陳獨秀在胡適的基礎上進一步提出：「推倒雕琢的阿諛的貴族文學，建設平易的抒情的國民文學；推倒陳腐的鋪張的古典文學，建設新鮮的立誠的寫實文學；推倒迂晦的艱澀的山林文學，建設明瞭的通俗的社會文學。」〔註41〕文學的改革，印證了著名身體社會學家布隆迪厄的一個重要觀點：「語言是一種身體技術，具體的語言學尤其是關於語音學的能力則是身體魔力的一個維度，它表現了個人與社會世界的整體關係，以及個人與世界的整體性社會滲透關係。」〔註42〕

　　新文化運動同人的身體解放，爲「民主」與「科學」的在場提供了重要條件。魯迅曾說：「中國人向來就沒有爭到過『人』的價格，至多不過是奴隸，到現在還如此，然而下於奴隸的時候，卻是數見不鮮的。」〔註43〕新文化運動同人通過喚醒國民身心，打碎了束縛人身心的種種枷鎖，從而使個體獲得了身心自由，人的價值和解放得到確立。

（二）

　　新文化運動的「身心解放」與軍國民教育運動的「身體改造」有著本質的不同。一是身體的個性化的弘揚。在軍國民教育運動下，國家的權威樹立在個人的身體之上，甚至成爲個人身體忠誠的對象的發展。梁啓超指出：「國也者，積民而成，國之有民，猶身之有四肢、五臟、筋脈、血輪也。未有四肢已斷，五臟已瘵，筋脈已傷，血輪已涸，而身猶能存者；則亦未有其民愚陋、怯弱、渙散、混濁，而國猶能立者，故欲其身之長生久視，則攝生之術不可不明。欲其國之安富尊榮。則新民之道不可不講。」〔註44〕強調的是國

〔註40〕胡適，文學改良芻議〔J〕，新青年，第 2 卷第 5 號。

〔註41〕陳獨秀，文學革命論〔J〕，新青年，第 2 卷第 6 號。

〔註42〕〔法〕皮埃爾・布隆迪厄，言語意味著什麼——語言交換的經濟〔M〕，褚思眞 等譯，北京：商務印書館，2005 年，第 75 頁。

〔註43〕魯迅，燈下漫筆〔A〕，魯迅全集（第一卷）〔C〕，人民文學出版社，1981 年，第 212 頁。

〔註44〕梁啓超，新民說〔A〕，梁啓超全集（第三卷）〔C〕，北京出版社，1999 年，第 655 頁。

家至上。而新文化運動同人普遍強調個人身體的愉悅。陳獨秀指出:「社會是個人集成的,除去個人,便沒有社會;所以個人的意志和快樂,是應該尊重的。……執行意志,滿足欲望,是個人生存的根本理由,始終不變得。」「個人生存的時候,當努力造成幸福,享受幸福;並且留在社會上,後來的個人也能夠享受。遞相授受,以至無窮。」〔註45〕強調的是個人發展。這標誌著身體生產已經發展到一個新的階段。

二是身體的民族化的實施。儘管新文化運動同人的前輩,也提倡把民族主義與身體改造結合起來。如梁啓超說:「故今日欲抵當列強之民族帝國主義,以挽浩劫而拯生靈,惟有我行我民族主義之一策。」〔註46〕但是他們的民族主義是建立救亡的基礎上,將人的發展以及身體的無限發展可能性,置放在國家生存的前提下來權衡體現。一旦危機解除,身體改造就失去存在的合理性。新文化運動同人不但要挽救民族的危亡,而且要更生再造。李大釗如是說:「吾族今後能否立足於世界,不在白首中國之苟延殘喘,而在青春中國之投胎復活。蓋嘗聞之,生命者,死與再生之連續也。今後人類之問題,民族之問題,非苟生殘存之問題,乃復活更生、回春再造之問題也。」〔註47〕基於此,要「沖決歷史之桎梏,滌蕩歷史之積穢,新造民族之生命,挽回民族之青春。」〔註48〕這與擺脫一切不合理的制度對身體的束縛聯繫起來了。這樣,身心解放作為民族再生的重要手段,建構起來了。

三是過去那些用來規訓個人身體的聖王之理,已經被一些世俗的生活規則和權利義務觀念所取代。胡適就指出:「自治的社會,共和的國家,只是要個人有自由選擇之權,還要個人對於自己所行所為都負責任。若不如此,決不能造出自己獨立的人格。社會國家沒有自由獨立的人格,如同酒裏少了酒麴,麵包裏少了酵,人身上少了腦筋;那種社會國家決沒有改良進步的希望。」

〔註45〕陳獨秀,人生眞義〔A〕,任建樹,陳獨秀著作選(第一卷)〔C〕,上海人民出版社,1993年,第347頁。

〔註46〕梁啓超,新民說〔A〕,梁啓超全集(第三卷)〔C〕,北京出版社,1999年,第657頁。

〔註47〕李大釗,青春〔A〕,李大釗全集(第二卷)〔C〕,河北教育出版社,1999年,第388頁。

〔註48〕李大釗,青春〔A〕,李大釗全集(第二卷)〔C〕,河北教育出版社,1999年,第388頁。

〔註49〕有學者認為其原因主要是白話文的興起：「這個在 1917 年以後成為顯性語言的白話文，不但在語體和修辭的層面上迫使文言文退居幕後，同時也使得以文言為載體的舊有道德論述，不再能以原有的面貌呈顯於世。」〔註50〕筆者認為，賦加在身體上的規則與權利義務的增加，是因為西學的廣泛東擴和民族危機的進一步加深。

首先，20 世紀初的中國，正是歐風美雨撲面而來的時代。胡適日記有段精彩的記載：「偶語韋女士吾國士夫不拒新思想，因舉《天演論》為證。達爾文《物種由來》之出世也，西方之守舊者爭駁之，歷半世紀而為衰。及其東來，乃風靡吾國，無有拒力。廿年來，『天擇』『競存』二者名詞乃成口頭禪語。」〔註51〕這充分表明，西方思潮深刻影響著中國。一個重要表徵，就是《新青年》連續不斷地登載了大量西方的譯著，如法國歷史學家查裏斯的《現代西方文明史》、赫胥黎關於科學精神的論述和弗蘭克林的《自傳》片段等。特別是《新青年》第四卷第 6 號出版了挪威作家易卜生專號，發表其小說《玩偶之家》後，在社會引起了強烈的反響。袁振英說道：「當娜拉之宣佈獨立，脫離此玩偶之家庭，開女界廣大生機，為革命之天使，為社會之警鐘；本其天真爛漫之機能，以打破名分之羈絆，得純粹之自由，正當之交際，男女之愛情，庶幾維繫於永久，且能真摯，……易氏此劇真是為現代社會之當頭一棒，為將來社會之先導也。」〔註52〕真實地反映了社會追求身心解放的訴求，也說明西方思潮對身心解放的作用。

其次，民族危機的加深。這不只是帝國主義列強對中國領土的瓜分和掠奪，而是民族的整體墮落。陳獨秀就這樣指出過：「然自我觀，中國之危，固以迫於獨夫與強敵，而所以迫於獨夫強敵者，乃民族之公德私德之墮落有以召之耳。即今不為拔本塞源之計，雖有少數難能可貴之愛國烈士，非徒無救於國之亡，行見吾種之滅也。」〔註53〕因此，救亡不只是國民的獻身，而是國民的身心解放。正如陳獨秀所說：「欲圖根本之救亡，所需乎國民性質行為

〔註49〕胡適文存〔M〕，安徽教育出版社，2010 年，第 906 頁。

〔註50〕黃金麟，歷史、身體、國家：近代中國的身體形成（1895～1937）〔M〕，新星出版社，2006 年，第 81 頁。

〔註51〕胡適日記全編 2（1915～1917 年）〔Z〕，第 128 頁。

〔註52〕袁振英，易卜生傳〔J〕，新青年，第 4 卷第 6 號。

〔註53〕陳獨秀，我之愛國主義〔A〕，任建樹，陳獨秀著作選（第一卷）〔C〕，上海人民出版社，1993 年，第 206 頁。

之改善，視所需乎爲國獻身之烈士，其量尤廣，其勢尤迫。故我之愛國主義，不在爲國捐軀之烈士，而在篤行自好之士，爲國家惜名譽，爲國家弭亂源，爲國家爭實力。」〔註54〕

李大釗同樣認爲：眞正的解放，「不是央求人家『網開三面』，把我們解放出來，是要靠自己的力量，抗拒衝突，使他們不得不任我們自己解放自己；不是仰賴那權威的恩典，給我們把頭上的鐵鎖解開，是要靠自己的努力，把他打破，從那黑暗的牢獄中，打出一道光明來。」〔註55〕這表明身體解放已與民族解放結合起來，爲後來革命身體的生成和發展提供了現實基礎和支持。

總之，新文化運動時期，是身體發展的一個重要時期。從 19 世紀中葉身體的生成，到 19 世紀末的身體改造，再到 20 世紀初的身體解放，身體發展經歷了一段急劇變動時期。新文化運動同人從科學和民主出發，提出身心解放，契合了時代的要求，不但開啓了思想上的革命，而且開啓了身體上的革命。

〔註54〕陳獨秀，我之愛國主義〔A〕，任建樹，陳獨秀著作選（第一卷）〔C〕，上海
人民出版社，1993 年，第 206 頁。
〔註55〕李大釗，眞正的解放〔A〕，李大釗全集（第三卷）〔C〕，河北教育出版社，
1999 年，第 298 頁。

中共「一大」前黨員的
知識譜系學考察 [註1]

一、引　言

　　中國共產黨 1921 年 7 月 23 日在上海法租界望志路 106 號召開了一大。出席一大的代表 13 人，代表全國黨員 53 人。[註2] 對這 53 名黨員進行地域特徵、人際網絡和知識結構等知識譜系學考察，可以進一步拓寬一大黨史研

〔註 1〕　載《中國井岡山幹部學院學報》2015 年第 2 期，人大複印資料《中國現代史》2015 年第 7 期全文轉載。

〔註 2〕　關於一大組織成員人數，學術界有不同的說法。一是「53 人」說。這一說最早源於 1921 年 11 月董必武、李漢俊起草給共產國際的報告《中國共產黨第一次代表大會》：「中國的共產主義組織是從去年年中成立的。起初，在上海該組織一共只有五個人。領導人是享有威望的《新青年》的主編陳同志。這個組織逐漸擴大其活動範圍，現在已有六個小組，有五十三個成員。」見中央檔案館編：《中國共產黨第一次代表大會檔案資料》，人民出版社 1982 年版，第 6 頁。以後黨史界多採用這一說。胡繩說：「參加黨的一大的有來自七個地方的 53 名黨員的 12 名代表。」見胡繩主編：《中國共產黨的七十年》，中共黨史出版社 1991 年版，第 25 頁。2002 年由中共中央黨史研究室著的《中國共產黨歷史（第一卷）（1921～1949）（上冊）也持這一說。二是「59 人」說。張國燾在《我的回憶》指出：「合計代表十三人，黨員五十九人。全國社會主義青年團團員則約三百五十人左右。這就是中國共產主義者第一次全國代表大會前夕的全部陣容。」見張國燾：《我的回憶》，東方出版社 2004 年版，第 129 頁。三是「57 人」說。其依據是 1928 年中共六大召開時的一份統計表：「其中工人四人，知識份子及自由職業者五十三人」見李玲：《中國共產黨第一次全國代表大會幾個問題的考證》，《中共黨史研究》1983 年第 5 期。四是「56 人」說，見楊奎松：《「中間地帶」的革命》，山西人民出版社 2010 年版，第 42 頁。五是「58 人」說，見中共嘉興市委宣傳部等著：《中國共產黨早期組織及其成員研究》，中共黨史出版社 2013 年版，第 5 頁。筆者認為在現有史料沒有進一步公開，研究成果沒有得到大家公認之前，持 53 人說可能更合理些。

究的範圍，而且對時下知識份子作用的定位與發揮有重大的借鑒作用。

譜系學是西方一種處理歷史文獻的方法。它考察的是起點細枝末節，找出起初的卑微基礎。正如福柯所指出：「譜系學就是解釋史：作爲不同解釋出現的道德、觀念、形而上學概念的歷史，自由觀念和禁欲生活的歷史。要把它們作爲程序舞臺上的事件顯現出來。」〔註3〕知識譜系學，就是從知識起源的角度來進行考察，「使那些局部的、不連貫的，被貶低的、不合法的知識運轉起來，來反對整體理論的法庭。」〔註4〕中共一大召開時，53名黨員具體情況如下：

表一：中共一大53名中共早期組織成員具體情況

姓名	籍貫	文化程度	職業	去向	姓名	籍貫	文化程度	職業	去向
陳獨秀	安徽	留日	教授	開除出黨	董必武	湖北	留日	教師	副主席
李漢俊	湖北	留日	報人	脫黨犧牲	陳潭秋	湖北	武昌高師	教師	犧牲
李達	湖南	留日	教授	脫黨恢復	包惠僧	湖北	湖北一師	記者	脫黨
陳望道	浙江	留日	教授	脫黨恢復	劉伯垂	湖北	留日	官員律師	脫黨
沈玄廬	浙江	留日	官員	開除出黨	張國恩	湖北	秀才留日	律師	退黨
邵力子	浙江	留日	教授報人	退黨	趙子鍵	湖北	湖北一師	教師	脫黨
袁振英	廣東	北大	中學校長	退黨	鄭凱卿	湖北	識字	校工	脫黨
林伯渠	湖南	留日	參議	人大副委員長	趙子俊	湖北	高小	工人	犧牲
沈雁冰	浙江	留日	職員	脫黨恢復	黃負生	湖北	疊華林工業傳習所	教師	病逝
沈澤民	浙江	留日	學生	病逝	劉子通	湖北	留日	教師	病逝

〔註3〕杜小眞，福柯集〔M〕，上海：遠東出版社，2003年，第156頁。
〔註4〕福柯，必須保衛社會〔M〕，錢翰 譯，上海：人民出版社，1999年，第8頁。

姓名	籍貫	文化程度	職業	去向	姓名	籍貫	文化程度	職業	去向
楊明齋	山東	東方大學	留俄華工	肅反被殺	毛澤東	湖南	長沙一師	教師	中共中央主席
俞秀松	浙江	中師	學生	肅反被殺	何叔衡	湖南	長沙一師	教師	犧牲
李啓漢	湖南	中學	學生	犧牲	彭璜	湖南	長沙商校	學生	精神失常
李中	湖南	中師	鉗工	脫黨	譚平山	廣東	北大	教師	開除出黨
李大釗	直隸	留日	教授	犧牲	陳公博	廣東	北大	教師	脫黨漢奸
張國燾	江西	北大	學生	叛黨	譚植棠	廣東	北大	教師	脫黨恢復
鄧中夏	湖南	北大	學生	犧牲	李季	湖南	北大	翻譯	開除出黨
高君宇	山西	北大	學生	病逝	王盡美	山東	山東一師	學生	病逝
何孟雄	湖南	北大	學生	犧牲	鄧恩銘	貴州	中學	學生	犧牲
羅章龍	湖南	北大	學生	開除出黨	張申府	直隸	北大	教授	退黨
劉仁靜	湖北	北大	學生	開除出黨	周恩來	江蘇	中學留日	學生	國務院總理
范鴻劼	湖北	北大	學生	犧牲	劉清揚	直隸	直隸女師	教師	脫黨
繆伯英	湖南	北京女師	學生	病逝	陳公培	湖南	金陵大學	學生	脫黨
張太雷	江蘇	北洋大學	學生	犧牲	趙世炎	重慶	北京高等師範學校附屬中學	學生	犧牲
李梅羹	湖南	北大	學生	開除出黨	施存統	浙江	留日	學生	脫黨
宋介	山東	中國大學	報人	漢奸	周佛海	湖南	留日	學生	脫黨漢奸
陳德榮	廣東	北大	學生	脫黨					

從這些具體情況可以看出，除鄭凱卿和趙子俊外，中共組織成員基本上是知識份子。知識份子佔了總數的 96%多。用知識譜系學來分析中共一大組織成員，非常適用和必要。

二、地域特徵：知識份子黨員的重要因素

正如列寧所指出：「地理環境的特性決定著生產力的發展，而生產力的發展又決定著經濟關係以及隨在經濟關係後面的所用其他社會關係的發展……在馬克思主義看來，地理環境是通過在一定地方、在一定生產力的基礎上所產生的生產關係來影響人的，而生產力的發展的首要條件就是這種地理環境的特性。」〔註5〕地域特徵與知識份子黨員的形成有非常重大的關係。

從籍貫來看，湖南最多，有 15 人；其次是湖北，有 13 人；浙江有 8 人；廣東有 5 人；直隸有 3 人；山東有 3 人；安徽、江蘇、重慶、江西、山西、貴州各有 1 人。（其中貴州籍鄧恩銘 16 歲就離開家鄉投靠叔父黃澤沛，其知識認知主要在山東，故地域特徵分析時，貴州不納入分析範圍）

這些省份，正是鴉片戰爭以降，港口被迫對外開放的省份。廣東的廣州1842 年被迫對外開放，汕頭 1858 年開放；浙江寧波 1842 年開放，溫州 1876年開放，杭州 1895 年開放；湖北漢口 1858 年開放，宜昌 1876 年開放，沙市1895 年開放；直隸天津 1860 年開放；山東煙臺 1858 年開放；安徽蕪湖 1876年開放；江蘇南京、鎮江 1858 年開放，蘇州 1895 年開放；重慶 1895 年開放；江西九江 1858 年開放。湖南雖然沒有港口開放，但湖南緊鄰廣東、湖北，也較早納入國際資本主義生產體系。

港口開埠通商，一方面，使這些省份的經濟結構和思想觀念發生了巨大的改變。張國燾在《我的回憶》詳細地描繪了這一變遷。他說：「交通和礦業的發展引起了社會上許多變化，其中最顯著的是洋貨店成為縣城裏的最大的商鋪，洋布、洋油、洋釘等貨物逐漸向四鄉推銷，使一般手工業受到重大的威脅。在落後區域中新式企業和舶來品的侵入，往往要引起舊勢力普遍的反抗，這在萍鄉也是如此。當時形形色色的謠言在縣城內和鄉間傳播著，不是說鐵路破壞了風水，弄到祖宗墳墓不安，就是說每天要用小孩子拋入火車頭的煙囪中去祭祀，火車才能行走，煤礦礦井的煙囪每天也一樣要用小孩子的

〔註 5〕列寧全集（第 38 卷）〔M〕，北京：人民出版社，1960 年，第 459 頁。

肉體去祭……。這些謠言顯示出當時一般人對於火車煤礦這類新事物的痛恨心情。……可是我學堂裏一位聰明的地理教員黃先生卻有不同的見解。據他看來，火車固然奪去了許多跑腳力的、抬轎子的、划船的人的飯碗；機器煤礦固然打擊了許多土式小煤礦，洋貨固然排除了土產，但是厭惡咒罵又有什麼用呢？中國再不能閉關自守，中國要自強起來，並不是鐵路礦場洋貨不好，而是要中國人自己能製造機器管理企業就好了。我們學生目擊火車、礦場、洋貨等新事物的優點，再也不會附和舊的觀念。」〔註6〕

對新事物的嚮往，促使傳統的讀書人去新式學堂尋求西方新的知識。一大知識份子組織成員大多有這樣的經歷。毛澤東曾對斯諾說到：「我聽說有一個非常新式的學堂，於是決心不顧父親反對，要到那裏去就學。學堂設在我母親娘家住的湘鄉縣。我的一個表兄就在那裏上學，他向我談了這個新學堂的情況和『新法教育』的改革。那裏不那麼注重經書，西方『新學』教得比較多，教學方法也是很『激進』的。」〔註7〕這樣，一些傳統的私塾生完成了向近代新興知識份子的蛻變。

另一方面，形成了「條約港知識份子」。按照一日本學者的解釋，「條約港知識份子」：「他們由於家庭貧困等原因退出科舉考試而走向上海等開放城市，作為企業經營者或新聞記者而從事這些新的職業。……條約港知識份子們發現西方『富強』的原因在於西方社會的諸制度，尤其是政治制度（特別是議會制）和教育制度（特別是學校教育制度）。他們認為議會制實現了『君民一體』，加強了國家的團結；學校教育制度則培養了多方面的大量的人才。在他們看來，中國缺少這樣的制度。因此，他們斷言為了實現與西方同樣的『富強』，制度改革很有必要，包括議會制的引進。他們提出了具體的政策方案。」〔註8〕其代表性人物主要有王韜、鄭觀應及後來的嚴復、康有為、譚嗣同和梁啓超等。

他們人數雖然很少，但他們的思想影響著正在形成的新興知識份子。陳獨秀這樣寫道：「在家裏讀書的時候，天天只知道吃飯睡覺，就是奮發有為，也不過是念念文章，想騙幾層功名，光耀門楣罷了。……後來讀康先生及其徒

〔註6〕　張國燾，我的回憶（上）〔M〕，北京：東方出版社，2004 年，第 17～18 頁。
〔註7〕　愛德格·斯諾，西行漫記〔M〕，董樂山 譯，北京：生活·讀書·新知三聯書店，1979 年，第 112 頁。
〔註8〕　〔日〕佐藤慎一，近代中國的知識份子與文明〔M〕，劉岳兵 譯，南京：江蘇人民出版社，2006 年，第 14～15 頁。

梁任公之文章，始恍然於域外之政教學術，粲然可觀，茅塞頓開，覺昨非而今是。」〔註9〕可以說，一大知識份子黨員大部分直接接受過或間接接受過條約港知識份子的影響，甚至有的直接在條約港接受新的知識。邵力子就是其中一位。1902年他來到上海南洋公學特班就學。在那裏，他廣泛地閱讀了盧梭的《民約論》、孟德斯鳩的《萬法精理》等西方原著及《時務報》，最使他感興趣的嚴復譯述的《天演論》和當時能看到的《群學肄言》部分譯文。他們的思想開始發生一些改變。正如毛澤東所指出：「那時，求進步的中國人，只要是西方的新道理，什麼書也看。……我自己在青年時期，學的也是這些東西。這些是西方資產階級民族主義的文化，即所謂新學，包括那時的社會學說和自然科學，和中國封建主義的文化即所謂舊學是對立的。學了這些新學的人們，在很長的時期內產生了一種信心，認為這些很可以救中國，除了舊學派，新學派自己表示懷疑的很少。要救國，只有維新，要維新，只有學外國。」〔註10〕

這些知識份子聚集起來，在全國形成了幾個重要的活動中心，如北京、天津、上海、廣州、武漢、長沙和濟南。

北京，是清王朝和北洋軍閥政治統治中心，1917年以前，知識份子雖然多但十分保守。「大多數或以學校為科舉，但能教師聽講，年考及格，有取得畢業證書之資格，則他無所求；或以學校為書院，曖曖姝姝，守一先生之言，而排斥其他。」〔註11〕蔡元培擔任北京大學校長後進行改革，採「相容並包」之方針，延請一批優秀人才進京，並將《新青年》刊物遷到北京。知識界才開始活躍起來。「於是辯論會，各種學科研究會又多組織起來，大家興致非常好，在課餘又編輯刊物，進一步介紹新學說、新思想、批評研究，層出不窮，學校風氣為之一變。」〔註12〕這些知識份子積極參加各種政治活動。1919年的五四運動就是這種政治活動的結果。當時知識份子的政治派別有多種。據北京共產主義小組彙報，「知識份子的政治運動可以大體上分為三派：1、民主主義運動；2、基爾特社會主義；3、無政府主義運動。民主主義運動的擁護者沒有任何固定的組織。而基爾特份子只有少數擁護者，因而，影響也小。為了宣傳他們混亂不堪的思想，他們隨便地利用已出版的報紙和其他定期刊

〔註9〕陳獨秀，駁康有為致總統總理書〔J〕，新青年，1916（2）。
〔註10〕毛澤東選集（第四卷）〔M〕，北京：人民出版社，1991年，第1469～1470頁。
〔註11〕五四運動文選〔M〕，上海：三聯書店，1959年，第159頁。
〔註12〕蔡元培先生紀念集〔M〕，北京：中華書局，1984年，第86頁。

物。」〔註13〕北京，成為全國知識份子重要活動中心。

天津知識份子受北京的影響，也很活躍。1919 年 9 月 16 日，天津學聯的男學生和天津女界愛國同志會的女學生一起創辦了覺悟社。「該社產生了三個月，會員是天津學界中最優秀、純潔、奮鬥、覺悟的青年。」〔註14〕覺悟社是「天津的小明星」。覺悟社的成員「常在一起開會、談論和研究一些新思潮。那時我們都很幼稚，只有滿腔的愛國熱情，還沒有一定的信仰。社會主義、無政府主義、基爾特社會主義等等，什麼都談論。共產主義是什麼，我們都不懂得。」〔註15〕天津也成為知識份子活動的重要場域。

上海是中國最早對外開放的港口，同時也是中西文化交流的視窗，各種思潮在這裡交匯。據董必武回憶：「我們四人差不多天天見面，……由漢俊介紹的幾本日本新出的雜誌，如《黎明》、《改造》、《新潮》等，我們雖然看不甚懂，也勉強地去看。雜誌裏面有的談哲學，有的談文藝，有的談社會主義。我們看中、日兩國的雜誌，覺得當時有一個共同傾向，就是彼此都認為現代社會已發生毛病了，傳統的觀念、道德、方法都要改變了，……就社會主義說，當時有的介紹無政府主義，有的介紹共產主義，有的介紹行會主義。」〔註16〕同時，又是知識份子最多的城市，據統計，在 1910 年代的上海，有 500 多所新式中小學。〔註17〕而且，源源不斷的知識份子來到思想開放的上海。1920 年 3 月在北京參加工農互助團的施存統，因內訌而失望，與俞秀松來到上海，原本打算去福建漳州投奔有「社會主義將軍」之稱的陳炯明，但在《星期評論》與上海知識份子交流後，決定「投靠軍隊，不如投身工廠！」成為《星期評論》社的輔助人員。〔註18〕因此，上海也成為中國最重要的知識份子活動中心。

〔註13〕中國社會科學院現代史研究室、中國革命博物館黨史研究室，「一大」前後：中國共產黨第一次代表大會前後資料選編〔M〕，北京：人民出版社，1984 年，第 3 頁。

〔註14〕金沖及，周恩來傳（一）〔M〕，北京：中央文獻出版社，1998 年，第 55 頁。

〔註15〕劉清揚，覺醒了的天津人民〔A〕，五四運動回憶錄》（下卷）〔C〕，北京：中國社會科學出版社，1979 年，第 553 頁。

〔註16〕董必武統一戰線文集〔M〕，北京：法律出版社，1990 年，第 34 頁。

〔註17〕Mary Louise. Ninde Gamewell, The Gateway to China: Pictures Of Shanghai（1916），Taibei; Cheng Wen Publishing Co, 1972, P106～107.

〔註18〕中國共產黨創建史研究文集（1990～2002）〔M〕，上海：人民出版社，2003 年，第 408 頁。

廣州，儘管也是對外開放最早的城市之一，知識份子也比較多，但由於是革命與反革命爭奪的區域。每當革命退潮後，便帶來一段黑暗時期。廣州共產黨的報告這樣寫道：「去年，這裡沒有任何組織，也不可能找到能在廣州做組織工作的人。……當時廣州是廣西人的管轄下，他們殘暴地鎮壓各種運動，而這時我們又有財政上的困難，因此，沒有任何進展。」〔註19〕1920年秋，一批從北京接受新知識新思潮的知識份子如陳公博、譚平山、譚植棠等回到廣州後，決定創辦《廣東群報》宣傳新文化，改造舊社會。這一報紙，「獲得社會一般的擁護，團結了不少進步青年在我們的周圍。在改造舊社會、建設新中國的總目標之下，工會、學生會、婦女會相繼組織起來了。由廣州到各縣相互聯繫回應，『廣東群報』就成為當時廣東各地群眾運動的領導者。」〔註20〕特別是1920年冬，陳獨秀受陳炯明之邀來廣州擔任廣東省教育委員會委員長後，廣州的知識份子運動更是如火如荼。

長沙，向來是維新和辛亥革命的重要陣地。在這一優良傳統的影響下，長沙的知識份子也很活躍。1918年4月，他們成立了新民學會，以「革新學術，砥礪品行，改良人心風俗」為宗旨。「新民學會的活動，總的說有三項：一、思想革命；二身心鍛鍊；三、革命實踐。……在新民學會階段，當時圍繞著改造中國與世界的問題，探討，研究了思想方面與實踐方面的許多問題，有時為了弄清一個問題，討論竟達一百五十次之多。」〔註21〕新民學會成立時，儘管人數很少，只有13多人，但是長沙知識份子的骨幹，他們聯合長沙學生舉行罷課，聲援北京的五四運動，並創辦《湘江評論》，舉行赴法勤工儉學運動和「驅張運動」。長沙，成為湖南知識份子活動的重要中心。

武漢是辛亥革命的發生地。早在辛亥革命前，武漢的知識份子就成立了日知會，科學補習所，宣傳革命。辛亥革命後，武漢知識份子繼承了先輩「救亡圖存」的傳統，建立了武昌仁社、利群書社、武昌工學互助團、高等師範

〔註19〕 中國社會科學院現代史研究室、中國革命博物館黨史研究室，「一大」前後：中國共產黨第一次代表大會前後資料選編〔M〕，北京：人民出版社，1984年，第3頁。

〔註20〕 中國社會科學院現代史研究室、中國革命博物館黨史研究室，「一大」前後：中國共產黨第一次代表大會前後資料選編〔M〕，北京：人民出版社，1984年，第106頁。

〔註21〕 羅章龍，回憶新民學會〔A〕，新民學會資料〔C〕，北京：人民出版社，1979年，第498頁。

勵學會、高等師範黨社、女子生機班、女子實業社等政治團體，並創辦了《武漢星期評論》、《新聲》、《向上》、《端風》等刊物。武漢的知識份子活動在全國很有影響。一刊物說道：「他（《武漢星期評論》底體例，同《每週評論》雖有多少不同，他底精神卻或者過之。武漢是再黑暗不過得地方。主撰者都是青年，而竟能本著初衷一下一下地清道，眞不能叫人驚倒。」〔註22〕五四運動時，武漢的知識界也很活躍：「5月11日，武漢15所大、中學校的學生代表2000多人在美國教會學校文華大學集會。他們討論了支持北京學生的必要策略，決定對北京政府的外交政策提出抗議。」〔註23〕武漢成爲知識份子活動的重要場域。

山東是階級矛盾和民族矛盾的突出地，這就迫使知識份子起來救亡圖存。1919年山東省議會議員王樂平在濟南大布政司街他的私宅外院辦了個齊魯通訊社，並附設售書部，宣傳新思想和新文化。齊魯書社是當時山東最早的一處新的思想文化陣地，它吸引著大批知識青年到這裡購書、閱讀，他們多是濟南各校愛國學生。王盡美和鄧恩銘等人都是這裡的熱心讀者。濟南成爲山東知識份子活動的中心。

北京、天津、上海、廣州、長沙、武漢、濟南地域特色各異，知識份子的活動也各異。北京影響最深、上海範圍最廣、長沙最徹底，濟南規模最小。儘管如此，但充分表明剛形成的新興知識份子就已經覺醒起來。俄國十月革命的爆發，又給覺醒的知識份子帶來了新的曙光。隨著「國家的情況一天一天壞，環境迫使人們活不下去。懷疑產生了，增長了，發展了。」〔註24〕一部分知識份子開始左轉，接受社會主義，成爲中共早期共產黨成員。

三、組織網絡：知識份子黨員的主要因素

我們知道，這51個知識份子黨員隸屬於不同的共產主義小組。其中，上海共產主義小組15人：陳獨秀、俞秀松、李漢俊、陳公培、陳望道、沈玄廬、楊明齋、李達、邵力子、沈雁冰、林伯渠、李啓漢、袁振英、李中、沈澤民；北京共產主義小組13人：李大釗、張國燾、鄧中夏、羅章龍、劉仁靜、高君宇、繆伯英、何孟雄、范鴻劼、張太雷、宋介、李梅羹、陳德

〔註22〕陳乃宣，陳潭秋〔M〕，石家莊：河北人民出版社，1997年，第34頁。
〔註23〕〔美〕周策縱，五四運動：現代中國的思想革命〔M〕，周子平 等譯，南京：江蘇人民出版社，2005年，第136頁。
〔註24〕毛澤東選集（第四卷）〔M〕，北京：人民出版社，1991年，第1470頁。

榮；武漢共產主義小組 8 人：劉伯垂、董必武、張國恩、陳潭秋、包惠僧、趙子健、黃負生、劉子通；長沙共產主義小組 3 人：毛澤東、何叔衡、彭璜；廣州共產主義小組 5 人：譚平山、陳公博、譚植棠、袁振英、李季；濟南共產主義小組 2 人：鄧恩銘、王盡美；旅法共產主義小組 5 人：張申府、趙世炎、陳公培、劉清揚、周恩來；旅日共產主義小組 2 人：施存統、周佛海。

　　根據法國著名社會學家涂爾幹的觀點，在轉型時社會裏，人們賴以生存的舊社會的社會組織已經解體而新的社會組織還沒有建立起來。這時，人們不僅失去了心理和情感方面的依託，而且也喪失了經濟生活的基本保障。因此，社會要維持和發展下去，就必須提供新的組織形式，即社會重組，為人類心理情感以及經濟生活提供新的依託。〔註25〕這 51 個知識份子黨員所處的時代，正是中國從傳統向現代轉型的時期。

　　這 51 個黨員除了陳公博等少數幾個出生在城市外，大多出生在鄉村。不管城市還是鄉村，他們基本上處於差序格局中。根據費孝通的解釋，差序格局實際上就是一個網絡。「我們社會中最重要的親屬關係就是這種丟石頭形成同心圓波紋的性質。親屬關係是根據生育和婚姻事實所發生的社會關係。從生育和婚姻所結成的網絡，可以一直推出去包括無窮的人，過去的、現在的和未來的人物。」這個差序格局「不像團體中的份子一般大家立在一個平面上的，而是像水的波紋一般，一圈圈推出去，愈推愈遠，也愈推愈薄。」〔註26〕

　　維持這種差序格局的是傳統的儒家禮制。51 個知識份子黨員基本上讀過私塾。陳望道讀了 10 年、陳公博讀了 6 年、鄧恩銘讀了 4 年、王盡美讀了 4 年，等。有的甚至還得過秀才，如陳獨秀、何叔衡和董必武等。他們從小接受的是儒家傳統思想，講究的是「君君、臣臣、父父、子子」封建倫理。關於少時所受傳統教育，陳獨秀有段刻骨銘心的記憶：「我從六歲到八九歲，都是這位祖父教我讀書。我從小有點小聰明，可是這點小聰明卻害苦了我。我大哥的讀書，他從來不大注意，獨獨看中了我，恨不得我一年之中把《四書》

〔註25〕王惠岩，政治學原理〔M〕，北京：高等教育出版社，1999 年，第 215～216 頁。

〔註26〕費孝通，鄉土中國　生育制度〔M〕，北京：北京大學出版社，2002 年，第 26 ～27 頁。

《五經》都讀完，他才稱意。《四書》、《詩經》還罷了，我最怕是《左傳》，幸虧這位祖父或者還不知『三禮』的重要，否則會送掉我的小性命。」〔註27〕

同時，他們也接受了小傳統教育。小傳統是相對儒家倫理大傳統而言的，指的是各種舞臺戲、地攤戲、說唱藝術及民歌（謠）、俚曲、故事、傳說、童謠和民諺等。〔註28〕毛澤東就是讀了《水滸傳》、《三國演義》、《西遊記》等，產生了階級意識和反抗意識。他說：「我繼續讀中國舊小說和故事。有一天我忽然想到，這些小說有一件事很特別，就是裏面沒有種田的農民。所有的人物都是武將、文官、書生，從來沒有一個農民做主人公。對於這件事，我納悶了兩年之久，後來我就分析小說的內容。我發現它們頌揚的全都是武將，人民的統治者，而這些人是不必種田的，因為土地歸他們所有和控制，顯然讓農民替他們種田。」〔註29〕從某一程度上講，小傳統教育促使了知識份子反叛正統社會，這是知識份子黨員形成的一個很重要因素。

1905年科舉制度的廢除，一方面，切斷了傳統士人的上升路徑，使得士不得不離開鄉土差序格局進入現代都市謀求職業。「學生者，又不能不謀自存之道、不能不服事蓄之勞。於是無問其所學為工、為農、為商、為理、為文、為法政，乃如萬派奔流以向政治之一途，仰面討無聊之生活。」〔註30〕周恩來「十二歲的那年，我離家去東北。這是我生活和思想轉變的關鍵。沒有這一次的離家，我的一生一定也是無所成就，和留在家裏的弟兄輩一樣，走向悲劇的下場。」〔註31〕說的就是這一情況。

另一方面，正統的儒家意識形態失去國家權力的制度化依託，鄉土社會差序格局的思想基礎遭到了動搖。到新式學堂、到現代都市學習西方知識成為時代的主流。1913年年齡已經37歲的「宗族稱孝，鄉黨稱弟」的何叔衡毅然放棄私塾的教職考入湖南省立第四師範學校。當校長陳夙荒問他為什麼這麼大的年紀還來當學生時，他說：「深居窮鄉僻壤，風氣不開，外事不知，耽誤了青春，舊學根底淺，新學才啟蒙，急盼求新學，想為國為民出力。」〔註32〕而像

〔註27〕任建樹，陳獨秀大傳〔M〕，上海：人民出版社，1999年，第25頁。

〔註28〕張鳴，鄉土心路八十年〔M〕，上海：三聯書店，1997年，第16頁。

〔註29〕愛德格‧斯諾，西行漫記〔M〕，董樂山 譯，北京：生活‧讀書‧新知三聯書店，1979年，第109頁。

〔註30〕李大釗文集〔M〕，北京：人民出版社，1984年，第426～427頁。

〔註31〕金沖及，周恩來傳（一）〔M〕，北京：中央文獻出版社，1998年，第6～7頁。

〔註32〕楊青，何叔衡〔M〕，石家莊：河北人民出版社，1997年，第21頁。

何叔衡這樣嚮往新學的知識份子當時不在少數。一刊物這樣說道:「自辛壬之間,尉屬遊學,明詔皇皇,青衿之子挾希望來東遊者如鯽魚。」〔註33〕

這些知識份子從社會地位來看被稱為邊際知識份子或邊緣知識份子。金兆基說:「每一個近現代中國的知識份子,當他接觸並欣賞西方文化時,就多少具有邊際人的性格。」〔註34〕這些知識份子由於脫離了傳統鄉土社會的「始發紐帶」,普遍缺乏歸屬感和安全感。周佛海哀歎:「沒有考進學校,非常憂鬱;學校快畢業,卻又非常恐慌。沒有進學校,不能領官費,飯都沒有吃,哪裏能讀書?畢業離開學校,官費不能再領了;如果找不到職業,飯都沒有吃,哪裏能革命?哪怕你志氣比天還高,哪怕你野心比海還大,不能生活,什麼都是空的。志氣不能充饑,野心不能禦寒!唉!生活、生活,這兩個字,古往今來,不知埋沒了多少英雄豪傑,志士仁人。」〔註35〕因此,出於生存的需要這些知識子尋求建立組織和學會。

1915年9月,為徵求志同道合的朋友,毛澤東以「二十八畫生」之名,向長沙各校發出徵友啟事。啟事說「願嚶鳴以求友,敢步將伯之呼」提出要結交能刻苦耐勞、意志堅定、隨時準備為國捐軀的青年。長沙第一聯合中學學生羅章龍看到啟事,當即回信約見。〔註36〕當時全國有許多知識份子的組織,比較著名的有1917年10月惲代英在武昌組織的「互助社」、1918年4月毛澤東、蔡和森、何叔衡在長沙成立的新民學會、1918年7月李大釗、王光祈、曾琦在北京發起的少年中國學會、1918年10月北京大學學生鄧中夏、黃日葵、許德珩為骨幹的國民社、1918年11月傅斯年、羅家倫發起的新潮社、1919年2月匡互生、周予同組織的工學會、1919年3月鄧中夏、廖書倉發起的平民教育講演團、1919年9月周恩來、劉清揚發起的覺悟社和1920年11月山東濟南成立的勵新學會等。

互助社是1917年10月惲代英、黃負生、洗百言等人商量成立的。它的章程有六條,即:「一、本社以群策群力自助助人為宗旨,名曰互助社。二、

〔註33〕文詭,非省界〔J〕,浙江潮(3)。

〔註34〕羅榮渠,中國現代化歷程探索〔M〕,北京:北京大學出版社,1992年,第11頁。

〔註35〕周佛海,扶桑笈影溯當年〔A〕,往矣集〔C〕,上海:古今出版社,1943年,第41～43頁。

〔註36〕中共中央文獻研究室,毛澤東年譜(一八九三～一九四九)》(上卷)〔M〕,北京:中央文獻出版社,1993年,第20頁。

社員每日開會一次，時間以半小時爲限，遇事多，時間不足，得公決延長之。三、每次開會首靜坐，數息百次，繼續前會記錄，繼每人報告一日經過，並討論一切事畢，誦《互勵文》散會。四、每會將所議事記錄之。五、自助方面，戒約如下：不談人過失。不失信。不惡待人。不作無益事。不浪費。不輕狂。不染惡嗜好。不驕矜。六、助人分兩種：一位公共議決的，一爲個人臨時的。臨時助人的事，可於開會時報告之，以便討論或傳播其方法。」〔註37〕從章程來看，互助社，像新民學會開始一樣，也是一個品德修養和隊員互相幫助的組織。劉仁靜因「氣不重，未能極意委曲以事天下，多正色斥呵他人之時，非與人爲善之道。」惲代英等人幫助他「力戒輕躁之習，求莊重而和藹，與朋友交而敬之。」〔註38〕

但在社會激烈劇變的轉型時期，互助社不可能置身事外。因此惲代英號召社員關心國家。他說：「今天我們的國家，是在極危險的時候，我們是世界上最羞辱的國民。我們立下一個決心，當盡我們所能盡的力量，做我們所應做得事情。」〔註39〕

而少年中國學會，一開始就帶有強烈的政治色彩。王光祈後來在談到該會發起的原因時說：「蓋以國中一切黨系皆不足爲，過去人物又使人絕望，本會同人因欲集合全國青年，爲中國創造新生命，爲東亞闢一新紀元。故少年中國學會者，中華民國青年活動之團體也」〔註40〕因此，學會的宗旨是「本科學的精神，爲社會的活動，以創造『少年中國』」。〔註41〕

知識份子團體和組織從提升自我修養向改造國家改造社會的轉變，爲知識份子各種思潮的接受和知識份子的分化創造了條件。當時的思潮很多，影響較大的有無政府主義、基爾特社會主義、新村主義、泛勞動主義、合作主義、平民教育和馬克思主義等。而知識份子也分化爲民族主義派、民族民權主義之漸進派、自由主義派、無政府主義派、基爾特社會主義派、新村主義派和馬克思主義派。正如有人所指出：「一方面自由派和保守派徒勞地要求在

〔註37〕張羽、鐵鳳，惲代英傳〔M〕，北京：中國青年出版社，1995年，第96頁。
〔註38〕惲代英日記〔M〕，北京：中共中央黨校出版社，1981年，第412、351頁。
〔註39〕張羽、鐵鳳，惲代英傳〔M〕，北京：中國青年出版社，1995年，第98頁。
〔註40〕王光祈，本會發起之旨趣及其經過情形〔A〕，張允候，五四時期的社團（一）〔C〕，上海：三聯書店，1979年，第219～220頁。
〔註41〕王光祈，本會發起之旨趣及其經過情形〔A〕，張允候，五四時期的社團（一）〔C〕，上海：三聯書店，1979年，第220頁。

軍閥統治下實行溫和的改革，另一方面左派份子和民族主義者在蘇俄與日俱增的影響下加速了他們的組織活動。」〔註42〕

十月革命一聲炮響，促進了一些知識份子開始用無產階級宇宙觀來觀察國家命運，考慮中國出路。於是出現了一些研究馬克思主義團體。主要有李大釗、鄧中夏、黃日葵、高君宇、劉仁靜、羅章龍等十幾人發起的北京大學馬克思學說研究會、陳獨秀、李漢俊、李達等人組織的上海馬克思主義研究會和王盡美、鄧恩銘成立的山東馬克思主義學說研究會等。而原先的新民學會、互助社、覺悟社也迅速左轉，接受和宣傳馬克思主義。這樣，在全國形成了研究和宣傳馬克思主義的組織網絡。

聯繫和領導這一網絡的人物主要是陳獨秀。陳獨秀由於是新文化運動的發起者和五四運動的旗手，因此，這些馬克思主義組織都受著陳獨秀的影響或在陳獨秀的領導或幫助下進一步建立共產主義小組。

北京共產主義小組是在李大釗與陳獨秀商量下建立起來的；上海共產主義小組是陳獨秀直接組織起來的；湖南共產主義小組得到了陳獨秀的幫助，張國燾《我的回憶》這樣說道：「陳先生與在湖南長沙主辦《湘江評論》的毛澤東等早有通信聯絡，他很賞識毛澤東的才幹，準備去信說明原委，請他發動湖南的中共小組。」〔註43〕武漢共產主義小組也得到了陳獨秀的支持，據包惠僧回憶：「同年（1920年）夏秋之交，劉伯垂由廣州過上海回武漢，他在上海同陳獨秀談了幾次，陳獨秀即吸收劉伯垂入黨，並派他到武漢發展組織。」〔註44〕廣州共產主義小組是陳獨秀直接建立的。「大約在一九二一年一月間，陳獨秀邀約譚平山、陳公博、譚植棠等及無政府主義者區聲白等人，共同組成廣東小組。」〔註45〕濟南共產主義小組是王盡美、鄧恩銘等通過羅章龍等人與北京共產主義小組取得聯繫，並在其指導下籌建的，故濟南共產主義小組間接也受了陳獨秀的影響。因此，陳獨秀成為共產主義組織網絡關鍵性人物。

這一共產主義組織網絡的建立，正如張國燾所說：「中共的發起者們，大都是五四運動中的活動份子，因而能利用五四運動的經驗來建立中共的始

〔註42〕〔美〕周策縱，五四運動：現代中國的思想革命〔M〕，周子平 等譯，南京：江蘇人民出版社，2005年，第332頁。

〔註43〕張國燾，我的回憶（上）〔M〕，北京：東方出版社，2004年，第117頁。

〔註44〕包惠僧回憶錄〔M〕，北京：人民出版社，1983年，第16頁。

〔註45〕張國燾，我的回憶（上）〔M〕，北京：東方出版社，2004年，第121頁。

基。我們養成了一種爲新理想而實幹的精神，也繼承著五四運動中那種團結互助的組織作風，因而能不重蹈舊有政黨的那種鬧意氣的士大夫積習，一開始就以一種富於團結力的新姿態出現。」〔註 46〕一個巨大的共產主義的幽靈開始在中國遊蕩著。

四、學歷背景：知識份子黨員的分化

卡爾・曼海姆認爲知識份子是「自由漂遊」的，是「沒有或幾乎沒有根的階層，對這個階層來說，任何階級或等級地位都不能明白無誤地橫加在它身上。」「在很大程度上，它是不附屬於任何階級的。」〔註47〕在此基礎上，筆者認爲知識份子是可以分層的。

留學英美的知識份子，在整個知識份子群中，儘管人數不多，但由於大多是官派留洋者，與主流社會的關係比較密切，政治思想相對比較保守，屬知識份子的上層。留日知識份子相較留學英美知識份子來說，除少數官費外，基本上是自費的，他們屬於知識份子的中層。國內一些高等學府的學生也屬於這一層。這一層知識份子經濟地位最容易發生變化，思想最容易動盪。師範生和一些中專學校的學生，家境比較貧寒，具有革命性，屬於知識份子的下層。〔註48〕

中共一大 51 個知識份子黨員，沒有一人留學英美，這說明參加一大的黨員基本上是知識份子的中下層。陳公博在一大後，官費赴美留學，思想發生巨大變化。如他自己所說：「我最先發覺的就是馬克思所說中等階級消滅的理論絕對不確。……第二個發覺是馬克思的辯證法不確。……第三個發覺，馬克思所謂剩餘價值也是片面的觀察。……我經過長時間的研究，我固然不贊成馬克思的社會主義，也不贊成亞當斯密的自由主義，我深深感覺在今日的中國捨民生主義實在無法可以建國和復興。」〔註49〕思想上徹底脫離共產黨，甚至後來成爲中國第二號漢奸。這也表徵著成爲知識份子上層後的政治思想的保守性。

〔註46〕張國燾，我的回憶（上）〔M〕，北京：東方出版社，2004 年，第 122 頁。
〔註47〕Mannheim, K. Ideology and Utopia: Intruduction to the Sociology of Knowledge, Routledge and Kegan Paul, London, 1979.
〔註48〕伍小濤，從邊緣到主流：中國知識份子百年心路歷程〔J〕，文化中國（加拿大），2007（1）。
〔註49〕陳公博，我與共產黨〔A〕，寒風集，甲〔C〕，上海：地方行政社，1945 年，第 231～233 頁。

知識份子中層在一大 51 個知識份子黨員中占絕大多數。從前面的表中可以看出，一大知識份子黨員屬於中層的有 37 個，占總數的 73% 多。他們分別是：陳獨秀、李漢俊、陳公培、陳望道、沈玄廬、李達、邵力子、沈雁冰、林伯渠、袁振英、沈澤民、李大釗、張國燾、鄧中夏、羅章龍、劉仁靜、高君宇、何孟雄、范鴻劼、張太雷、宋介、李梅羹、陳德榮、劉伯垂、董必武、張國恩、劉子通、譚平山、陳公博、譚植棠、李季、張申府、陳公培、劉清揚、周恩來、施存統和周佛海。

從表中他們的去向來看，這些中層知識份子，有的為革命貢獻了自己年輕的生命，有的在新中國擔任重要職務，有的脫黨，有的成為托派，有的甚至成為大漢奸。這固然與他們的家庭背景、人生際遇、性格特徵有關，更重要的是與他們知識份子特質相聯。

關於知識份子特質，鄧中夏曾精闢地論述過。他說：「可惜他們本來沒有經濟的基礎，只能附屬於有經濟實力的各階級方有所成就。並且他們因經濟條件之限制，使他們富有浪漫，自由，無政府各種思想，亦不能集中其勢力，亦是其大病。」〔註50〕這種特質，在知識份子中層表現得尤為明顯。

十月革命爆發後，這些知識份子中層看到了無產階級的力量和蘇俄革命的力量：「因為廿世紀的群眾運動，是合世界人類全體為一大群眾。這大群眾裏邊的每一個人，一部分人的暗示模仿，集中而成一種偉大不可抗的社會力。這種世界的社會力，在人間一有動盪，世界各處都有風靡雲湧，山鳴谷應的樣子。在這世界群眾運動的中間，歷史上殘餘的東西，……都像枯黃的樹葉遇見凜冽的秋風一般，一個一個的飛落在地。由今以後，到處所見的，都是 Bolshevism 的戰勝的旗，到處所聞的都是 Bolshevism 的凱歌的聲。人道的警鐘響了！自由的曙光現了！試看將來環球，必是赤旗的世界！」〔註51〕因此，這些知識份子中層大都主張與無產階級打成一片，進行社會主義革命。董必武回憶道：當時，「我和張（國恩）、詹（大悲）、李（漢俊）在這種形勢下，估計中國還是要革命，要打倒列強，要除軍閥，要建立民主制度，要喚醒民眾」，但是，舊的革命方法行不通，「應改為一種能喚醒群眾、接近群眾的方法。」〔註52〕

〔註50〕中國工人〔N〕，1924－11－2。
〔註51〕李大釗，Bolshevism 的勝利〔A〕，李大釗全集（第三卷）〔C〕，石家莊：河北教育出版社，1999 年，第 104 頁。
〔註52〕董必武選集〔M〕，北京：人民出版社，1985 年，第 504 頁。

中共一大召開後，隨著革命形勢的迅速發展和後來革命高潮的低落，這些知識份子中層政治、經濟地位發生了一系列變化，其思想也隨著發生改變。

首先，就周佛海、張國燾、沈玄廬和江介來講，他們出身沒落官僚和地主家庭。這樣的出身，促使他們更易依附權勢。周佛海說：「我當時抱負不凡，深以將來的大政治家或革命領袖自命，如今卻被人叫做『做文章的』，把我當做一個單純的文人，因此，我感覺到是一種輕視。文人，自然有文人的價值和重要，但是我當時卻志不在此。」〔註53〕因此，1924 年 6 月，周佛海先應國民黨元老戴季陶之請回到廣州，在宣傳部任職，又被鄒魯聘請爲廣東大學教授。戴、鄒不僅解決了周佛海因即將畢業面臨的「焦急萬狀」的就業問題，並且予以高薪，這不得不使周佛海依附戴、鄒，成爲「戴季陶主義」的吹鼓手。沈玄廬和江介的情況，與周佛海極爲相似。周、江成爲漢奸，沈玄廬脫黨乃是依附權勢使然。張國燾長期擔任中共高級領導，一旦失勢，心裏頗不平衡。正如他自己回憶：「經過這場鬥爭，我搬到新居，我的心情又極大的變化。我獨自隱居在那裏，閉門謝客，連電話都不裝置，我遊玩於山水之間，俯瞰延安熙熙攘攘的情形，冷眼旁觀。在中共的舞臺上我名雖演員，實際上只是觀眾之一罷了。……我決意脫離中共，尋找最近的機會離開延安。」〔註54〕於是在 1938 年，他投靠國民黨，成爲中共的叛徒。從思想上說，周佛海、張國燾、沈玄廬和江介屬於知識份子中層的右翼。

其次，就李大釗、鄧中夏、林伯渠和周恩來等人來講，不管生死、不管榮辱、不管地位高低，一生爲共產主義事業義無反顧，就是認定了無產階級是最先進的階級，只有馬克思主義才能救中國，只有社會主義才能救中國。李大釗在《獄中自述》這樣說道：「釗自束髮受書，即矢志努力於民族解放之事業，實踐其所信，勵行其所知，爲功爲罪，所不暇計。」〔註55〕周恩來在信中也說過同樣的話：「我認的主義一定是不變了，並且很堅決地要爲他宣傳奔走。」並附詩一首言志：「壯烈的死，苟且的生。貪生怕死，何如重死輕生！沒有耕耘，哪來收穫？沒播革命的種子，卻盼共產花開！夢想赤色的旗兒飛揚，卻不用血來染他，天下哪有這類便宜事？」〔註56〕他們屬於知識份子中層的左翼。

〔註53〕周佛海，扶桑笈影溯當年〔A〕，往矣集〔C〕，上海：古今出版社，1943 年，第 26 頁。
〔註54〕張國燾，我的回憶（下）〔M〕，北京：東方出版社，2004 年，第 361～428 頁。
〔註55〕李大釗全集（第四卷）〔M〕，石家莊：河北教育出版社，1999 年，第 719 頁。
〔註56〕周恩來書信選集〔M〕，北京：中央文獻出版社，1988 年，第 46～47 頁。

最後，就陳獨秀、劉仁靜、譚平山等人來講，他們儘管服膺社會主義革命，但對於無產階級的作用和鬥爭的艱巨性是估計不足的。陳獨秀在《中國國民革命與社會各階級》一文中指出：「工人階級在國民革命中固然是重要份子，然亦只是重要份子而不是獨立的革命勢力。概況說起來，是因爲殖民地半殖民地產業還未發達，連資產階級都很幼稚，工人階級在客觀上更是幼稚了。詳細說起來，產業幼稚的中國，工人階級不但在數量上是很幼稚，而且在品質上也很幼稚。」〔註57〕「殖民地半殖民地的各社會階級固然一體幼稚，然而資產階級的力量究竟比農民集中，比工人雄厚，因此國民運動若輕視了資產階級，是一個很大的錯誤觀念。」〔註58〕因此，在革命領導權問題上，放棄無產階級領導權，迎合資產階級。這就是後來陳獨秀、劉仁靜成爲托派，譚平山、邵力子、沈雁冰等人脫黨退黨的重要原因。劉仁靜曾這樣檢討道：「當時我恰恰處在沒有正確總結的條件、只有自由思考的條件的特殊情況下，這就使我的一系列主觀因素，諸如主觀自信、思想偏激、脫離實際等都充分發揮作用，使我把錯綜複雜的鬥爭簡化，把這樣那樣的矛盾絕對化，使我迷惑、苦悶、鑽進牛角尖，陷入不能自拔的境地，終於偏離正確思想軌道，傾向托派了。」〔註59〕陳獨秀、劉仁靜、譚平山屬於知識份子中層的中翼。

至於李漢俊、李達、陳望道、袁振英的脫黨，表面上看是與陳獨秀有意見分歧和不滿陳獨秀的獨斷專行作風。李達在自傳寫道：「我心裏想，像這樣草寇式的英雄主義者，做我黨的領袖，前途一定無望。但他在當時已被一般黨員尊稱爲『老頭子』，呼『老頭子』而不名。我當時即已萌發可脫黨的決心。」〔註60〕實際上是知識份子特質習性使然。李達也是這樣認爲的。他說：「歸納起來，小資產階級意識過於濃厚，以致思想與實踐脫節——這是當年離開組織的總原因。」〔註61〕羅章龍和李梅羹成立「非委」，從某一程度上講也是小資產階級意識作怪。因此，由於知識份子特質，對其人生選擇的重要影響，36個知識份子中層黨員嚴重分化。

〔註57〕任建樹，陳獨秀著作選（第2卷）〔M〕，上海人民出版社，1993年，第564頁。

〔註58〕任建樹，陳獨秀著作選（第2卷）〔M〕，上海人民出版社，1993年，第561頁。

〔註59〕劉仁靜，往事漫憶〔J〕，人物，1996（2）。

〔註60〕李達自傳〔J〕，黨史研究資料，1981（2）。

〔註61〕宋鏡明，李達〔M〕，石家莊：河北人民出版社，1997年，第105頁。

　　從表一可知，毛澤東、何叔衡、陳潭秋、王盡美、鄧恩銘、俞松秀和彭璜等人都畢業於師範學校或初級中專學校，屬於知識份子下層。他們家境一般。何叔衡曾對他女兒說：「我讀了書，我的兩個姐姐、兩個哥哥和一個弟弟幾乎一天書也沒有讀，都是文盲。我是靠你們幾個伯伯叔叔的勞動才讀成書的。書都由我一個人讀了。」〔註62〕由於師範學校的學生一般免交學費，並由學校給以膳費及雜費，因此，師範成爲這些處於社會邊緣的貧窮學子求學的最好場所。毛澤東曾對斯諾說：「那時候我沒有錢，家裏不肯供養我，除非我進學校讀書。由於我在會館裏住不下去了，我開始尋找新的住處。同時，我也在認眞地考慮自己的『前途』，我差不多已經作出結論，我最適合於教書。我又開始留意廣告了。這時候湖南師範學校的一則動聽的廣告，引起我的注意，我津津有味地讀著它的優點：不收學費，膳宿費低廉。有兩個朋友也鼓勵我投考……三個人都錄取了。」〔註63〕

　　根據1912年公佈的《師範學校規程》，師範學校的教師應以以下內容教育學生：「愛國家、尊法憲，爲充任教員者之要務，故宜使學生明建國之本原，踐國民之職分。」「國民教育趨重實際，宜使學生明現今之大勢，察社會之情狀，實事求是，爲生利之人而勿爲分利之人」等〔註64〕。因此，師範教育的教師大部分是由具有現代思想的知識份子擔任。毛澤東、蔡和森、何叔衡等人就是受了老師楊昌濟的影響，以改造中國和世界爲己任。毛澤東回憶道：「給我印象最深的教員是楊昌濟，他是從英國回來的留學生，後來我同他的生活有密切的關係。他教授倫理學，是一個唯心主義者，一個道德高尙的人，他對自己的倫理學有強烈的信仰，努力鼓勵學生立志做有益於社會的正大光明的人。」〔註65〕

　　而且，師範生畢業又面臨就業難的問題。蔡和森湖南一師畢業後，竟連個小學教員的職位也找不到，他想找一個私塾性質的「鄉館」安置下來，又希望落空。這使蔡和森深深地感到：這種失業絕不是他個人的問題，而是整

〔註62〕何實山、何實嗣，憶父親何叔衡成爲馬克思主義者的前後──從「窮秀才」到「一大」代表〔J〕，新湘評論，1981（7）。
〔註63〕愛德格‧斯諾，西行漫記〔M〕，董樂山 譯，北京：生活‧讀書‧新知三聯書店，1979年，第120頁。
〔註64〕宋恩榮，中華民國教育法規選編〔M〕，南京：江蘇教育出版社，2005年，第428頁。
〔註65〕愛德格‧斯諾，西行漫記〔M〕，董樂山 譯，北京：生活‧讀書‧新知三聯書店，1979年，第122頁。

個社會的問題。如果不從根本上改造社會，失業問題以及其他種種問題，都無法解決。〔註66〕基於上述，師範生最容易反叛社會，走上革命的道路。可以說，中國二十世紀的革命，師範生起著重大的作用。因此，一大知識份子黨員中師範生基本上是堅定的革命者。

五、結語

　　20 世紀初的共產主義運動，固然是無產階級壯大和馬克思主義傳播的結果，但起領導作用的還是知識份子。這主要因為農民是小生產者，他們不能以自己的名義代表和保護自己的利益，而必須依靠站在他們上面的權威；工人雖然是先進生產力的代表者，但文化的落後，也直接決定他們不能充分反映自己的政治訴求；而知識份子「為天地立心，為生命立命，為往世繼絕學，為萬世開天平」的優良傳統、對社會敏銳的觀察力及對新知識的熟練掌握從而充當了時代的代言人。正如施存統所說：「學生本身，本是沒有什麼力量；然而一加入其他團體之中，就很有力量了。學生因為環境比一般無產階級和兵士好，所以就容易發生覺悟，容易感受社會主義，也便容易為社會犧牲。」〔註67〕中共 20 世紀 20 年代的革命運動，從某一種程度上說，都是知識份子黨員發起和領導的。

　　隨著革命運動的深入，由於家庭背景、知識背景和人生經歷各異，中共知識份子黨員發生分化也是自然而然的了。早期的中國共產黨人就指出：中國的知識份子是「沒有形成整個階級的」，介於「統治階級與被剝削階級之間的一種中間份子」。是一種「可以為革命所用，亦可以為反革命所用的」的「游離勢力」。〔註68〕這說明，中共對知識份子黨員的分化有著充分的認識。一大強調指出：「鑒於我們的黨至今幾乎完全由知識份子組成，所以代表大會決定要特別組織工人，以共產主義精神教育他們。」〔註69〕因此，從某種角度上

〔註66〕中共雙峰縣委員會，蔡和森傳〔M〕，長沙：湖南人民出版社，1980 年，第29 頁。

〔註67〕中國社會科學院現代史研究室、中國革命博物館黨史研究室，「一大」前後：中國共產黨第一次代表大會前後資料選編〔M〕，北京：人民出版社，1984 年，第 280 頁。

〔註68〕齊鵬飛，中國共產黨早期關於知識份子問題的理論探索〔J〕，中共黨史研究，1992（3）。

〔註69〕齊鵬飛，中國共產黨早期關於知識份子問題的理論探索〔J〕，中共黨史研究，1992（3）。

講，後來中共對知識份子的思想改造是必要的。而中共一大知識份子黨員的分化，深刻地影響著中國革命的進程和走向。

時下，社會進入轉型時期。知識份子特質的領導幹部發生分化也是自然的。絕大多數領導幹部依靠人民，相信人民，關心人民，在群眾中樹立起為民、務實、清廉的政治標杆。如孔繁森、牛玉儒、楊善州等。也有一少部分領導幹部，依附權勢、依附金錢、依附美色，如周永康、徐才厚、令計劃等，置黨和人民利益不顧，嚴重違紀違法，被稱為「國妖」。對於這些理想信念不堅定，放鬆世界觀的改造，追逐金錢、權力和美色的領導幹部，除了從制度進行規訓外，加強共產主義理想信念和黨性的教育，樹立起正確的權力關、地位觀和利益觀是非常必要的。當前開展的群眾路線教育實踐活動，正是踐行黨的根本宗旨，保持黨同人民群眾的血肉聯繫一項重大舉措。領導幹部只有一切為了人民，一切依靠人民，才能贏得人民群眾的支持和認同。

權威學解讀：王明〔註1〕

　　在中共的歷史上，王明可謂是爬得越快越高，跌得最重的人。1925 年 12
月，他只是一個被派到莫斯科中山大學學習的普通學生，而 1930 年 12 月卻
被共產國際任命爲江蘇省委書記，一年後掌控了中共的最高權力。王明路線
統治中共達四年之久。是一種什麼樣的力量驅使此情況的出現？本文欲從權
威學的角度，進行具體解讀。

　　按照德國政治社會學家馬克斯·韋伯的觀點，權威有三種：一種是傳統
型權威；一種是魅力型權威；一種是法理型權威。其中傳統型權威是基於對
古老傳統神聖性的合法性上。〔註2〕王明的權威由於直接承襲共產國際而來，
從某種程度上講，當屬傳統型權威。因此，欲解讀王明個人權威的形成、發
展和消解，首先有必要瞭解共產國際權威在中國的建構。

　　中國共產黨雖然說是在共產國際的幫助下誕生的，但在建立初期，兩者
的關係並不緊密，遑論中共是共產國際的一個支部。只是 1921 年 10 月，由
於黨的總書記陳獨秀的被捕，共產國際代表馬林「花了許多錢，費了很多力，
打通了會審公堂的各個關節」才順利出獄。爲了感恩，中共才答應接受共產
國際的領導和經濟的支持的。〔註3〕

　　根據共產國際的組織原則，共產國際「事實上必須是一個獨一無二的世
界性的共產黨。在各國進行工作的黨只是它的獨立支部而已。」「發佈對所有

〔註1〕　載《黨史文苑》2007 年第 8 期。
〔註2〕　Max Weber. *Economy and Society*〔M〕,〔S.L〕University of California Press, 1978,
　　　　P215.
〔註3〕　任建樹，陳獨秀大傳〔M〕，上海：上海人民出版社，1999 年，第 265 頁。

參加共產國際的政黨和組織都具有拘束力的指示。」〔註4〕中共作為其成員，自然在決策、人事任免上以共產國際的意見為意見。而共產國際實際上又是聯共（布）的工具。中共逐漸喪失了組織上的獨立性。

由於作為中共總書記的陳獨秀日益不滿共產國際的「黨內合作」原則，曾多次提出中共退出國民黨組織，又大革命的失敗必須找一個替罪羊，共產國際為了維護自己的權威，採取斯大林的說法：「中國的革命是陳獨秀葬送的」，〔註5〕要求中共停止陳獨秀的職務，讓他去莫斯科，並另組新的臨時中央常委會。

被共產國際扶上臺的瞿秋白，自然認同和按照共產國際派往中共的代表羅明拉茲「無間斷革命」理論，起草通過了《中國現狀與共產黨的任務決議案》。認為中國革命的潮流仍在不斷高漲，「現時全中國的狀況是直接革命形勢」，因而黨的總策略不是退卻而是繼續進攻，在全國實行總暴動。〔註6〕但盲動主義對中國革命造成的極大損失，使共產國際又不得不進行批評。斯大林以共產國際名義宣佈：「把現階段的中國革命描繪成業已進入社會主義革命，是不正確的；同樣不正確的，是把它描繪成『不斷』的革命。企圖跳過資產階級民主階段，同時又把革命估計成『不斷』的——這是一種與托洛茨基 1905 年所犯相同的錯誤。」〔註7〕因此，瞿秋白失去了共產國際的支持，也只好下臺。

陳獨秀的所謂「右傾機會主義」錯誤和瞿秋白的左傾盲動主義，在蘇共中央、共產國際領導人看來，主要是因為「黨的指導機關裏極大多數是知識份子及資產階級的代表」。因此，共產國際給中共中央發來一紙電令稱「要使工人和農民組織的領袖以及在內戰時長成的黨員，在黨的中央內取得決定的影響。」〔註8〕按照共產國際的要求，工人出身的向忠發當上了中共第三位掌舵人。

〔註4〕 中共中央黨史研究室第一研究部，共產國際、聯共（布）與中國革命文獻資料選輯（1917～1925）〔Z〕，北京：圖書館出版社，1997 年，第 149 頁。
〔註5〕 鄭超麟，鄭超麟回憶錄（上）〔M〕，北京：東方出版社，2004 年，第 626 頁。
〔註6〕 張秋實，瞿秋白與共產國際〔M〕，北京：中央黨史出版社，2004 年，第 192 頁。
〔註7〕 鄭超麟，鄭超麟回憶錄（上）〔M〕，北京：東方出版社，2004 年，第 297 頁。
〔註8〕 中共中央檔選集（第 3 冊）〔C〕，北京：中共中央黨校出版社，1983 年，第 628 頁。

　　陳、瞿的下臺和向的上臺，在某種程度上講，基本上是在共產國際的操縱下進行的。這樣在中共黨內一部分人心裏產生了這樣的想法：誰擁護共產國際，誰就會在中共政治格局中占一席之地。因此，王明爲了爬上中共的最高領導寶座，玩弄了一系列政治手段。

　　首先，「善於趨奉」「不遺餘力地取得米夫的信任」。〔註9〕米夫當時是莫斯科中山大學的副校長，是所謂研究中國問題的專家。後爲校長，共產國際東方部副部長，是一位當權派人物。爲了接近米夫，王明對其他課程不甚關心，學習成績平淡無奇，而對米夫所講授的列寧主義課和俄語認眞揣摩，死記硬背。這樣「王明熟記列寧主義課的名詞術語，講起來頭頭是道，自然得到米夫的歡心和親睞。王明對俄語學得快，可以和米夫直接對話，接觸就自然多了，思想交流也深了，感情也密切了，於是他成了米夫的重點培養對象。」〔註10〕爲了進一步鞏固這層親密關係，王明除了設法陪同米夫對中國的考察外，還協助米夫聯絡支部派，搞跨教務派，從而使米夫登上了中山大學的最高寶座。當然，米夫報之以李，讓王明1927年10月開始當上了支部局宣傳幹事，控制了支部局，「逐漸形成了以王明爲首的教條主義宗派小集團。」〔註11〕

　　其次，排斥異己，製造「江浙同鄉會」事件。爲了打擊中山大學的反對派，王明藉口有人聽見在孫治方房裏說江浙話，好像在開江浙同鄉會的報告和蔣經國在回江浙同學的信有「我現在的會費還沒有著落，等有了再寄來」〔註12〕的話，誣稱俞秀松、董亦湘、周達文等組織了江浙同鄉會。結果12名學生開除黨籍、團籍，4人被逮捕。這樣，通過這一事件及和米夫不同尋常的關係，王明強制地樹立起了在莫斯科中山大學的權威。但由於此權威的輻射範圍只限於莫斯科中山大學，爲了染指中共最高權力機構，王明又儘量使其擴展開去。

　　再次，挑戰中共駐共產國際莫斯科代表團。中共代表團是中共傳達共產國際指示，執行共產國際命令，溝通中共與共產國際關係的一個重要駐外組

〔註9〕　盛岳，莫斯科中山大學和中國革命〔M〕，北京：東方出版社，2004年，第205頁。
〔註10〕周國全、郭德宏，王明評傳〔M〕，合肥：安徽人民出版社，1989年，第21頁。
〔註11〕周國全、郭德宏，王明年譜〔M〕，合肥：安徽人民出版社，1991年，第18頁。
〔註12〕周國全、郭德宏，王明年譜〔M〕，合肥：安徽人民出版社，1991年，第20頁。

織。當時中共駐共產國際代表團團長爲瞿秋白。王明一派爲了削弱中共代表團的權威，首先從理論上借共產國際「第三時期」理論，指責中共代表團對戰後資本主義恐慌發展的「第三時期」估計不足，指出：「李立三對於第三時期估計的觀點，恰與一切右派、調和派的觀點相同——尤其是與國際六次大會上的中共代表的觀點一致。」〔註13〕在富農問題上，中共代表團「只站在一般農民的觀點上去反對富農的半封建壓迫和半封建剝削，而不站在無產階級的觀點上去反對一切壓迫和一切剝削（包括封建性與資本主義性的）」。〔註14〕指出：「只有在政治上、經濟上、組織上、思想上種種方面進行無情堅決的鬥爭，才是反富農鬥爭的全部；只有從物質上破壞和催毀富農及富農意識所憑藉的基礎，才能使鄉村中的廣大雇農貧農群眾成爲黨和群眾組織的中心，才能使革命更加深入和擴大。」〔註15〕其次從行動上精心策劃，利用1929年暑假前夕的工作總結大會，猛烈攻擊中共代表團和「工人反對派」。王明一派借蘇共莫斯科區委書記芬可夫斯基的口指責中共代表團干預中大事務，侵犯職權，大多數學生對支部局不滿是「反黨行爲」。〔註16〕同時，利用莫斯科的「清黨」運動，王明一派興高采烈地收集和捏造瞿秋白以及中共代表團的所謂「幕後活動的材料」，把代表團成員從中共六大以來的各種講話和檔逐字加以審查，找出可攻擊之點上交共產國際。由此共產國際執委會政治委員會建議中共中央對其代表團成員作必要的更新，新的代表團組成應與共產國際執委會政治書記處商定。〔註17〕

最後，蓄意挑戰中共中央政治局。1929年3月，王明回國的時候，儘管有米夫信的力薦，但中共中央從實際鬥爭出發，分配他到上海滬西區委任宣傳幹事，兼做《紅旗》報通訊員。王明很不滿意，認爲大材小用了，東方部派他回國不是做普通工作，而是要做領導工作的。〔註18〕因此，一方面向米夫大倒苦水：「詭稱在獄中遭到毒打，抱怨中共中央把他丟到了腦後。米夫大

〔註13〕張秋實，瞿秋白與共產國際〔M〕，北京：中央黨史出版社，2004年，第278頁。

〔註14〕慕石（王明），極可注意的兩個農民意識問題〔J〕，紅旗報，1930－1－4。

〔註15〕王明言論選輯〔C〕，北京：人民出版社，1982年，第71～72頁。

〔註16〕張秋實，瞿秋白與共產國際〔M〕，北京：中央黨史出版社，2004年，第282頁。

〔註17〕中共中央黨史研究室第一研究室譯，聯共（布）、共產國際與中國蘇維埃運動（1927～1931）〔Z〕，北京：中央文獻出版社，2002年，第212～214頁。

〔註18〕羅章龍，上海東方飯店會議前後〔J〕，新華文摘，1981（5）。

發雷霆。他在四中全會前給中共中央信中，贊揚陳紹禹的英雄主義和稱他是英勇革命者的典範，攻擊李立三的領導不給陳安排重要職務。」〔註 19〕另一方面又急於想出人頭地。他利用共產國際、中共黨內同志對「立三路線」的不滿，大量撰文進行批駁。據專家考證，王明此期間共寫了近 20 篇文章，幾乎和李立三的文章數目相等。〔註 20〕但王明這些文章，正如一老革命所指出的那樣：「這些意見是以「左」的觀點來反對立三的「左」傾。在關於中國革命的性質、國內形勢和黨內主要危險上，他們和立三的看法基本上差不多。」〔註 21〕由於李立三關於中國革命與世界革命關係的設計上，中國革命成了世界革命的中心，而自從十月革命以來一直處於世界革命中心和領導位置的蘇聯竟然淪落到配合中國革命的地位，這無疑是犯了莫斯科的大忌。因此，1930年共產國際就李立三的「左」傾錯誤作了《共產國際執委會關於立三路線問題給中共中央的信》，即十月來信。指出李立三這是「敵視布爾什維克主義，敵視共產國際的行為。」〔註 22〕由於王明的一系列文章迎合了共產國際的口味，又由於王明最先知道十月來信，在與博古聯名給中央政治局的信，以激烈的言辭反對「立三路線」和「六屆三中全會」：「立三同志的路線是反馬克思主義的反列寧主義的路線，是右傾機會主義和『左』傾機會主義的混合物，是托洛茨基主義、陳獨秀、布朗基主義的混合物，立三路線和國際路線是不相容的。」〔註 23〕因此更深受米夫的賞識。米夫以提拔「擁護國際路線」，「反對立三路線」的幹部為名壓迫中共任命王明為江蘇省委書記。〔註 24〕在六屆四中全會上，米夫更以共產國際代表的身份吹捧王明，嚴厲批評瞿秋白和羅章龍等。他說，王明是馬列主義理論水準最高的布爾什維克，是反立三路線最卓越的戰士，是最優秀的黨的領導，他是百分之百能夠執行國際路線的，

〔註 19〕盛岳，莫斯科中山大學和中國革命〔M〕，北京：東方出版社，2004 年，第259 頁。

〔註 20〕周國全、郭德宏，王明評傳〔M〕，合肥：安徽人民出版社，1989 年，第 78頁。

〔註 21〕劉曉，黨的六屆三、四中全會前後白區黨內鬥爭的一些情況〔J〕，中共黨史資料，1981（14）。

〔註 22〕中共中央黨史研究室第一研究室譯，聯共（布）、共產國際與中國蘇維埃運動（1927～1931）〔Z〕，北京：中央文獻出版社，2002 年，第 360 頁。

〔註 23〕張秋實，瞿秋白與共產國際〔M〕，北京：中央黨史出版社，2004 年，第 330頁。

〔註 24〕周國全、郭德宏，王明年譜〔M〕，合肥：安徽人民出版社，1991 年，第 50頁。

信任他，就是信任共產國際。〔註25〕在這種背景下，王明被增補爲中央委員、中央政治局委員，並在米夫的支持下，王明開始掌控了中共最高權力，樹立起在全黨的權威。

爲了鞏固這種權威，王明「就從兩個方面進行工作：上靠共產國際，下壓黨員群衆」〔註26〕

就上來說，主要是共產國際對六屆四中全會決議的批准和對王明的支持：「共產國際執行委員會主席團滿意地指出：中國共產黨中央委員會第四次擴大全會，在兩條路線的鬥爭中，擊退了右傾分裂派和取消派的進攻，同時沉重地打擊了李立三同志半托洛茨基觀點以及對其觀點的調和態度。四中全會在黨的進一步布爾什維克化的事業中前進了一大步，修正了政治路線，更新了黨的領導，從而使黨的全部工作開始有了轉折，這有利於實際而徹底解決黨所面臨的那些刻不容緩的任務」。〔註27〕也就是說，王明借共產國際的權威建構了政治權威的合法性。

就下來說，王明的權威由於主要來自共產國際的賜予，而不是個人魅力和工作績效所致，因此許多人是不認同的。有人說：「如果王明領導中央，我們就不幹了。」〔註28〕在這種情況下，王明及王明派只能靠強力壓服來獲取認同。他們在白區和蘇區都實行了「殘酷打擊、無情迫害」。在白區，對反對他們的人，採取批判鬥爭、撤職處理及停發生活費相要脅，甚至利用國民黨特務來消除政敵。何孟雄、林育南等人的逮捕就是王明有意打擊的結果。王明本來已經從中央特科得到消息，知道國民黨特務已經混入和何孟雄一起反對四中全會的人的組織內部，卻不讓特科去告訴何孟雄等人提高警惕，反而說：要中央特科去通告何孟雄等人，是有危險的，恐怕已經來不及了。結果造成何、林諸人被國民黨逮捕並槍殺。〔註29〕在蘇區，對堅持正確路線的毛澤東、鄧小平等人，扣上「富農路線」「羅明路線」「一貫的右傾」等帽子，

〔註25〕周國全、郭德宏，王明年譜〔M〕，合肥：安徽人民出版社，1991年，第52頁。
〔註26〕周國全、郭德宏，王明評傳〔M〕，合肥：安徽人民出版社，1989年，第159頁。
〔註27〕共產國際執行委員會主席團關於中國共產黨任務的決議（1931年8月26日）〔A〕，共產國際有關中國革命的文獻資料（第2輯）〔C〕，北京：中國社會科學出版社，1982年，第150頁。
〔註28〕黃玠然，黨的六大前後若干歷史情況〔J〕，黨史資料（第一輯），1979年。
〔註29〕周國全、郭德宏，王明評傳〔M〕，合肥：安徽人民出版社，1989年，第164頁。

撤銷他們的職務。毛澤東就是因此而被撤銷紅軍總政委職務的。毛澤東後來跟外國朋友說起了這段異常艱難的處境。他說：「他們迷信國際路線，迷信打大城市，迷信外國的政治、軍事、組織、文化的那一套政策。我們反對那一套過『左』的政策。我們有一些馬克思主義，可是我們被孤立。我這個菩薩，過去還靈，後來就不靈了。他們把我這個菩薩浸到糞坑裏，再拿出來，搞得臭得很。那時候，不但一個人也不上門，連一個鬼也不上門。我的任務是吃飯，睡覺和拉屎。還好，我的腦袋沒有被砍掉。」〔註30〕

　　由於王明派的左傾路線，造成「白區工作損失百分之百，蘇區工作損失百分之九十」及肅反擴大化，自然到遵義會議時，王明派的權威再已不能維持下去，代之而起的是毛澤東的個人魅力型權威的張揚。儘管 1937 年，王明回國時，還想利用共產國際的權威，來重塑在中共黨內的政治權威。但季米特洛夫通過王稼祥對他說：應該承認毛澤東同志是中國革命實際鬥爭中產生出來的領袖，不要競爭了吧。〔註31〕王明已經失去共產國際對他的支持。儘管他頭上依然罩著共產國際神聖的光環，可以一時在一部分人中間推行他的「一切經過統一戰線，一切服從統一戰線」的錯誤路線，但已不能像以前那樣得心應手，而是受到毛澤東、劉少奇等人的堅決抵制。延安整風運動，決定性地標誌著王明及王明派政治權威、組織權威和思想權威的徹底消解。

　　王明及王明派的權威，一開始就建立共產國際權威的基礎上，本來就是不持久的。隨著共產國際影響的式微，中共自主意識的日益增強，王明及王明派的權威，必然消解。從某種程度上講，有利於中國革命取得勝利。

〔註30〕中共中央文獻研究室編，毛澤東傳（1893～1949）〔M〕，北京：中央文獻出版社，1996 年，第 322 頁。

〔註31〕周國全、郭德宏，王明年譜〔M〕，合肥：安徽人民出版社，1991 年，第 115 頁。

亂世暗流：抗戰時期部分知識份子走上漢奸之路探因 〔註1〕

關於抗戰時期漢奸的研究，已經發表的文章有孫玲玲、梁星亮的《抗
戰時期漢姦僞軍集團形成的社會因素探析》(《西北大學學報》(哲學社會科
學版) 1998 年第三期)、付啓元的《抗戰時期漢奸形成原因探析》(《民國檔
案》2002 年第 4 期) 和汪朝光的《抗戰時期僞政權高級官員情況的統計與
分析》(《抗日戰爭研究》1999 年第 1 期) 等。孫文和付文探討了抗戰時期
整個漢奸群體形成的原因，而汪文則具體分析了主要漢奸群體的認知和構
成情況。透過汪文，我們會導引出這樣一個結論：抗戰時期主要漢奸大多
數都是知識份子。一些知識份子爲什麼會當漢奸？這則是本文所要論述和
回答的問題。

（一）

漢奸，按照《辭海》的解釋，「原指漢族的敗類。現泛指中華民族中投靠
外國侵略者，甘心受其驅使出賣祖國利益的人」。〔註2〕因此，可以把在抗戰
中爲日寇侵略服務的僞官吏、僞軍都統稱爲漢奸。

根據國民政府 1945 年 11 月 23 日頒佈的《處理漢奸案件案例》的規定：
「對於左列人員，視爲漢奸，應屬行檢舉：（一）曾任僞組織簡任職以上公務
員，或薦任職之機關首長者。（汪僞政府官員分爲選任、特任、簡任、薦任、

〔註 1〕 載《人文雜誌》2007 年第 4 期。
〔註 2〕 辭海〔Z〕，上海：辭書出版社，1980 年，第 886 頁。

委任五級）（二）曾任僞組織特務工作者。（三）曾任前兩款以外之僞組織文武職公務員，憑藉敵僞勢力，侵害他人，經告訴或告發者。（四）曾在敵人之軍事、政治、特務或其他機關工作者。（五）曾任僞組織所屬專科以上學校之校長或重要職務者。（六）曾任僞組織所屬金融或實業機關首長或重要職務者。（七）曾在僞組織管轄範圍內，任報館、通訊社、雜誌社、書局、出版社社長、編輯、主筆或經理，為敵僞宣傳者。（八）曾在僞組織管轄範圍內，主持電影製片、廣播臺、文化團體，為敵僞宣傳者。（九）曾在僞組織新民會、協和會、僞參政會議類似機關參與重要工作者。（十）敵僞管轄範圍內之文化、金融、實業、自由職業、自治或社會團體人員，憑藉敵僞勢力，侵害他人，經告訴或告發者。」〔註3〕我們不難得出這些公務員、僞組織官吏、高等學校的領導人員、僞金融機關、新聞機關和傳媒機關的官吏和辦事者及新民會、參政會的工作者等都是知識份子。因為這些行政部門和金融、媒體機關的職責需要具有一定文化的人才能承擔。我們還可以從冀東防共自治政府民政廳的主要組織成員看出，詳見下表：〔註4〕：

職　　別	姓名	年齡	出　　身
廳長	王季章	52	保定高等警務學堂畢業，北洋法政學堂畢業
主任秘書	周鴻勳	49	北洋法律學堂畢業
第一科科長	楊恩爵	44	北京中央政治專門學校畢業
第二科科長	朱欣陶	41	北京中華大學法律別科畢業
第三科科長	樂均	42	武昌中華大學校法科專門部畢業
第一總務股主任科員	周朝璋	45	直隸第三師範學校畢業
第二科行政股主任科員	曹亮甫	54	福建法政講習所畢業
第二科民治股主任科員	鄭灼安	36	湖北法政專門學校畢業
第三科警團股主任科員	呂玉林	32	民國大學縣政專修科畢業，警官高等學校畢業
第三科衛生股主任科員	何鐵罍	38	上海國立同濟大學醫科畢業

〔註 3〕 國民政府公報〔N〕，渝字第九一四號。
〔註 4〕 南開大學歷史系，唐山檔案館合編，冀東日僞政權〔M〕，檔案出版社，1992年，第57～58頁。

　　由上表可見這些官吏都畢業於一定學校，受過一定教育，都屬於知識份子階層。這間接說明知識份子當時當漢奸是很多的。儘管如此，大漢奸周佛海還是哀歎：「目前所缺乏者，不在經濟而在人才；局面日益發展，人才更不敷支配也。」〔註5〕根據漢奸的知識背景，知識份子走上漢奸不歸之路的大概可以分爲三部分：一部分是受過一定教育的北洋政府的餘孽，一部分曾是留日的學生，一部分是普通的知識份子。下面從知識份子的特質和社會變遷，就部分知識份子走上漢奸之路的成因作一簡單的分析。

（二）

　　首先，知識份子對權勢的依附性是知識份子漢奸的根本原因。知識份子的特質，按照卡爾‧曼海姆的「自由漂遊」理論是：「沒有或幾乎沒有根的階層，對這個階層來說，任何階級或等級地位都不能明白無誤地橫加在它身上。」「在很大程度上，它是不附屬於任何社會階級的。」〔註6〕而這一點，在中國表現得特別明顯。毛澤東曾精闢地論述道：「知識份子和青年學生並不是一個階級和階層。但是從他們的家庭出身看，從他們的生活條件看，從他們的政治立場看，現代中國知識份子和青年學生的多數是可以歸於小資產階級範疇的」。〔註7〕即他老人家後來所說的「皮之不存，毛將焉附」。鄧中夏也有相似的觀點，他說：「可惜他們本來沒有經濟的基礎，只能附屬於有經濟實力的各階級方有所成就。並且他們因經濟條件之限制，使他們富有浪漫，自由，無政府各種思想，亦不能集中其勢力，亦是其大病。」〔註8〕由於這種特質，從某一角度講，中國知識份子更容易依附權勢。更何況中國的社會結構是一個權威依附結構：「人人由一個權力中心點投射出去，再由此權力中心點將每人繫縛著以對此一權力中心點負責。於是人格、知識、社會，不復是人的出發點與歸結點，只有此一權力中心才是人的出發點與歸結點。」〔註9〕因此，19世紀末20世紀初，許多知識份子都想積極從政。那些家境比較富裕的學生，

〔註5〕周佛海著，蔡德金編注，周佛海日記全編（上編）〔M〕，北京：中國文聯出版社，2003年，第225頁。

〔註6〕Mannheim, K. Ideology and Utopia: An Introduction to the Sociology of Knowledge, Routledge and Kegan Paul, London, 1979.

〔註7〕毛澤東選集（第2卷）〔M〕，北京：人民出版社，1991年，第640頁。

〔註8〕中國工人〔J〕，1924（2）。

〔註9〕徐復觀，中國知識份子的歷史性格及其歷史的命運〔A〕，許紀霖，20世紀中國知識份子史論〔C〕，北京：新星出版社，2005年，第63頁。

大都去讀將來可以做官的法政專業的學校。在福建省城福州的兩所公、私立法政專門學校最大限度地擴大招生數，仍滿足不了考生的要求，以致另有 4 個單位未經正式批准，也辦起法政專門學校，使 1912、1913 年兩年，法政招生失控。〔註 10〕連一向自詡爲「哲學是我的職業，文學是我的娛樂，政治只是我的忍不住的新努力」〔註 11〕的胡適也忍不住擔任了國民政府的駐美大使，而且一做就是七年。所以錢穆感歎道：「試問這四十年來的知識份子，哪個能忘情政治？哪個肯畢生埋頭在學術界？偶一有之，那是鳳毛麟角。」〔註 12〕因此，抗戰時期一些知識份子充當漢奸則是自然而然的了。李士群對部下的談話：「可以在河邊摸大魚，何必到河中心摸小魚。我們都是沒有根基的人，到重慶是同別人競爭不過的。蔣介石依靠英美，我李士群什麼都沒有，就依靠日本人。你說我是漢奸也好，流氓也好，反正現在有的是錢，有的是力量。」〔註 13〕就是這種心態的眞實寫照。而且，當漢奸可以贏得權勢、地位和財富。羅君強的供詞赤裸裸地道白了這一點：「我在蔣介石下面搞了 12 年，除了當過一年縣長外，我沒有正式捏過印把子，總是當秘書，秘書主任，秘書處長，秘書長，秘來秘去，弄得人頭昏腦脹，夢境裏還在『等因奉此』。大丈夫何日才能出人頭地呢？周佛海這次既然負了重責，問他入夥，冒一冒險，可能搞出一點名堂。腦子一發昏，就把敵我問題輕輕放下，以爲逆來順受，乘時乘勢，有權有勢的夥伴，總會找到出路的，我就答應可以參加。」〔註 14〕因此，連平時很受蔣介石重視的周佛海這時爲了一己私利，也與汪精衛一起投靠日本帝國主義。據資料記載，凡是參加「和平」運動的，不論是自己直接要求，或是經人介紹的，只要履行一個簡單的手續，即填寫一張履歷表，便每月給以比較豐厚的生活津貼，留待僞政權成立時「量才錄用。」如此這般，便在短短的幾天內，人數已超過 500 人以上。〔註 15〕因此，在抗戰時期，許多具有知識份子特質的北洋餘孽和官吏爲了政治權勢，紛紛充當漢奸。周作人就

〔註 10〕 劉海峰 等，福建教育史〔M〕，福州：福建教育出版社，1996 年，第 333 頁。
〔註 11〕 胡適，我的歧路〔A〕，胡適作品集：第 9 集〔C〕，第 9 頁。
〔註 12〕 錢穆，中國知識份子〔A〕，許紀霖，20 世紀中國知識份子史論〔C〕，北京：新星出版社，2005 年，第 94 頁。
〔註 13〕 安慧，夢幻石頭城：汪僞國民政府實錄〔M〕，北京：團結出版社，1995 年，第 69 頁。
〔註 14〕 文斐，我所知道的汪僞政權〔M〕，北京：中國文史出版社，2005 年，第 78 頁。
〔註 15〕 蔡德金，周佛海〔M〕，河北：人民出版社，1997 年，第 257 頁。

是典型的一個。北平淪陷後，諸多友人力勸他南下，郭沫若甚至說：「知堂如果眞的可以飛到南邊來，比如好像我這樣的人，爲了掉換他，就死上幾千幾百個都是不算一回事的。」〔註16〕但周作人爲了過上體面和豐裕的生活，不惜留在北平當漢奸。

其次，知識份子處於無思想的重心位置是知識份子漢奸的主要原因。中國的傳統文化是一種職業分立、以「三綱五常」爲倫理的儒家文化。這種文化在知識份子身上的表徵就是「修身齊家治國平天下」。具體而言，則是：「故士窮不失義，達不離道。……古之人，得志，澤加於民；不得志，修身見於世。窮則獨善其身，達則兼濟天下。」〔註17〕也就是「富貴不能淫，貧賤不能移，威武不能屈」。因此，在這種文化的薰陶和規範下，知識份子對氣節的注重甚於對生命的注重。文天祥的《正氣歌》就是這一方面的充分表現：「天地有正氣，雜然賦流形。下則爲河嶽，上則爲日星。……是氣所磅礴，凜冽萬古存。當其貫日月，生死安足論。地維賴以立，天柱賴以尊。三綱實繫命，道義爲之根。」〔註18〕

歷史進入 19 世紀末 20 世紀初，中國由傳統社會向現代社會轉型。在這轉型的過程中，由於科舉制度的廢除和西學的流行，「傳統國家失去政治意識基礎，也使儒家意識形態失去國家權力的制度化依託，使社會中文人邊緣化，也使文人的知識與價值儒學邊緣化。」〔註19〕一時意識形態出現了眞空。正如蘇聯解體時一樣：「人們的頭腦裏馬上裝滿了西方意識形態的垃圾和革命前意識形態垃圾中的陳舊破爛貨色，以及一些半弔子專家和冒充行家的招搖撞騙。意識形態一片混亂、放任自流，意識上顚倒是非，茫然無措，失去社會方向。」〔註20〕辛亥革命以後，「中國知識份子急切從故紙堆中鑽出，又落進狂放怪誕路徑，一時摸不到頭腦，而西方知識新潮流已如狂濤般捲來，沒有大力量，無法引歸己有。」〔註21〕在這種情況下，從思想演進的角度上看，

〔註16〕郭沫若，國難聲中懷知堂〔A〕，周作人評說 80 年〔C〕，北京：中國華僑出版社，2000 年，第 149～150 頁。

〔註17〕孟子‧盡心〔C〕。

〔註18〕指南後錄‧正氣錄〔A〕，文山集〔C〕，卷 14。

〔註19〕周寧，驀然回首：廢除科舉百年祭〔J〕，書屋，2005（5）。

〔註20〕嚴書翰，經濟全球化背景下社會主義與資本主義的關係〔M〕，北京：當代世界出版社，2003 年，第 131 頁。

〔註21〕錢穆，中國知識份子〔A〕，許紀霖，20 世紀中國知識份子史論〔C〕，北京：新星出版社，2005 年，第 94 頁。

不但社會失去重心，個人的思想、價值也失去重心。周佛海從二十年代狂熱的社會主義者到三十年代悲觀的民族失敗主義者，周作人從五四時期激烈的反傳統、反封建到三四十年代的回歸傳統回歸儒家都是沒有重心的反映。周作人曾多次表白道：自己是一個「無所信仰，無所依附的人」「托爾斯泰德無我與尼采得超人，共產主義與善種學，耶佛孔老的教訓與科學的例證，我都一樣的尊重，卻又不能調和統一起來，造成一條可以行的大路」〔註22〕所以胡適哀歎道：中國六七十年的歷史所以一事無成，中國的民族自救運動之所以失敗，是因爲把六七十年的光陰拋擲在尋求建立一個社會重心而終不可得。〔註23〕社會的失落，思想的無常，致使道德失範。湯爾和曾大放厥詞：「誰說我們是漢奸？北平是我們出賣的嗎？現在有一個口號，叫做『曲線救國』，我們不正是這樣？在日本的天下，總得有人維持，總得有人出面，總得有人敷衍，老百姓都要生活吧。我們把損失減到最低限度，這種忍辱含垢，才是眞正的大仁大義。」〔註24〕周作人也說過同樣的話：「文天祥等人的唯一好處是有氣節，國亡了肯死。……但是這個我們不必去學他，也不能算是我們的模範。」「我們要有氣節，須得平時使用才好，若是必以亡國爲期，那未免犧牲太大了。」「徒有氣節而無事功，有時亦足以誤國殃民，不可不知也。」〔註25〕在湯、周眼裏，民族氣節、道義是可有可無的。陳公博曾總結道：「最後一個嚴重問題卻是民德的墮落。自從此次中日戰爭，不獨物質打完了，道德也打完了。在淪陷區中，我覺得大眾如趨狂瀾如飲狂藥，一切道德都淪喪盡了。大家不知道有國家，有社會，有朋友，只知道自己；不知道有明日，只知道有今天；不知道有理想，只知道有享樂。」〔註26〕在這道德失範中，基於「道義之須事功化」和強烈的權勢欲，汪精衛、周佛海、陳公博、周作人及一大批知識份子走向了當漢奸這條不歸之路。

再次，知識份子的邊緣化是知識份子漢奸的直接原因。19世紀末20世紀初，正是中國由傳統向現代過渡的階段，也是知識份子形成和發展的階段。

〔註22〕林吶、徐相榕、鄭法清，周作人散文選集〔C〕，天津：百花文藝出版社，1987年，第46頁。

〔註23〕胡適，慘痛的回憶與反省〔J〕，獨立評論，1932－9－18。

〔註24〕王曉華，國共抗戰大肅奸記〔M〕，檔案出版社，2001年，第244頁。

〔註25〕南京市檔案館編，審訊汪僞漢奸筆錄〔M〕，南京：江蘇古籍出版社，1992年，第299頁。

〔註26〕周佛海，扶桑芨影溯當年〔A〕，往矣集〔C〕，上海：古今出版社，1943年，第39頁。

由於科舉制度的廢除和儒學制度的解轄域化，新興知識份子在經濟上、政治上和文化上都處於邊緣地位。周佛海哀歎道「沒有考進學校，非常憂鬱；學校快畢業，卻又非常恐慌。沒有進學校，不能領官費，飯都沒有吃，哪裏能讀書？畢業離開學校，官費不能再領了；如果找不到職業，飯都沒有吃，哪裏能革命？哪怕你志氣比天還高，哪怕你野心比海還大，不能生活，什麼都是空的。志氣不能充饑，野心不能禦寒！唉！生活，生活，這兩個字，古往今來，不知埋沒了多少英雄豪傑，志士仁人！」〔註 27〕魯迅等一批知識份子也有這種相似的境遇。魯迅在《呐喊・自序》中回憶說：「我要到 N 進 K 學堂去了，彷彿是想走異路，逃異地，去尋求別樣的人們。我的母親沒有法，辦了八元的川資，說是由我的自便；然而伊哭了，這正是情理中的事，因為那時讀書應試是正路，所謂學洋務，社會上便以為是一種走投無路的人，只得將靈魂賣給鬼子，要加倍的奚落而且排斥的，而況伊又看不見自己的兒子了。然而我也顧不得這些事，終於到 N 去進了 K 學堂了。〔註 28〕

　　知識份子邊緣化的過程，同時也是知識份子走向主流社會的過程。一批知識份子通過辛亥革命，一躍成為新政權的精英，掌握著新的政治資源、經濟資源和文化資源。而大部分知識份子依然游離於社會的邊緣。

　　這些游離社會邊緣的知識份子，正如金兆基所說，每一個近現代中國的知識份子，當他接觸並欣賞西方文化時，就多少具有邊際人的性格。〔註 29〕由於是邊際人，首先，一方面生活場景發生了變化。從有著差序格局的鄉土社會，來到自由浮動的都市空間，傳統的「學而優則仕」特徵讓位於報人、教師、記者等身份特徵，選擇生存下去成為生活第一要素。從審訊汪偽漢奸筆錄可以看出，許多具有知識份子特質的人淪為漢奸據自白都是因為生活的原因。羅君強說：「二十八年二月離渝經昆明，四月始抵港，實情非得已，兼臥病數月，且去港之目的在於求一海外報館職務以糊口。孰意到港以後格於環境，牽於人事，既未獲就業之機緣，抑且貧病交加，無以自存，乃一時惑於歪曲之判斷，動於多年之友情，遂致昧然來滬參加偽組織」。〔註 30〕所以陳

〔註 27〕周佛海，扶桑茇影溯當年〔A〕，往矣集〔C〕，上海：古今出版社，1943 年，第 41～43 頁。
〔註 28〕魯迅，呐喊・自序〔C〕。
〔註 29〕羅榮渠，中國現代化歷程探索〔M〕，北京：北京大學出版社，1992 年，第 11 頁。
〔註 30〕南京市檔案館編，審訊汪偽漢奸筆錄〔M〕，南京：江蘇古籍出版社，1992 年，第 912 頁。

公博深有感觸地說：「古人有句話：死有輕於鴻毛，有重於泰山。我是不贊成這句話的。什麼是鴻毛？什麼是泰山？那界限非常難以劃分的。我認為人類不過為生存而生存，對於社會有他的責任，對於自己存他的適性。但求責任盡了，對於一己之性不妨稍適。」〔註31〕另一方面，價值體系也發生了變化。在鄉土社會是單一的正統的「傳道」和「衛道」，而在現代都市，正如前面所述，是多元的。再一方面，在角色的定位上，出現了錯亂。周佛海顛倒民族英雄和漢奸。他說：「蓋是否民族英雄，純視能否救國為定。余等確信惟和平足以救國，故以民族英雄自命。但究竟以民族英雄而終，抑以漢奸而終，實繫於能否救國。如余等以民族英雄而終，則中日之永久和平可定；如以漢奸而終，則中日糾紛永不能解決。」〔註32〕因此，汪精衛等人搞和平運動，明明是出賣國家和民族利益。卻說：「目前能夠替國家保存一分元氣以為將來復興地步，多一分是一分。」〔註33〕其次，由於是邊際人，普遍尋求社會身份的定位和自身價值的確定。梁鴻志身在江湖，心在廟堂，「猶有少年英氣在，亂栽花竹待明年。」〔註34〕因此，為了能進入主流社會，只求目的，不擇手段。在這方面，陳群作了一個很好的譬喻：家庭經濟是量入為出，國家經濟量出為入，學經濟即學如何以極少數賺大多數，而不問其手段如何。譬如婦女以縫補收入，就不如妓女夜度資之收入。〔註35〕從這一方面講，一批知識份子喪失了人格，走上了漢奸之路。

最後，日本文化的奴化是知識份子漢奸的外部原因。在知識份子漢奸中，有相當大的部分，曾經是留日的學生。據汪朝光考證，在偽滿政權高級官員中，有留日經歷者 22 人，佔被統計人數的 45％；在華北臨時政府高級官員中，有留日經歷者 12 人，佔被統計人數的 52％；在華中維新政府高級官員中，有留日經歷者 6 人，佔被統計人數的 40％；在汪偽政府高級官員中，有留日經歷者 14 人，佔被統計人數的 27％。〔註36〕首先，這主要

〔註31〕王曉華，國共抗戰大肅奸記〔M〕，檔案出版社，2001 年，第 429 頁。
〔註32〕周佛海著，蔡德金編注，周佛海日記全編（上編）〔M〕，北京：中國文聯出版社，2003 年，第 294 頁。
〔註33〕南京市檔案館編，審訊汪偽漢奸筆錄〔M〕，南京：江蘇古籍出版社，1992 年，第 6 頁。
〔註34〕王曉華，國共抗戰大肅奸記〔M〕，檔案出版社，2001 年，第 271 頁。
〔註35〕王曉華，國共抗戰大肅奸記〔M〕，檔案出版社，2001 年，第 347 頁。
〔註36〕汪朝光，抗戰時期偽政權高級官員情況的統計與分析〔J〕，抗日戰爭研究，1999（1）。

是因為，十九世紀末隨著國內留學熱潮的掀起，「自辛壬之間，尉屬遊學，明詔皇皇，青衿之子挾希望來東遊者如鯽魚。」〔註 37〕到日本留學的學子相當多。這些留日學生由於在日本生活過，或多或少地體驗了日本的民俗風情，接受了日本的文化，有一種所謂的「日本情結」和「日本認同」。周作人就是典型的一個：「我對於日本，如對希臘一樣，沒有什麼研究，但我喜歡他的所有的東西。我愛他的遊戲文學與俗曲，浮世繪，瓷銅漆器，四張半席子的書屋，小袖與駒屐，——就是飲食，我也並不一定偏袒認為世界第一的中國菜，卻愛生魚與清湯。是的，我能夠在日本的任何處安住，其安閒決不下於在中國。」〔註 38〕以這樣的情結對待中日戰爭，自然是：「我用了日本反漢文化的反動來說明近來許多離奇的對華行動，自己知道不見得怎麼靠得住，但是除此之外更沒有方法可以說明。」〔註 39〕不敢直接面日本侵略或痛詆日本的侵略。

　　其次，日本是中國一衣帶水的鄰邦，一向與中國有密切的經濟文化往來，尤其兩國同文同種。按照漢奸殷汝耕的說法，「自應以東亞共同之利害為利害，本平等互惠之旨，坦懷相與，檢討以往之錯誤，共求幸福之源泉，作全面的經濟提攜，以圖開發，竭力抵禦外患之侵襲，排除多方之障礙，直接造成東亞協進之機會，間接引導世界和平。」〔註 40〕抱著這種理念，則是：「中國革命之完成，有待於日本之諒解，有待日本之援助，……直至此次和平運動，興亞的最大意義才從劃時代的近衛聲明和主席艷電中再喊出來，中國革命的本來面目才由和平反共建國運動諸先烈的壯烈犧牲中恢復起來。」〔註 41〕

　　再次，日本對一些留日的知識份子的著力拉攏。殷汝耕因郭松齡事件，逃入日本駐新民縣領事館，避難達數月之久。「由於奉天總領事吉田富有人情味的妥善安排，在黑夜裏才使得他得以逃出東北軍的重圍。」〔註 42〕因此，

〔註 37〕文詭，非省界〔J〕，浙江潮（3）。

〔註 38〕周作人，周作人文類編・日本管窺〔C〕，長沙：湖南文藝出版社，1998 年。

〔註 39〕周作人，周作人文類編・日本管窺〔C〕，長沙：湖南文藝出版社，1998 年。

〔註 40〕南開大學歷史系，唐山檔案館合編，冀東日偽政權〔M〕，檔案出版社，1992 年，第 25 頁。

〔註 41〕南京市檔案館編，審訊汪偽漢奸筆錄〔M〕，南京：江蘇古籍出版社，1992 年，第 488 頁。

〔註 42〕森島守人，陰謀、暗殺、軍刀〔M〕，黑龍江人民出版社，1980 年，第 133 頁。

當日本特務頭子土肥原要他成立「冀東防共自治政府」時，「殷汝耕不僅同意，而且表現出乎意料的決心。」並立即說：「好事要快辦，明天就宣告新政府成立，今天晚上我立即返回通州。」〔註43〕

綜上所述，知識份子漢奸固然是知識份子的特質和客觀社會的產物，但歷史文化傳統和主觀意願也不無影響。中國的傳統社會，向來是知識份子被政治權勢閹割和犬儒化的社會。在這社會裏，雖然出現了一批有錚錚鐵骨的清流之士，但大多數如顧炎武所說：「今以書坊所刻之義謂之時文，捨聖人之經典，先儒之注疏與前代之史不讀，而讀其所謂時文，時文之出每科一變五尺童子能誦數十篇，而小變其文，即可以取功名；而鈍者之白首不得遇。老成之士既以有用之歲月，消磨於場屋之中；而少年得者又視天下國家之事以為人生之所以為功名者，惟此而已。故敗壞天下之人，而至於士不成士，官不成官，兵不成兵，將不成將，夫然復寇究得而乘，敵國外侮得而勝之。」〔註44〕而且知識份子作為社會人的習性，自然「趣利避害」，主觀為己，客觀為人。因此，從這方面講，知識份子漢奸是可以通約的。但是一個社會、一個國家、一個民族如果有太多的敗類，這個國家、這個民族只能如魯迅所說：「一、想做奴隸而不得的時代；二、暫時做穩了奴隸的時代。」〔註45〕因此，根除漢奸，從國家來講，須「尊重知識」「尊重人才」；從知識份子來講，須有獨立之人格，自由之思想。

〔註43〕土肥原秘錄〔M〕，中華書局，1980年，第43頁。
〔註44〕日知錄〔C〕，卷17。
〔註45〕魯迅，墳·燈下漫筆〔C〕。

1957 年反右運動原因探析 〔註 1〕

　　關於 1957 年的反右運動，學術界進行了大量的探討，出現了許多學術專著和文章。但關於其原因論述的文章極少。即使有，探討也不夠全面細緻。筆者不揣淺陋，認為 1957 年的反右運動既有深遠的歷史因素，又有現實的體制原因，還有外部的因素在起作用。

一、歷史動因：毛澤東對資本主義高度警惕的主體態度

　　自從馬克思主義傳入中國後，毛澤東就運用馬克思主義的階級分析方法，觀察中國和世界，特別是對中國民族資產階級的解剖更是入木三分：「他們對於中國革命具有矛盾的態度：他們在受外資打擊、軍閥壓迫感覺痛苦時，需要革命，贊成反帝國主義反軍閥的革命運動；但是當著革命在國內有本國無產階級的勇猛參加，在國外有國際無產階級的積極援助，對於其欲達到大資產階級地位的階級的發展感覺到威脅時，他們又懷疑革命。」〔註 2〕基於此，毛澤東對民族資產階級的態度一直是處於既團結又警惕的兩難境地。毛澤東在他的許多文章和講話中表述了這種心態。在《新民主主義論》這篇文章中，毛澤東一方面說中國民族資產階級還存在一定時期中和一定程度上的革命性，因此要同他們建立反帝和反官僚軍閥政府的統一戰線；另一方面又說民族資產階級又保存了對於革命敵人的妥協性，因此對於他們要加以警惕。建國後，毛的這種矛盾心態並沒有完全消除，他依然認為：「對於民族資產階級

〔註 1〕載《學術論壇》2004 年第 4 期。
〔註 2〕毛澤東選集（第一卷）〔M〕，北京：人民出版社，1991 年，第 4 頁。

是有鬥爭的，但必須團結它，是採用既團結又鬥爭的政策，以達團結它共同發展國民經濟之目的。」〔註3〕因此爲了改變中國生產力落後的狀況，毛澤東一方面主張發展民族資本主義經濟，但資產階級的「五毒」行爲和「唯利是圖」的本性，使毛澤東又感到：「資本主義所有制和社會主義所有制之間的矛盾，資本主義所有制和資本主義的生產社會性之間的矛盾，資本主義生產的無政府狀態和國家有計劃的經濟建設之間的矛盾，資本主義企業內的工人和資本家之間矛盾，都是不可克服的。」〔註4〕因此，毛澤東另一方面對資本主義工商業又進行了改造，但經濟改造的完成，並不意味著階級鬥爭的結束，依然存在「政治戰線上和思想戰線上的階級鬥爭，而且還很尖銳」。這主要是因爲「無產階級和資產階級之間在意識形態方面的誰勝誰負問題，還沒有眞正解決」，所以「我們同資產階級和小資產階級的思想還要繼續長期的鬥爭」。而「現在的大多數知識份子，是從舊社會過來的，是從非勞動人民家庭出身的。有些人即使是出身於工人農民的家庭，但是在解放以前受的是資產階級教育，世界觀基本上是資產階級的，他們還是屬於資產階級的知識份子」〔註5〕，因此他們也需要進行改造。

由於毛澤東一直對資產階級及其知識份子存在既團結又警惕的心態，因此在大鳴大放中，當民主人士發表一些對黨、對社會主義不滿的言論，特別是章伯鈞提出「政治設計院」、羅隆基提出「平反委員會」和儲安平提出「黨天下」時，這就嚴重地觸動了毛澤東那根繃緊的弦，毛澤東很自然地認爲：「他們同我們有一種形式上的合作，實際上不合作。有些事合作，有些事不合作。平時合作，一遇有空子可鑽，如像現在這樣時機，就在實際上不想合作了。他們違背願意接受共產黨領導的諾言，他們企圖擺脫這種領導。而只要沒有這種領導，社會主義就不能建成，我們民族就要受到絕大的災難。」〔註6〕從這一角度出發，毛澤東發動反右運動，當處於情理之中。至於一些文章說毛澤東「引蛇出洞」，筆者認爲這是一些人把毛澤東反右運動前，對資產階級的警惕性作的一種歪曲的反映。

〔註3〕 毛澤東文集（第六卷）〔M〕，北京：人民出版社，1999年，第49頁。
〔註4〕 建國以來毛澤東文稿（第4冊）〔M〕，北京：中共中央文獻出版社，1996年，第406～407頁。
〔註5〕 毛澤東文集（第七卷）〔M〕，北京：人民出版社，1999年，第273～282頁。
〔註6〕 毛澤東選集（第五卷）〔M〕，北京：人民出版社，1977年，第426頁。

二、體制原因：體制運行弊端的解決途徑的兩難境地

　　毛澤東在《新民主主義論》曾這樣設計中共的未來政權形式：這種新民主主義共和國，一方面和舊形式的、歐美式的資產階級專政的、資產階級的共和國相區別；另一方面，也和蘇聯式的、無產階級專政的、社會主義的共和國相區別。但由於中共的政權是在舊專制的廢墟上建立起來的，又由於缺乏經驗，因此，中共的政治體制在很大程度上實行的是蘇聯的模式，即威權體制。這種制度對整合社會資源，提高中央政府的權威，盡快恢復國民經濟有重大的績效。但這種體制有一個重大的缺憾，表現在行動上就是官僚主義的盛行。薄一波曾對其危害造成的後果作過具體而深刻的量性分析：「據不完全統計，從 1956 年 9 月到 1957 年 3 月半年時間內，全國發生數十起罷工、請願事件，每起人數一般有十多人至數十人，多者有一二百人，甚至近千人，共約一萬多人；有幾十個城市發生大、中學校學生罷課、請願事件，也共有一萬多人；在農村也連續發生了鬧社的風潮，如浙江省農村發生請願、毆打、哄鬧等事件 1100 多起，廣東省農村先後退社的有十一二萬戶，等等。」〔註7〕而消除這種官僚主義的最好辦法則是民主。毛澤東深知這一點，他認為像斯大林嚴重破壞社會主義法制這樣的事件，在英、法、美這樣的西方國家中不可能發生。他曾對黃炎培提出的共產黨能不能擺脫由盛而衰的歷史週期律時講過：「我們已經找到新路，我們能跳出這週期律。這條新路，就是民主。只有讓人民來監督政府，政府才不敢鬆懈。只有人人起來負責，才不會人亡政息。」〔註8〕因此，針對「許多同志就容易採取單純的行政命令的辦法去處理問題，而有一部分立場不堅定的份子，就容易沾染舊社會國民黨作風的殘餘，形成一種特權思想，甚至用打擊、壓迫的方法對待群眾。幾年以來，在我們黨內，脫離群眾和脫離實際的官僚主義、宗派主義和主觀主義，有了新的滋長」〔註9〕，中國共產黨發出了整風的指示，在黨內「放手鼓勵批評」，堅決實行「知無不言，言無不盡；言者無罪，聞者足戒；有則改之，無則加勉」的原則〔註10〕；在黨外，請黨外人士幫助整風，即採用「大民主」的方法，消除官僚主義的弊端。但毛澤東只把民主當作一種手段：「民主這個東

〔註7〕薄一波，若干重大決策與事件的回顧〔M〕，北京：中共中央黨校出版社，1993年，第 569 頁。
〔註8〕黃炎培，八十年來〔M〕，北京：中國文史出版社，1987 年，第 157 頁。
〔註9〕中國共產黨中央委員會關於整風運動的指示〔N〕，人民日報，1957－05－01。
〔註10〕中國共產黨中央委員會關於整風運動的指示〔N〕，人民日報，1957－05－01。

西，有時看起來似乎是目的，實際上，只是一種手段。」〔註11〕因此，當大鳴大放的言論由「知識份子的早春天氣」到「這個黨天下』的問題是一切宗派主義現象的最終根源，是黨和非黨之間矛盾的根本所在」〔註12〕。「中國是六億人民的中國，包括反革命在內，不是共產黨的中國」。「共產黨亡了，中國不會亡」〔註13〕時，這種群眾性的大民主使中共處於兩難抉擇：進，順應要求，就會出現政治多元化，影響中共的領導權威，從而消解中共政治領導，無論從理論和實踐上中共是萬萬不能實行的；退，把民主人士和知識份子的政治訴求置之不理，又會瓦解中共領導權威的認同，從而出現對中共政治的失語，這與中共的人民民主統一戰線政策又不合，正如章伯鈞所說，中共「弄得進退失措，收不好，放也不好。」〔註14〕

　　由於上述處境，爲了維護現存的社會秩序，中共只好發動反右運動。鄧小平在總結這段時期歷史經驗時曾意味深長地說：「一九五七年反右派鬥爭還是要肯定。三大改造完成以後，確實有一股勢力、一股思潮是反社會主義的，是資產階級性質的。反擊這股思潮是必要的。我多次說過，那時候有的人確實殺氣騰騰，想要否定共產黨的領導，扭轉社會主義的方向，不反擊，我們就不能前進。錯誤在於擴大化。」〔註15〕反映的就是這方面的意思，這也是中共中央當時普遍的共識。結果大鳴大放這種群眾性的民主運動不但沒有消除官僚體制，反而使官僚體制得到了加強。毛澤東後來發動「文化大革命」，想重新奠起大民主的旗幟來反官僚主義，結果也績效甚微。只有在後毛澤東時代，進行政治文明建設，才會從根本上找到了根除官僚主義的途徑。

三、外部因素：蘇共二十大和波匈事件的衝擊波對反右運動起了酶化劑的作用

　　關於這一點，我們可以從兩方面來看：一方面，蘇共二十大和波、匈事件對民主人士和知識份子的衝擊是很大的。我們以戴煌爲例，1956 年 3 月，

〔註11〕毛澤東著作選讀（下冊）〔M〕，北京：人民出版社，1986 年，第 761 頁。
〔註12〕牛漢、鄧九平，六月雪——記憶中的反右派運動〔M〕，北京：經濟日報出版社，1998 年，第 138 頁。
〔註13〕牛漢、鄧九平，六月雪——記憶中的反右派運動〔M〕，北京：經濟日報出版社，1998 年，第 298 頁。
〔註14〕葉永烈，反右派始末（上冊）〔M〕，烏魯木齊：新疆人民出版社，2000 年，第 205 頁。
〔註15〕鄧小平文選（第二卷）〔M〕，北京：人民出版社，1994 年，第 294 頁。

當他聽取朱德從莫斯科帶回的赫魯雪夫的「秘密報告」時，內心陣陣狂瀾，他沒有想到社會主義國家蘇聯和斯大林竟有如此嚴重的錯誤。由此聯繫中國的實際，中國和蘇聯一樣，也有許多形形色色的特權腐敗苗頭，中國對毛澤東的頌揚似乎也太過。而那些有識之士，如李慎之認為，國際共產主義運動暴露出來的嚴重問題是一個體制問題，希望用民主來解決。因此當中共中央要求民主人士和知識份子幫助共產黨整風的時候，許多人受蘇共二十大和波、匈事件的影響，紛紛發表自己的看法，甚至提出了尖銳的意見，當在情理之中。正如《劍橋中華人民共和國史》所述：「蘇聯的影響激起了兩種相反的潮流。有些知識份子，特別是那些從事自然科學和社會科學的知識份子批評蘇聯學術和蘇聯專家在中國居於統治地位，但也有些作家在學那些蘇聯的大膽的解凍作家的樣，直言不諱地批評官僚體制及其教條主義。」〔註16〕

而另一方面，毛澤東與中共其他領導人對蘇共二十大及波、匈事件態度的變化，也深刻地影響著大鳴大放的態勢。毛澤東起初認為，蘇共二十大揭開了蓋子，他說：「赫魯雪夫同志打開了我們的眼界，擦亮了我們的眼睛，增強了我們的視力。他終於把事實真相告訴了我們。我們也要進行改革。」〔註17〕同時毛又認為，蘇「捅了漏子」，引起了國際共產主義運動思想的混亂，他說：「有些人認為斯大林完全錯了，這是嚴重的誤解。斯大林是一個偉大的馬克思列寧主義者，但是也是一個犯了幾個嚴重錯誤而不自覺其為錯誤的馬克思列寧主義者。」〔註18〕當時毛澤東的心情如他自己所說，是「一則以喜，一則以懼」：喜的是中共受蘇共的委屈可一舒憤懑，毛現在可以得到完全的自由創造性地發展馬克思列寧主義了；懼的是過去歷來認為完全正確的蘇聯社會主義實踐竟是如此陰森可怖。中國正在建設的社會主義是不是也會受到同樣的懷疑與指責呢？隨著波、匈事件的出現，毛的態度更發生了變化，他認為有兩把刀子，一把是列寧，一把是斯大林。斯大林這把刀子丟了，哥莫爾卡、匈亞利、陶里亞蒂和帝國主義拿著這把刀子殺人；列寧這把刀子也丟得差不多了，各國可以不學十月革命了。而之所以出現這種狀況，主要是因為

〔註16〕　麥克法誇爾、費正清，劍橋中華人民共和國史：革命的中國的興起（1949～
　　　　　1965年）〔M〕，北京：中國社會科學出版社，1998年，第257頁。
〔註17〕　張岱雲、王長榮 等譯，赫魯雪夫回憶錄〔M〕，北京：東方出版社，1988年，
　　　　　第659頁。
〔註18〕　論無產階級專政的歷史經驗（1956年4月5日）〔A〕，中共北京市委宣傳部，
　　　　　學習文件彙編〔C〕，北京：北京出版社，1963年，第1～17頁。

「階級鬥爭沒有搞好」，因此，當大鳴大放中出現一些過激言論，毛澤東很自然地把它看成是匈牙利事件的翻版。毛澤東曾說過，「黨內黨外那些捧波、匈事件的人捧得好呀！開口波茲南，閉口匈牙利。這一下就露出頭來了，螞蟻出洞了，烏龜王八都出來了。他們隨著哥莫爾卡的棍子轉，哥莫爾卡說大民主，他們也說大民主」。〔註19〕所以，毛澤東把鳴放中那些踊躍發言的民主人士和知識份子看成反黨、反社會主義則順理成章，發動反右運動則是歷史的必然了。

〔註19〕 薄一波，若干重大決策與事件的回顧〔M〕，北京：中共中央黨校出版社，1993年，第321～334頁。

下　篇

中國近現代三次巨變
視角下的農村嬗變 [註1]

　　自從江澤民在十五大的政治報告中提出「一個世紀以來，中國人民在前進道路上經歷了三次歷史性的巨大變化，產生了三個站在時代前列的偉大人物：孫中山、毛澤東、鄧小平」後，學術界就三次巨變進行了大量的探討。就表達方式而言，多為闡釋之說，從某一層面進行細緻具體考察之文很少。筆者試從三次巨變引起的農村深刻變遷，從歷史的大視野來進行檢視，從而為今天的三農問題的解決提供一定的借鑒。

一

　　關於第一次巨變引起的農村變動，《劍橋中華民國史》是這樣認為的：「辛亥革命在改變農村社會關係方面一事無成，甚至有人懷疑它是否是一次真正的革命。」[註2] 筆者不以為然。雖然辛亥革命沒有使封建土地所有制從根本上發生變化，但至少在鄉村政治組織結構、宗族勢力和土地的租佃方式三個方面發生了改變。

　　1、辛亥革命表面上打倒了幾千年的封建皇權，實際上由於封建皇權的淡出及社會動盪，國家基層政權組織出現了權力真空，士紳階層乘機填補，鄉村政治組織結構發生了重大變化，這就是地方紳權的強化。正如馮友蘭所說「辛亥革命的一部分動力是紳權打倒官權，就是地主階級不當權派打倒地主

〔註 1〕 載《學術論壇》2005 年第 5 期。
〔註 2〕 費正清 等著，章建剛 等譯，劍橋中華民國史：第二部〔M〕，上海：人民出版社，1992 年，第 10 頁。

階級當權派。」〔註3〕由於士紳階層擁有很大的權力，因此他們就經常干預鄉村的事務。民國之初，湖北廣濟縣縣長阮復想興建一個堤壩，「鄉民都願意，鄉紳不贊成」而無可奈何。〔註4〕他們甚至一部分人在鄉村欺男霸女，無惡不作，因此，大革命時期農民協會「主要攻擊的目標是土豪劣紳。」〔註5〕由於皇權被紳權所取代，再加上國家的有意推行，民國時期地方自治得到普遍發展。「民國初興，推行地方自治。縣以下置自治區，行政機關叫區自治局，後改稱區自治公所，無定員。」〔註6〕這也為後來各地農民協會的成立提供了契機。

2、由於政權停滯在城市政治層面，鄉村政治社會與體制性力量的距離加大。這就使代表體制性力量的保甲執事人員的作用受到影響，宗族組織在形式上和功能上逐漸替代了原保甲體制的部分功能。〔註7〕因此，民國時期宗族組織也發生了一定程度的變異。有學者考察其變異主要在以下三個方面。（1）組織原則和形式上的變異。普遍實行宗親會組織，實行理事會、監事會管理制度，取消族長制。（2）血緣關係受到一定破壞。宗親會吸引成員，以同姓為原則，甚與異姓聯宗，合數姓為一組織。男姓系統的血緣原則放鬆，開始吸收女性成員。（3）宗族功能發生變化，濟貧助學成為主要內容。〔註8〕這些變異一方面反映了宗族勢力範圍的擴大和宗族功能逐漸經濟化，另一方面也反映了宗族勢力的親和力得到了強化。

3、土地買賣和租佃關係的變化。中華民國臨時政府成立後，頒佈了《臨時約法》，規定：國民是平等的，國民手中的任何私產，包括土地在內，都受到法律的保護。至於土地賣與何人，當然也歸田主選擇。〔註9〕儘管農村的宗族勢力根深蒂固，但受到法律保護的土地買賣，還是突破了一些家族勢力的

〔註3〕馮友蘭，三松堂自序〔M〕，北京：三聯書店，1989 年，第 34 頁。

〔註4〕居正，梅川日記〔A〕，臺灣「中央研究院」，近代史研究所史料叢刊（40）〔C〕，1998 年，第 211～212 頁。

〔註5〕毛澤東選集（第 1 卷）〔M〕，北京：人民出版社，1991 年，第 14 頁。

〔註6〕于建嶸，岳村政治：轉型期中國鄉村政治結構的變遷〔M〕，北京：商務印書館，2001 年，第 136 頁。

〔註7〕于建嶸，岳村政治：轉型期中國鄉村政治結構的變遷〔M〕，北京：商務印書館，2001 年，第 140 頁。

〔註8〕馮爾康，清代宗族制的特點〔J〕，社會科學戰線，1999（3），第 3 頁。

〔註9〕南京臨時政府公告〔A〕，中國社會科學院，近代史資料，總 25 號〔C〕，第 3 頁。

限制，開始自由交易。這就產生了兩個明顯的影響：一是土地的集中更為嚴重。民國後期，在中國農村，佔鄉村戶數的 5%左右的地主佔有 40%～50%以上的耕地；而佔鄉村戶數的 90%的貧農、雇農、中農等共僅佔有耕地的 20%～40%。〔註 10〕由於鄉村土地兼併嚴重，一方面，為中國共產黨進行土地革命提供了政治合法性依據；另一方面，由於地主佔有大量土地，就有可能形成強大勢力，來對付國家政權的滲透。又由於農民失去土地，被迫脫離原來的鄉村社會，外出打工，尋求多元求生之道，鄉村的常態和平衡被打破。二是土地轉手較快的地區，逐漸打破了永佃制的束縛，先改永佃制為長期租佃，進而向短期租佃發展。這樣，農民對土地的依附關係得到了一定程度的鬆懈，有利於農村資本主義土地經營的產生和發展。

除此之外，農村社會風俗、家庭倫理、居民生活和社會意識也發生了一定程度的變化。在自然經濟下，人們關心的無非是天時、收成、地租、婚喪嫁娶等。隨著辛亥革命風波的衝擊，新觀念和新式教育向鄉村傳播和灌輸，「一些交通便利不太閉塞的鄉村人開始關心城裏的事，對中國發生的種種變化給予了前所未有的關注。」〔註 11〕

二

第一次巨變，從農村土地所有制的變遷來看，嚴格來講不能算是一次真正的革命。第二次巨變與第一次巨變相比，無論從廣度，還是從深度，無論從土地所有制，還是從鄉村的社會政治組織結構、宗族勢力和社會習俗等，都發生了翻天覆地的變化。

1、土地所有制結構的變遷。中國的問題是農民問題，農民問題的實質是土地問題。中國幾千年盛行的是封建土地所有制，即地主佔有大量土地，而農民很少擁有或者幾乎沒有土地。這種嚴重分配不均的土地格局，使整個鄉村社會日益分裂為對立的雙方，從而成為一個巨大的火藥桶。上世紀三四十年代中共在農村的土地革命運動就是這火藥桶引爆的結果。建國後，中共進入全國主控狀態，土地改革也由二三十年代的星星之火演變成燎原之勢，

〔註 10〕 董志凱，解放戰爭時期的土改〔M〕，北京：北京大學出版社，1987 年，第 3頁。

〔註 11〕 郭學旺，孫中山與中國社會的變遷〔M〕，北京：言實出版社，2001 年，第264 頁。

全國普遍實行了土改，廣大農民分到了土地，整個鄉村社會暫時處於均衡態勢，消弭了鄉村動盪的經濟根源。但由於各個體具體條件的不同，社會重新出現了兩極分化，這對於追求社會公正理念的中共政治精英來說無異違背初衷。因此土地改革「並不是氣候的變化，而是一場風暴。」〔註12〕風暴過後，則是農村的社會主義改造和人民公社化運動。由於土地由個體所有制變為集體所有制，一方面一種新的集體理念取代舊的個體小農意識。「戰天鬥地，艱苦創業」、「聽毛主席的話，跟共產黨走」、「熱愛新社會，建設新國家」等成為當時鄉村社會的主流意識。另一方面由於分配上的平均主義，在個人利益和集體利益的博弈中，個體利益被淡化，致使農民「寧可瞞產受罰」，也不願意超額完成生產指標從國家「受獎。」〔註13〕由於農民在舊體制內獲利甚少，因此，六十年代初在一些地方出現了包幹到戶的現象。但是他們這種選擇權在政治強力下普遍受到了剝奪，其自身的積極性受到嚴重壓抑。而農村集體勞動的監督成本甚高，勞動難以量化，從而效率低下集體合作化走到了盡頭。

2、鄉村政治組織結構的變遷。民國時期，由於國家政權內卷化，國家政治權威大部分喪失。因此建國初重塑國家政治權威既必要又可能。毛澤東在《論人民民主專政》中開宗明義提出：「人民是什麼？在中國，在現階段，是工人階級，農民階級，城市小資產階級和民族資產階級。這些階級在工人階級和共產黨的領導之下，團結起來，組成自己的國家，選舉自己的政府，向著帝國主義的走狗即地主階級和官僚資產階級以及代表這些階級的國民黨反動派及其幫兇們實行專政。」〔註14〕毛的話語，贏得了工人階級、農民階級、小資產階級和民族資產階級對國家政權的廣泛認同。國家的統一、社會的穩定，為國家政治權威的合法性提供了又一支撐點。國家通過對行政區劃的重新設置，將縣以下的行政區劃進一步細化，使行政組織的轄區縮小，從而加強了國家對鄉村社會的控制。正如特里爾所說：「歷史上沒有哪一個政府能像毛的政府那樣，將其影響滲透到每一個村落。這種變化不是經濟的或技術的變化。這變化——正如毛三十年前所參加發動的湖南農民運動一樣——是組

〔註12〕 R·特里爾 著，劉路新 等譯，毛澤東傳〔M〕，河北：人民出版社，2001 年，第 246 頁。
〔註13〕 薄一波，若干重大決策與事件的回顧〔M〕，北京：中共中央黨校出版，1993 年，第 940 頁。
〔註14〕 毛澤東選集（第 4 卷）〔M〕，北京：人民出版社，1991 年，第 1475 頁。

織上的和心理上的。」〔註 15〕由於村莊成為國家政權最基層的一環；又由於國家掌控了鄉村社會的大部分權力，從而村莊成為國家推行合作化、人民公社、四清運動等一系列政策措施的前沿陣地。同時，又是國家為了工業現代化而加強對農民索取的載體。村莊於是從原先的「自然社區」變成了國家建制的「單位社區」。在這個社區裏，一方面基本的鄉村政治格局發生了變化：「農村居民的社會地位和政治地位發生了急劇的變化，昔日生活在鄉村社會最底層，在政治上毫無地位可言的貧、雇農，一夜之間成了農村中的主人，而昔日把持鄉村社會政治生活的地主、富農卻一夜之間變得威風掃地，落到了鄉村社會和政治生活中毫無地位可言的最低層。」〔註 16〕另一方面由於城市戶籍制度的推行，人為地在城鄉之間築起了壁壘。農民除了特殊情況的「農轉非（包括參軍、招工、招幹、考學校）」外，農民被固定在土地上，為國家工業化和城市居民提供原始積累和糧食。有學者把這種體制稱為「集權式鄉村動員體制。」〔註 17〕這種體制從 50 年代開始，一直延伸到改革開放的「鄉政村治」模式的出現，這與傳統鄉村家族倫理社會有很大的不同。

3、宗族結構的變遷。由於中共在農村推行階級成分的劃分，致使每個人身份的界定不依據在血緣關係中的地位，而是依據人們在社會經濟政治關係中的地位。不同血緣關係的人可以被劃分在同一範疇內，相同的血緣關係的人可以被劃分在不同的範疇內，這樣，消蝕了農村宗族勢力的根基。又由於在土地改革中，「國家運用法律力量沒收家族活動的寺廟、祠堂、族田等財產，摧毀了家族活動的物質設施。」在合作化運動中，國家又運用「行政力量對長期以來形成的家族聚居的社區格局作了持續有力的干預、調整和組合，通過對原有居住點的重組及開發荒地，移民建立新區等措施，形成混合的、雜居的新的行政格局，使家族聚居、家族聯繫失去了原有的便利地理條件，家族間的交往困難。」〔註 18〕人民公社化時，由於農民合作地域的擴大，宗族

〔註 15〕 R·特里爾 著，劉路新 等譯，毛澤東傳〔M〕，河北：人民出版社，2001 年，第 255 頁。
〔註 16〕 陳吉元 等，中國農村社會經濟變遷（1949～1989）〔M〕，山西：人民出版社，1993 年，第 86 頁。
〔註 17〕 于建嶸，岳村政治：轉型期中國鄉村政治結構的變遷〔M〕，北京：商務印書館，2001 年，第 285 頁。
〔註 18〕 王滬寧，當代中國村落家族文化——對中國現代化的一次探索〔M〕，上海：人民出版社，1991 年，第 59～60 頁。

聯繫的紐帶進一步鬆懈，再加上階級鬥爭的理念的灌入和階級成分的劃分，致使傳統的宗族倫理本位讓位於集體主義，對傳統血緣的忠誠轉變爲對現代國家的忠誠。「文革」期間，宗族又成爲紅衛兵「破四舊」的鬥爭對象之一，原來的族長被拉出來批鬥，族譜被挖出來焚燒，「唯成份論」、「唯領袖意志論」風行一時，宗族被視爲封建社會遺留下來的垃圾。毛澤東在《湖南農民運動考察報告》中提及的「束縛中國人民特別是農民的四條極大的繩索」〔註 19〕之一的族權，在政治的強力下，至此表面上徹底消解。

三

如果說第一次巨變影響不大，第二次巨變是打破舊體制下的一場深刻而廣泛的變革，那麼第三次巨變則是在第二次巨變的基礎上的自我完善和自我發展。主要表現在：

1、土地所有制的變革。改革開放前，中國土地所有制經歷了個人所有個人使用到國家所有集體使用的變遷，在這變遷中，個人被內聚於國家預設的經濟體制模式下。無論此模式是否有績效，個體都缺乏自主選擇性。因此，在人民公社體制下，農村生產力一直滯步不前。一旦國家對鄉村的控制力減弱，農民便以獨特的方式，自發地進行制度路徑選擇，這就是集體所有，個體使用、個體經營的聯產承包責任制。鄧小平對此給予很高的評價：「農村搞家庭聯產承包，這個發明權是農民的。農村改革中的好多東西，都是基層創造出來，我們把它拿來加工提高作爲全國的指導。」〔註 20〕由於土地所有權的置換，農民的經濟利益得到了應有的滿足，他們生產積極性高漲，創造出巨大的業績。在 1978～1985 年短短 7 年內，中國的貧困人口減少了一半，由 1978 的 2.5 億減少到 1985 年的 1.25 億，平均每年減少 1768 萬。〔註 21〕在此基礎上，東南沿海一些地方辦起了鄉鎮企業。這是農民的又一偉大創造。農民「離土不離鄉」，從事非農業生產，成功地從土地中剝離出來，這是農村走向城鎮化、現代化最重要的一步。時下，隨著農業產業化的進行，土地經營有向集約化發展的態勢。這不能不說是土地管理方式的又一大變化。

〔註 19〕毛澤東選集（第 1 卷）〔M〕，北京：人民出版社，1991 年，第 31 頁。
〔註 20〕鄧小平文選（第 3 卷）〔M〕，北京：人民出版社，1993 年，第 382 頁。
〔註 21〕國家統計局，簡明統計資料〔Z〕，1996（2）。

2、宗族勢力的復興。隨著 20 世紀 70 年代末中國農村政策的轉型與體制的突破，以家庭爲中心的經濟單位的確立，以地緣爲基礎的鄉村功能的相對弱化和衰微，再加上人民公社的消亡爲農村留下了秩序或管理的眞空，農村的宗族組織作爲一種中國特有的文化基調重新展現在我們的面前。主要表現爲編撰族譜、修建祠堂、祭祖聯宗和組織鄉俗活動等。這些活動一方面把幾千年傳承下來的規勸性的宗族理念（主要是儒家理念，還有部分道家、佛家理念與世界觀）和如泣如訴的孝悌故事，植入鄉民生活之中。正如有學者所說：「在小農經濟條件下，宗姓、房派和家族諸血緣親屬集團中的孝順和睦的傳統，人倫道德說教與宗族組織規劃相輔相成，加強了血緣性族群社區的穩定性。」〔註 22〕另一方面，一些村落的政治精英，利用宗族勢力，通過拉選票佔有了鄉村大部分政治資源，爲個人或本宗族服務，與國家、集體利益相對抗；或者宗族之間爲了土地、宅基地、婚姻家庭、水渠灌溉等糾紛聚族鬥毆，甚至敢私設公堂棄置國法。因此，對於宗族的復興，我們既不能一味地壓制，也不能提倡，只能採取引導的方法。近年來，由於經濟活動的泛化和民工潮的興起，爲鄉村帶入了競爭、平等、合作等現代市場意識，宗族勢力呈減弱之勢，宗族與農民的血緣契約在國家與公民的社會契約面前變得越來越沒有意義。

3、「鄉政村治」政策的實施。十一屆三中全會後，農村實行了聯產承包責任制，將過去由人民公社政權組織系統掌握的生產經營權下放給個體農民生產者，直接導致了政權組織和經營組織分開，從而農民擁有了生產經營自主權和對自身勞動力的支配權，由此改變了鄉村的家庭和政治格局。對家庭而言，家庭成了具有獨立的法律人格的經濟單元，如何獲取經濟利益最大化，成爲各個家庭的經濟訴求，由此傳統的長輩經驗性決策讓位於年輕人的膽識和知識，家庭的權威結構由垂直寶塔型向平行型轉移，家庭民主化凸顯。對鄉村政治而言，活躍在鄉村舞臺上往往是那些佔有經濟資源的經濟能人，他們憑藉經濟優勢，佔有大量的社會資源。據一學者調查分析：「在民主選舉中謀求政治權力，富者爲官成爲農村的一種傾向。」〔註 23〕與此同時，隨著國

〔註 22〕莊孔韶，銀翅：中國的地方社會與文化變遷〔M〕，北京：三聯書店，2000 年，第 250 頁。

〔註 23〕宋桂蘭　等，制約村民自治有效運作的因素分析〔J〕，當代世界與社會主義，2002（3）。

家權力在鄉村的減弱，個人自主空間和時間的強化，在農村出現了失範現象，具體表現爲非正式組織的出現和賭博、色情、迷信的盛行等。據于建嶸調查，在湖南衡山，一進入農閒時節，甚至就是農忙的時候，除了一些人到外面打工之外，很多人就在一起打牌賭博。〔註24〕基於此，國家在廣大農村推行了「村民自治」政策（有時又叫「鄉政村治」政策），即在民主選舉、民主決策、民主管理、民主監督的基礎上，實現村民自我管理、自我教育、自我服務。這與改革開放前的「集權式鄉村動員體制」相比，不能不說是一次巨大的飛躍。但由於村自治權力過大和使用不當，一些地方村權威凌駕於國家政權權威之上，從而影響國家政策在鄉村的推行。另外，由於土地經營的個體化和市場經濟的影響，在鄉村社會意識上也發生了質的飛躍。平等觀念、效率和效益觀念、民主觀念、利益觀念、人才和知識觀念等植入村民生活之中，一種新的國民性在鄉村逐漸形成。

綜上所述，三次巨變在農村引起了深刻的變遷，而且這種變遷還在繼續著。至於將來土地制度是大規模的集約式經營還是小塊土地耕種，鄉政村治是良性互動，還是惡性發展，還有待時間和實踐的檢驗。

〔註24〕于建嶸，岳村政治：轉型期中國鄉村政治結構的變遷〔M〕，北京：商務印書館，2001年，第598頁。

嬗變與遞進：
中國百年政治文化的歷史考察〔註1〕

　　政治文化，按照美國學者阿爾蒙德的定義，指的是一國居民在特定時期所盛行的一套政治態度、信仰、感情、價值觀和技能。它分爲「地域型」、「臣屬型」和「參與型」三種類型。〔註2〕19世紀中葉起，由於西方列強的入侵，社會結構逐漸發生異質性的變化。建構其上的政治文化也隨即迅速嬗變。具體考察一百多年政治文化的變遷歷程，可對當今的政治改革和民主政治建設提供一定的借鑒。

（一）

　　中國傳統的社會是一個倫理本位、職業分途的四民社會。梁漱溟在《中國文化要義》對這一社會作了詳細的論述。他指出：「人一生下來，便有與他相關係之人（父母、兄弟等），人生且將始終在與人相關係中而生活（不能離社會），如此則知，人生實存於各種關係之上。此種種關係，即是種種倫理。……倫理關係，即是情誼關係，亦即是其相互間的一種義務關係。」〔註3〕因此，建構其上的政治文化則是以儒家文化爲中心，兼顧其他政治文化，如法家文化、道家文化和佛家文化等的多元一體的政治文化。這種文化表徵在士身上

〔註1〕載《實事求是》2015年第5期。
〔註2〕〔美〕阿爾蒙德 等，比較政治學：體系、過程和政策〔M〕，上海：譯文出版社，1987年，第5頁。
〔註3〕梁漱溟，中國文化要義〔M〕，上海：人民出版社，2005年，第72～73頁。

則是「修身、齊家、治國、平天下」，用孟子的話講就是「故士窮不失義，達不離道。……古之人，得志，澤加於民；不得志，修身見於世。窮則獨善其身，達則兼濟天下。」而表現在民身上則是常說的「三綱五常」，即：「君爲臣綱，父爲子綱，夫爲妻綱」。

　　19 世紀中葉，由於西方列強的入侵和民族危機的加深，這種政治文化開始結構性的變遷，到 19 世紀末，逐漸形成了以民族主義、向西方學習和變革維新爲中心的政治文化。

　　具體說來，由於甲午中日戰爭中國的戰敗，「鼾睡之聲，乃漸驚起」〔註4〕，近代民族主義因此發軔。正如有人所說：「互十九世紀二十世紀之交，有大怪物焉。……今日者，民族主義發達之時代也。而中國當其衝，故今日而再不以民族主義提倡於吾中國，則吾中國乃眞亡矣。」〔註5〕由於民族主義運動勃興，建構其上的變革維新文化也得到了迅速發展：「上自朝廷，下至人士，紛紛言變法。」〔註6〕據一資料記載：「至戊戌春康君入都變法之事，遂如春雷之啓蟄，海上志士，歡聲雷動，雖謹厚者亦如飲狂藥。」〔註7〕與此同時，從19 世紀中葉開始的向西方學習的浪潮，此刻也狂飆突進，有專家考證，戊戌變法時，宣講西方的社會科學和自然科學的報紙有《萬國公報》，《時務報》、《知新報》等四十多種。〔註8〕以致有人說道：「歐風吹汝屋，美雨襲汝房，汝家族其安在哉？」〔註9〕因此，民族主義、變革維新和向西方學習成爲當時主要政治符號。康有爲、梁啓超、譚嗣同和嚴復諸人就是這種政治符號的主要發起者。可以說，這是中國政治文化第一次大的轉變。而這次轉變的直接結果就是辛亥革命的爆發。

　　第二次大的轉變就是新文化運動。按照陳獨秀的說法則是：「要擁護那德先生，便不得不反對孔教、禮法、貞潔、舊倫理、舊政治；要擁護那賽先生，

〔註4〕梁啓超，戊戌政變記〔M〕，北京：中華書局，1954年，第133頁。
〔註5〕余一，民族主義論〔J〕，浙江潮，1903（2）。
〔註6〕戊戌變法（二）〔A〕，中國近代史資料叢刊〔C〕，上海：人民出版社，1957年，第19頁。
〔註7〕戊戌變法（四）〔A〕，中國近代史資料叢刊〔C〕，上海：人民出版社，1957年，第249頁。
〔註8〕葉再生，中國近代現代出版通史〔M〕，北京：華文出版社，1999年，第592頁。
〔註9〕許守微，論國粹無阻於歐化〔A〕，辛亥革命前十年間時論選集（第2卷）（上冊）〔C〕，北京：三聯書店，1963年，第52頁。

便不得不反對舊藝術、舊宗教；要擁護德先生又要擁護賽先生，便不得不反對舊國粹和舊文學。」〔註 10〕即「科學」和「民主」成為新文化運動的主要內容。這一運動因陳獨秀、李大釗、胡適、魯迅同人不滿復古和「無量頭顱無量血，可憐贏得假共和」而發起，因五四學生愛國運動而強化。這一運動，正如 1920 年 6 月鄭振鐸所說：「中國的新文化運動自發端以至於今，不過一年多，而其潮流已普遍於全國。自北京到廣州，自漳州到成都，都差不多沒有一個大都市沒有新的出版物出現，沒有一個地方沒有新文化運動者的存在。這個現象真是極可觀的。」〔註 11〕因此，許多青年都深受這種政治文化的影響，王凡西的回憶充分說明了這一點。「在未接觸到新文化運動的影響之前，我們這些孩子簡直沒有精神生活的，渾渾噩噩的。拿我個人來說吧，除了演義小說裏的人物引起我一些奇異的空想之外，更不會想到比飲食遊玩更多的事。而新影響卻在孩子們的心靈裏打開許多窗，讓我們由那裏看見許多未曾前見的境界，嘗到了許多前所未知的樂趣，以致引發了對遠大事物的憧憬和嚮往。……總之，五四精神使我們變成了染上時代狂疾的小志士，變成了好高騖遠的理想家。」〔註 12〕

　　同時，新文化運動，為馬克思主義政治文化的開展與三民主義政治文化的深入創造了條件。一些處於斷裂社會邊緣的草根知識份子，見「國家的情況一天一天壞」，「環境迫使人們活不下去。懷疑產生了，增長了，發展了。」〔註 13〕建立中國共產黨，運用馬克思主義階級分析和階級鬥爭理論，深入工人、農民和學生等中間，走上一條反叛舊體制的道路。而以孫中山為首的國民黨此時也把「對內謀各民族的平等，對外謀民族的獨立」、「為國民者不但有選舉權，且兼有創制、復決、罷官諸權」和平均地權節制資本新三民主義奉為圭臬。因此，20 世紀 20 年代至 30 年代中期，有兩種政治文化並存著，這就是中共的馬克思主義政治意識形態和三民主義政治意識形態。這兩種政治文化在某種程度上是可以通約的。其表徵就是「革命」政治符號的普遍運用。據專家研究，「後五四」時期（1923～1926 年），「革命」一詞出現的頻度急劇串升，成為壓倒一切的中心詞。「科學」、「民主」、「自由」、「平等」等相

〔註10〕陳獨秀，本志罪案答辯書〔J〕，新青年，第 6 卷第 1 號，1919（1）。
〔註11〕鄭振鐸，新文化運動者的精神與態度〔A〕，鄭振鐸文集（第 4 卷）〔C〕，北京：人民文學出版社，1985 年，第 34 頁。
〔註12〕王凡西，雙山回憶錄〔M〕，北京：東方出版社，2004 年，第 4 頁。
〔註13〕毛澤東選集（第 4 卷）〔M〕，北京：人民出版社，1991 年，第 1470 頁。

對淪爲邊緣,爲「革命」讓路。1923～1926 年間,《新青年》雜誌共發表各類文章 128 篇,平均每篇出現「革命」一詞多達 25 次以上。〔註14〕但由於兩者的政治利益和政治訴求不同,爭奪的雙方從 1927 年後,兵戎相見,互爲仇敵。

全面抗戰爆發後,民族矛盾上升爲主要矛盾。在此語境下,中共於 1937 年 7 月 15 日正式宣佈:「孫中山先生的三民主義爲中國今日之必需,本黨願爲其徹底的實現而奮鬥。」〔註15〕這就是說,中共在信仰馬克思主義之外,還信奉三民主義政治文化。而蔣介石國民黨雖然也高舉三民主義的旗幟,他說「現在這時代,是一個黨的時代,是一個三民主義的時代,如果我們在這個時代,離開了黨和三民主義,再講團體派別,那就是自取滅亡。」〔註 16〕但是這三民主義帶有很強的蔣系政權的色彩。蔣介石認爲,三民主義的根本精神就是孫中山提出的「忠孝仁愛信義和平」八德,就是對國家盡其忠,就是每個國民黨員要對「領袖絕對信仰」和「將自己的一切統統交給領袖」。〔註17〕汪僞政權同樣如此,汪精衛一方面對日宣稱「必需三民主義、國民黨、青天白日滿地紅旗及國民政府四條件。」來談判,另一方面,要與日本共同建設東亞新秩序。他說:「日本在東亞爲先進國,改造東亞,日本有領導權利及義務,此中國人所能知者。中國在東亞,爲地大人眾歷史悠久之國,改造東亞,中國有分擔責任之義務,此亦中國人所能知者。」〔註 18〕也就是說汪僞爲了漂白自身的漢奸身份,也強調三民主義政治文化。整個 8 年抗日戰爭時期,三民主義成爲主要政治符號。

但是,也須看到,在具體的革命實踐中,以毛澤東爲首的中共領導人在三民主義基礎上推陳出新,創造了一種新的政治文化,這就是新民主主義政治文化。毛澤東在《新民主主義論》對這種文化作了詳細的說明。首先指出這種文化是民族的,「它是反對帝國主義壓迫,主張中華民族的尊嚴和獨立的。」對於國外的東西,要吸其精華,去其糟粕,所謂「全盤西化」的主張,

---

〔註14〕 王奇生,「革命」與「反革命」:一九二〇年代中國三大政黨的黨際互動〔J〕,歷史研究,2004(5)。

〔註15〕 周恩來選集(上卷)〔M〕,北京:人民出版社,1980 年,第 77 頁。

〔註16〕 高軍 等,中國現代政治思想史資料〔M〕,成都:四川人民出版社,1986 年,第 562 頁。

〔註17〕 秦孝儀,先總統蔣公思想言論總集〔M〕,臺北:中國國民黨中央委員會黨史委員會出版,1984 年,第 566 頁。

〔註18〕 黃美眞 等,汪僞政權資料選編〔M〕,上海:上海人民出版社,1984 年,第 198 頁。

乃是一種錯誤的觀點。其次指出這種文化是科學的。「它是反對一切封建思想和迷信思想，主張實事求是，主張客觀眞理，主張理論和實踐一致的。」最後，指出這種文化是大眾的，「它應該爲全民族中有百分之九十以上的工農勞苦民眾服務，並逐漸成爲他們的文化。」〔註 19〕新民主主義文化成爲中共在新民主主義革命時期一種重要的政治符號。歷史學家李平心曾這樣說道：「我在上月間看到了一則印刷模糊的通訊，其中刊出了當代一位大政治家關於『新民主主義的政治與新民主主義的文化』的演講提要，不禁喜狂，因爲在簡短的提要中，已經閃耀了演講者天才的光輝，發掘了中國現代歷史的眞理。」他還頗有見地地預言：「『新民主主義』口號的提出，在今天顯然有著重大的歷史意義。」〔註 20〕

　　1952 年社會主義改造開始後，由於社會結構發生了異質性的變化，社會從單個的個人逐漸向集體發展，因此，建構其上的政治文化也發生了根本性的轉變，由新民主主義政治文化開始向社會主義政治文化轉變。對於社會主義政治文化，有人認爲主要表現爲：集體主義、鬥爭與積極主義、自力更生、平均主義和民眾主義。〔註 21〕這種總結儘管不太準確，但至少表證了社會主義政治文化的一個主要特徵：集體主義。

　　毛澤東曾指出：「無產階級必須堅持集體主義原則，對於共產黨人來說，無論何時何地，都必須以集體主義爲出發點，以個人利益服從於民族的和人民群眾的利益，而不應把個人利益放在第一位。」〔註 22〕1959 年毛澤東又指出「我們要教育人民，不是爲了個人，而是爲了集體，爲了後代，爲了社會前途而努力奮鬥。」〔註 23〕在這裡，集體主義有兩個維度，一是針對共產黨人，二是針對廣大人民群眾。這樣從特殊到一般，集體主義作爲政治文化建構起來了。

　　除了集體主義，愛國主義也是社會主義一種主要政治文化。毛澤東強調：「在資本家中要宣傳把個人的事情和國家的事情聯繫起來，提倡愛國主義，

〔註 19〕毛澤東選集（第二卷）〔M〕，北京：人民出版社，1991 年，第 662 頁。

〔註 20〕李曉宇，民國知識階層視野中的〈新民主主義論〉〔J〕，毛澤東思想研究，2007（7）。

〔註 21〕詹姆斯‧湯森 等，中國政治〔M〕，顧速、董方 譯，南京：江蘇人民出版社，2005 年，第 33～135 頁。

〔註 22〕毛澤東選集（第 3 卷）〔M〕，北京：人民出版社，1991 年，第 997 頁。

〔註 23〕毛澤東文集（第 8 卷）〔M〕，北京：人民出版社，1999 年，第 134 頁。

總要想到國家的事情。……我們要提倡愛國主義。」〔註 24〕中共也是這樣做的。中國通過電影、刊物等媒體，大力宣傳愛國主義。1953 年 7 月 4 日《人民日報》報導：廣西省人民政府電影工作隊從 1952 年 8 月到 1953 年 5 月，共派出 5 個分隊，先後攜帶《中國民族大團結》、《中國人民的勝利》、《內蒙人民的勝利》和《蘇聯農業》等 23 部影片，分赴桂西壯族自治區、大瑤山瑤族自治區等偏僻山區放映，共放映 335 場，各少數民族的觀眾達 167 萬多人。〔註 25〕這樣，中共就把愛國主義這種政治文化植入到廣大人民群眾當中。

　　但是，也要看到，階級鬥爭也是社會主義革命和建設時期的一種主要文化。1962 年在八屆十一中全會上，毛澤東根據國內國際的形勢，錯誤地提出了「階級鬥爭要年年講，月月講，天天講」。從此，文學作品、電影、展覽，甚至交談無不是階級鬥爭的話語。清華大學附屬中學一張大字報這樣寫道：我們目前同清華附中黨支部的鬥爭，就是社會主義文化大革命深入發展的結果，這是一場尖銳的階級鬥爭……我們下定決心，一屆屆、一代代和清華附中黨支部的錯誤方向鬥下去……直到偉大的毛澤東思想紅旗在清華附中真正地、驕傲地飄揚為止。」〔註 26〕階級鬥爭成為當時日常生活中一項重要的政治符號。

　　改革開放後，對錯誤思想進行了正本清源。中共的政治文化也逐漸走上一條正常的軌道。1982 年 7 月，鄧小平明確提出：「搞社會主義精神文明，主要是使我們的各族人民都成為有理想、講道德、有文化、守紀律的人民」〔註 27〕也就是說，培育「四有」新人是改革初期政治文化的主要目標。十二屆六中全會通過的《中共中央關於社會主義精神文明建設指導方針的決議》就指出：「社會主義精神文明建設的根本任務，是適應社會主義現代化建設的需要，培育有理想、有道德、有文化、有紀律的社會主義公民，提高整個中華民族的思想道德素養和科學文化素質。」〔註 28〕以此為契機，社會上廣泛開展了「五講四美三熱愛」活動。即：講文明、講禮貌、講衛生、講秩序、講

〔註 24〕毛澤東文集（第 7 卷）〔M〕，北京：人民出版社，1999 年，第 177 頁。

〔註 25〕張敏孝，新中國初期民族工作（1949～1957 年要事錄）〔M〕，瀋陽：遼寧民族出版社，1998 年，第 461 頁。

〔註 26〕蕭象，文革是怎樣發動起來的〔J〕，領導者，2014（12）。

〔註 27〕鄧小平文選（第 2 卷）〔M〕，北京：人民出版社，1994 年，第 408 頁。

〔註 28〕十二大以來重要文獻選編（下）〔M〕，北京：人民出版社，1988 年，第 1176 頁。

道德；語言美、心靈美、行爲美、環境美；熱愛祖國、熱愛社會主義、熱愛
中國共產黨。社會主義政治文化贏來了迅速普及時期。

　　隨著社會主義市場經濟的進一步發展，社會結構發生了進一步的變化，
政治文化也隨即發生相當大的變化。一作者認爲當前政治文化出現了重大分
化：一是政治信仰政治理想出現危機；二是政治生活中依然存在大量等級特
權現象和「官本位思想」；三是政治價值取向多元化；四是中國社會出現政治
冷漠現象。〔註 29〕在這一情況下，有些人主張用儒家文化來拯救政治文化的
危機，也有人想用西方的憲政來解決當前政治文化的困境。中國共產黨 2006
年第十六屆六中全會明確提出了社會主義核心價值。其主要內容爲「富強、
民主、文明、和諧。」以此引領社會思潮，凝聚社會共識。這樣，在非主流
的政治文化中，主流政治文化始終占主要地位。

（二）

　　中國政治文化從臣屬型的傳統文化向地域型、參與型的政治文化轉變，
經歷了一百多年的歷史變遷。在這風雲激蕩的一百年裏，中國發生了三次歷
史性的巨變。江澤民在十五大政治報告指出：「一個世紀以來，中國人民在前
進道路上經歷了三次歷史性的巨大變化，產生了三個站在時代前列的偉大人
物：孫中山、毛澤東、鄧小平。」〔註 30〕這就表明，辛亥革命、中華人民共
和國的成立和改革開放引起了社會結構的巨大變化，從而引起了政治文化上
的變遷。

　　辛亥革命推翻了幾千年的封建帝制。社會結構也發生了某些變化，即從
封閉僵化的社會向開放的社會轉型，從同質的單一性社會向異質的多樣性社
會轉型，從倫理社會逐漸走向法理社會。以此爲基礎，各種西方思潮泛濫，
民族主義意識張揚和科學民主觀念提倡。可以說，沒有辛亥革命對儒家文化
的解轄域化，就沒有中國政治文化的翻新。

　　中華人民共和國的成立無論從深度還是廣度，社會結構的變遷是巨大
的。現代化專家羅茲曼對此作了詳細的論述。他說：「共產黨在社會整合的領
域裏，建立了一支龐大而忠心耿耿的積極份子隊伍，能深入到差不多所有社
區當中去，這同樣應該被視爲使進一步的發展成爲可能的一個重要里程

〔註 29〕唐雲，當前中國政治文化的分化與整合〔J〕，文史博覽，2007（10）。
〔註 30〕江澤民文選（第二卷）〔M〕，北京：人民出版社，2006 年，第 2 頁。

碑。……在 50 年代和 60 年代，共產黨控制了社會槓桿，即掌握了諸如土地、勞動力、收入和教育等項的分配權。每一次大的運動都加強了領導對社會資源的控制。」〔註 31〕建構其上的政治文化的變遷，也是巨大的。首先，中國共產黨一直致力於對革命政治文化的塑造和宣傳。董存瑞、黃繼光、雷鋒、焦裕祿等先進人物成為時代的政治標杆。其次，中國政治社會化的程度非常高。通過教育、電影、作品等媒體把中共的意識形態深入到社會各個角落和各個階層。最後，中共的政治文化逐漸激進化。特別是文化大革命，把傳統文化徹底打翻，割裂了政治文化的歷史連續性。

改革開放後，中國的經濟有了迅速巨大的發展，社會結構出現了重大轉型，即從計劃經濟社會向社會主義市場經濟社會，從農業社會向工業社會，從鄉村社會向城鎮社會轉型。社會階層構成也發生了新的變化，出現了民營科技企業的創業人員和技術人員、受聘於外資企業的管理技術人員、個體戶、私營企業主、中介組織的從業人員、自由職業人員等，社會流動加劇。加上西方思潮的滲入，中國的政治文化也日益多元化。據專家考察，當前中國的社會思潮主要有以下一些：新自由主義、民主社會主義、新左派、折衷馬克思主義、傳統馬克思主義、復古主義和創新馬克思主義〔註 32〕這些思潮實際上是七種政治文化。這些政治文化反映不同階層不同的政治利益訴求。如新自由主義代表的是中層階級的利益。「無論是打著改良自由主義，還是現代自由主義的名義，新自由主義都避免不了其理論所固有的原始的、簡單化特徵。其背後的真實目的，則是希望壟斷組織的作用大。」〔註 33〕當前我國階層的多元化，出現政治文化的多元，是社會和歷史的必然。

但是，還應看到政治文化是一把雙刃劍。由於政治文化具有規定政治生活的基本指向和內容，指導和規範各種政治行為，影響政治過程，維持或變革政治制度等功能，政治文化的類型所起的作用是不一樣的。剝削階級社會的政治文化是維護該社會的私有制生產方式，維護該社會一定階級的政治統治，壓制和麻痺被剝削、被壓迫階級的反抗。社會主義社會的政治文化是使人民樹立起主人翁精神。「人民群眾真實地享有和行使民主權利，自覺地關注國家政治生活

〔註31〕〔美〕吉伯特·羅茲曼，中國的現代化〔M〕，國家社會科學基金「比較現代化」課題組譯，南京：江蘇人民出版社，2005 年，第 318 頁。
〔註32〕程恩富 等，當前中國七大社會思潮評析〔J〕，陝西師範大學學報，2014（3）。
〔註33〕程恩富 等，當前中國七大社會思潮評析〔J〕，陝西師範大學學報，2014（3）。

和國家前途，積極地參與國家管理，隨著社會主義的發展，公民參政的廣度和深度將不斷發展。同民主意識和參政意識相聯繫，人民群眾對自己國家的政治制度、政治決策、政治過程和政治領袖也形成了高度的信任感、認同感和支持感。」〔註34〕當前這七種政治文化，儘管在社會主義政治文化的總體轄域下，但或多或少地影響了人們的政治思想、政治生活和政治行為，從而影響政治穩定和政治發展。如官本位意識的長期存在，就會造成公民主體意識的缺失，從而使社會主義民主政治缺乏應有的文化支撐。因此，中國作為一個地廣人多的大國，有一個統一的政治文化指導是非常重要的。正如十八大政治報告指出：「廣泛開展理想信念教育，把廣大人民團結凝聚在中國特色社會主義偉大旗幟之下。大力弘揚民族精神和時代精神，深入開展愛國主義、集體主義、社會主義教育，豐富人民精神世界，增強人民精神力量。倡導富強、民主、文明、和諧，倡導自由、平等、公正、法治，倡導愛國、敬業、誠信、友善，積極培育和踐行社會主義核心價值觀。牢牢掌握意識形態工作領導權和主導權，堅持正確導向，提高引導能力，壯大主流思想輿論。」〔註35〕

　　具體說來，一是堅持馬克思主義意識形態的指導地位，二是大力培育公民政治文化。

　　西方著名政治學家伊斯頓指出：「任何系統都具有一定的主導政治價值，它們會給政治行為規範和結構排列確定基調和方向。」〔註36〕馬克思主義意識形態，「既能從思想上為解決這些衝突（社會衝突）提供客觀的科學基礎，又能從思想上為自在的人類轉變為自為的人類指明合乎人性的、合乎人類的發展前景。」〔註37〕因此，堅持馬克思主義意識形態的指導地位，可以維護中國的政治穩定和發展，可以促進人民生活的富裕和文化的繁榮。為此，要不斷鞏固馬克思主義意識形態的階級基礎，要堅持馬克思主義意識形態的實踐性和創新性。

〔註34〕王惠岩，政治學原理〔M〕，北京：高等教育出版社，1999年，第238頁。

〔註35〕胡錦濤，堅定不移沿著中國特色社會主義道路前進為全面建成小康社會而奮鬥——在中國共產黨第十八次全國大會上的報告〔M〕，北京：人民出版社，2012年，第31頁。

〔註36〕大衛·伊斯頓，政治生活的系統分析〔M〕，北京：華夏出版社，1999年，第232頁。

〔註37〕〔匈〕盧卡奇，關於社會存在的本體論〔M〕，白錫坤　等譯，重慶：重慶出版社，1993年，第613頁。

　　而公民政治文化是一國公民對政治系統和自身的態度，它不僅是個人自由和權利的表達，也是維持社會穩定的「穩壓器」。因此，許多國家都強調公民政治文化的培育。十八大政治報告指出：「推進公民道德建設工程，弘揚眞善美、貶斥假惡醜，引導人們自覺履行法定義務、社會責任、家庭責任⋯⋯培育知榮辱、講正氣、作奉獻、促和諧的良好風尚」「開展群眾性文化活動，引導群眾在文化建設中自我表現、自我教育、自我服務。」〔註38〕培育公民政治文化，一是大力提高公民素質，二是擴展公民政治社會化管道。

〔註38〕胡錦濤，堅定不移沿著中國特色社會主義道路前進爲全面建成小康社會而奮鬥——在中國共產黨第十八次全國大會上的報告〔M〕，北京：人民出版社，2012年，第32頁。

社會結構視野下中共執政的
政治合法性的歷史考察〔註1〕

　　關於執政黨建設，是近幾年學術研究的熱點問題。從政治合法性的視角來談及的文章也不少。但總的來看，多爲闡釋之說，缺乏詳細的實證考察。本人不揣淺陋，欲從社會結構具體分析中共執政56年政治合法性的獲取、認同、危機及重塑過程。從而爲今天的執政黨建設提供一定的經驗和借鑒。

　　政治合法性屬於政治學的範疇。指的是政治統治依據傳統或公認的準則而得到人民的同意和支持。當人民對終極權威願盡政治義務時，這一權威就具有合法性。只有當政府獲得人民的自願的擁護時，其統治才更有效力，才能保持政局的穩定。相反，如果統治的合法性受到置疑乃至否定，政府的動員和貫徹能力將會被削弱，最終導致政治動盪。中國政黨雖然最早出現於1905年江亢虎建立的社會黨，其後雖然有民主黨、統一黨等大大小小的多個黨派。但他們都沒有作爲執政黨活躍在政治舞臺上，因此，也談不上執政的政治合法性。中國最早執政的政黨是國民黨（1928～1949）。在政治舞臺上，它執政了二十一年的時間，由於在社會結構上的政治危機，它的執政資源很快失去，代之是中共執政政治合法性的獲取。

　　關於國民黨失政的主要原因，美國學者施拉姆是這樣認爲的：民族戰爭和土地革命是國民黨致敗的主要因素。〔註2〕本人深有同感。由於在民族戰爭中，蔣介石「攘外必先安內」、「消極抗日，積極反共」和「全國境內都對美

〔註1〕 載《甘肅理論學刊》2005年第4期。
〔註2〕 〔美〕施拉姆，毛澤東〔M〕，北京：紅旗出版社，1987年，第171頁。

—123—

國開放」，致使原先一批擁護蔣委員長的民族資產階級、民主人士和知識份子
倒向了中共一方；而土地改革，使中共贏得了占中國人口 80%農民的支持。
人心力量的向背決定著國民黨只能淡出政治舞臺，從而中共成爲政治秩序的
主導力量。

　　對於中共的政治權威，社會結構的各個階層是基本認同的。建國初的社
會結構是一個二維結構（如圖）

精英層	大眾層
政治精英（黨政官僚）	城市工人
	農村農民
	民族資產階級（民主人士）
	小資產階級（知識份子）

　　在這個結構中，作爲政治精英的黨政官僚，作爲政權的建立者，他們
自發地認同中共的政治權威。而工人在建國前深受帝國主義、封建主義和
官僚資本主義三座大山的壓迫，建國後「工人工資總數不斷提高，就業人
數增加，1949 年至 1952 年，已有 780 萬就業，1952 年全國職工總數是 1949
年的 197.5%。全國工人平均工資比 1949 年增加了 70%。」〔註3〕政治地
位的提高和經濟地位的改變，他們怎麼不張開雙臂，歡迎中國共產黨。而
農民，在中共的眼裏，是中國革命的主導力量：「中國革命沒有農民參加，
便不能取得勝利。」而解放前「在中國農村，占鄉村戶數的 5%左右的地主
佔有 40～50%以上的耕地；而占鄉村戶數的 90%的貧農、雇農、中農等共
僅佔有耕地的 20～40%。」〔註4〕通過土地改革，農民大都分到了土地，
鄉村政治格局發生了很大的變化「昔日生活在鄉村社會最徹底，在政治上
毫無地位可言的貧、雇農，一夜之間成了農村中的主人，而昔日把持鄉村
社會政治生活的地主、富農卻一夜之間變得威風掃地，落到了鄉村社會和
政治生活中毫無地位可言的最低層。」〔註5〕物質利益的獲取和政治地位的

〔註 3〕 靳德行，中華人民共和國史〔M〕，河南：河南大學出版社，1989 年，第 63
　　　　頁。
〔註 4〕 董志凱，解放戰爭時期的土改〔M〕，北京：北京大學出版社，1987 年，第 3
　　　　頁。
〔註 5〕 陳吉元 等，中國農村社會經濟變遷（1949～1989）〔M〕，山西：人民出版社，
　　　　1993 年，第 86 頁。

改變，農民願在中共領導下，走社會主義道路。民族資產階級，在毛澤東設計的新民主主義社會形態裏，是作為團結和保護的對象：「在這裏，無產階級的任務，在於不忽視民族資產階級的這種革命性，而和他們建立反帝國主義和反官僚軍閥政府的統一戰線」「這個共和國並不沒收其他資本主義的私有財產，並不禁止『不能操縱國民生計』的資本主義生產的發展。」〔註6〕因此，民主人士在 1948 年脫離國民黨，浮海北上，參加新中國的政協會議。建國後，出於恢復生產的需要，中共主要代言人劉少奇發表了著名的天津講話：「在這裏，自由資產階級，不是我們的鬥爭對象，不但不是鬥爭對象，而且是爭取對象。」「我們要注意把工人放在第一，但也要照顧資本家，特別是在生產上、經濟上，資本家比我們有辦法，發展生產應該首先和資本家合作，資本家在城市生產方面占很高的地位。」〔註7〕民族資產階級也開始擁護中國共產黨的領導：「今後決心在工人階級、人民政府的領導下積極經營生產，誠心誠意永遠跟共產黨走。」〔註8〕知識份子發現「蔣一邊宣揚對自由世界的忠誠，一邊減少自由的空氣。一些愛國的知識份子看到他們的國家在蔣的統治下正遭受極大的痛苦和折磨，正在走向崩潰。任何一個對未來抱有一線希望的人，都會對這種社會現實產生極大的不滿。」〔註9〕而以毛為首的中共「國家統一、政治清明」，從而許多知識份子選擇了中共政權。特別 1956 年 1 月周恩來關於知識份子問題的報告：「為了最充分動員和發揮知識份子的力量，第一，應該改善對於他們的使用和安排，使他們能夠發揮他們對於國家有益的專長；為了最充分地動員和發揮知識份子的力量，第二，應該對於所使用的知識份子有充分的瞭解，給他們以應得的信任和支持，使他們能夠積極的進行工作⋯⋯。」〔註10〕使「知識份子在新社會的地位有了，心跟著落了窠，安了。心安了，眼睛會向前看，要看出自己前途，因此，對自己也提出了新的要求。有的敢於申請入黨了，

〔註 6〕　毛澤東選集：第二卷〔M〕，北京：人民出版社，1991 年，第 673～678 頁。
〔註 7〕　中共中央文獻研究室，中華人民共和國開國文選〔M〕，北京：中央文獻出版社，1999 年，第 485～487 頁。
〔註 8〕　中國資本主義工商業的社會主義改造，廣東卷〔Z〕，北京：中共黨史出版社，1991 年。
〔註 9〕　特里爾，毛澤東傳〔M〕，河北：人民出版社，2001 年，第 232 頁。
〔註 10〕　中共中央文獻研究室，周恩來年譜：一九四九～一九七六（上卷）〔M〕，北京：中央文獻出版，1997 年，第 539～540 頁。

有的私下計議，有餘錢要買些大部頭書，搞點基本建設。」〔註11〕據統計表明，在高級知識份子中間，積極擁護共產黨和政府、積極擁護社會主義、積極為人民服務的進步份子約占 40％左右；擁護共產黨領導和人民政府，一般能夠完成任務，但在政治上不夠積極的中間份子也約占 40％左右；這兩部分合占 80％。〔註12〕

總之，建國初，社會結構中各個階層對中共的政治統治是比較認同的。但由於 1956 年下半年工作的過粗過急和 1957 年下半年左傾指導思想的發展，中共執政的政治合法性從經濟績效也開始向左的意識形態轉化，各階層的自發認同也開始一點一點疏離起來。

首先，是一部分農民。他們土改後因自身條件比較優越和勤勞，迅速致富起來，擁有了馬車和拉犁。但在農村合作化高潮中的政治強力打壓下，他們很不情願的加入了高級合作社。他們認為：「這個國家好，就是組織起來不好。」「共產沒啥意思，地也沒一個乾淨埋汰的」〔註13〕鄧子恢曾就此向毛澤東反映，但遭到了毛的批評。薄一波對此評論道：「這不僅委屈了鄧子恢同志，更重要的是這個精神傳到農村裏，使不少地方出現了一股批判富裕中農的風氣。例如：有的把富裕中農怕入社吃虧，要求土地分紅，牲畜農具作價等當成『資本主義自發傾向』或『兩條路鬥爭』加以批判。」「據 1957 年估算，全國富裕中農人數在 1 億以上。這些人勞動致富的積極性受限制和挫傷，對農村生產力的發展是很不利的。」〔註14〕

其次，是一部分民族資產階級。在對資本主義工商業的改造過程中，雖然民族資產階級大部分是擁護的，認為只有跟著共產黨，才會有光明前途。〔註15〕但是資本家白天敲鑼打鼓，晚上回家抱頭痛哭，這種情況也是存在的。

〔註11〕 牛漢、鄧九平，六月雪──記憶中的反右派運動〔M〕，北京：經濟日報出版社，1998 年，第 320 頁。

〔註12〕 周恩來選集：下卷〔M〕，北京：人民出版社，1984 年，第 163 頁。

〔註13〕 史敬棠，中國農業合作化運動史料（下冊）〔M〕，上海：三聯書店，1959 年，第 267～268 頁。

〔註14〕 薄一波，若干重大決策與事件的回顧〔M〕，北京：中共中央出版社，1993 年，第 362 頁。

〔註15〕 薄一波，若干重大決策與事件的回顧〔M〕，北京：中共中央出版社，1993 年，第 408 頁。

而上述階層，對中共的官僚主義尤爲不滿。具體必表現爲「據不完全統計，從 1956 年 9 月到 1957 年 3 月半年時間內，全國發生數十起罷工、請願事件，每起人數一般有十多人至數十人，多者有一二百人，甚至近千人，共約一萬多人；有幾十個城市發生大、中學校學生罷課、請願事件，也共有一萬多人；在農村也連續發生了鬧社的風潮，如浙江省農村發生請願、毆打、哄鬧等事件 1100 多起，廣東省農村先後退社的有十一二萬戶，等等。」〔註16〕從這也可以看出，中共執政政治合法性出現了危機。

爲了緩解這種危機，中共發出了整風運動的指示：在黨內「放手鼓勵批評」，堅決實行「知無不言，言無不盡；言者無罪，聞者足戒；有者改之，無則加勉」的原則〔註17〕；在黨外，請黨外人士幫助整風。即採用「大民主」的方法，消除官僚主義的弊端。但隨著鳴放言論的深化和尖銳，中共錯誤地估計了形勢，認爲這是資產階級右派發動的向共產黨進攻和社會主義進攻，結果掀起了反右運動。把「一大批知識份子、愛國人士和黨的幹部錯劃爲右派份子，使他們和家屬長期遭受委屈和打擊，不能爲國家的社會主義建設事業發揮他們的聰明才智。這不僅是他們本人的不幸，也是國家、民族的不幸。據統計，全國共有右派份子五十五萬餘人。其中，相當多的人是學有專長的知識份子和有經營管理經驗的工商業者。」〔註18〕

緊接著廣大農村的農民，他們以「爲有犧牲多壯志，敢叫日月換新天」的豪情壯志參加了大躍進運動，但最終的結果是從 1959 年下半年起，全國農村出現了嚴重的人口外流、浮腫病和非正常死亡。據統計，整個大躍進期間，中國人口的非正常死亡人數和出生率的人口數，總共在 1000 多萬。「人民公社辦早了」、「辦糟了」、「大躍進是大要命」、「一年忙收頭，汗水白白流，年終搞決算，落個瘌痢頭」〔註19〕一些牢騷和非流的話語在廣大農村蔓延。中國共產黨出現了建國以來嚴重的退黨現象。中共的政治權威受到了嚴重影響。在一些地區進行了自發的制度路徑選擇，包產到戶從點到面迅速擴展。但毛澤東等人認爲：「（包產到戶）一年多就會階級分化。一方面是共產黨的

〔註16〕 薄一波，若干重大決策與事件的回顧〔M〕，北京：中共中央出版社，1993 年，第 569 頁。

〔註17〕 中國共產黨中央委員會關於整風運動的指示〔N〕，人民日報，1957－05－01。

〔註18〕 葉永烈，反右派始末：上冊〔M〕，烏魯木齊：新疆人民出版社，2000 年，第 1 頁。

〔註19〕 江蘇省檔案資料，3089 宗教卷，永久卷第 32 卷。

支部書記貪污、多占、討小老婆、抽大煙、放高利貸。另一方面是貧苦農民破產。」〔註20〕因此，在八屆十中全會中，提出了所謂「黑暗風」「單幹風」和「翻案風」問題。並強調，在無產階級革命和無產階級專政的整個歷史時期，在由資本主義過渡到共產主義的整個歷史時期，存在著無產階級和資產階級之間的鬥爭，存在著社會主義和資本主義兩條道路的鬥爭。〔註21〕從而在廣大農村開始了一場重新教育人的鬥爭，重新組織革命的階級隊伍，向著正在對我們倡狂進攻的資本主義勢力和封建勢力做尖銳的針鋒相對的鬥爭的「四清」運動。

「三分之一政權不在我們手裏」的估計和「追上面的根子」的提出，是「四清」運動的外在表徵。它使矛頭直接對準了廣大農村幹部。據有關資料記載，北京郊區的通縣「1964 年下半年『四清』高潮時，來了 2 萬多人的工作隊，有 110 個工作隊打人，發生自殺 70 多起，死了 50 多人。對『四不清』的幹部，也存在著退賠過嚴的問題，有的地方算幹部多占工分時，竟從 1958、1959 年算起。不少『四不清』幹部只得變賣口糧、房子、衣服、傢俱等來退賠。」〔註22〕以致「他們工作上患得患失，謹小慎微，不敢放手開展工作，恐怕言行有失而挨整。有些村幹部動不動就躺倒不幹，他們的家屬也勸阻甚至哭鬧著不讓他們當村幹部，理由就是一條，幹下去沒有好下場。結果，區委、公社的領導常常要花大量的時間和精力去各村『扶班子』。」〔註23〕

對於這場運動，十一屆六中全會通過的《關於建國以來黨的若干歷史問題的決議》作出了恰當的評價：「1963 年至 1965 年間，在部分農村和少數城市基層開展的社會主義教育運動，雖然對於解決幹部作風和經濟管理等方面的問題起了一定的作用，但由於把這些不同性質的問題都認為是階級鬥爭或者是階級鬥爭在黨內的反映，在 1964 年下半年使不少基層幹部受到不應有的打擊。」〔註24〕

〔註20〕顧龍生，毛澤東經濟年譜〔M〕，北京：中共中央黨校出版社，1993 年，第570～571 頁。

〔註21〕建國以來毛澤東文稿：第十冊〔M〕，北京：中央文獻出版社，1996 年，第293～294 頁。

〔註22〕羅平漢，農村人民 公社史〔M〕，福建：人民出版社，2003 年，第 323 頁。

〔註23〕劉晉峰，陳伯達與小站「四清」〔J〕，炎黃春秋，2001（1）。

〔註24〕十一屆三中全會以來重要文獻選讀：上冊〔M〕，北京：人民出版社，1987 年，第 313 頁。

　　而文化大革命的發生，是因爲「混進黨裏、政府裏、軍隊裏和各種文化界的資產階級代表人物，是一批反革命的修正主義份子，一旦時機成熟，他們就會要奪取政權，由無產階級專政變爲資產階級專政。」〔註25〕所以文化大革命革命的對象首先是廣大黨內、政府裏和軍隊裏的領導幹部。據記載，中央和國家機關副部長以上、地方省級以上的高級幹部，被立案審查的占百分之七十五。〔註26〕其次是廣大知識份子和民主人士。據記載，在文革時期，除民主建國會外，民主黨派在京中央委員，候補中央委員約有 100 人先後被紅衛兵鬥爭或抄家，占總數的 36% 多。〔註27〕而「天下大亂」達到「天下大治」的指導思想又使受株連的群眾達一億人。〔註28〕而對國民經濟的嚴重破壞更是觸目驚心。1972 年 12 月，李先念在全國計劃會議上沉痛地說：「文化大革命動亂十年，在經濟上，只是國民收入就損失人民幣五千億元。這個數位相當於建國 30 年全部基本建設投資的百分之八十，超過建國 30 年全國固定資產的總和。」〔註29〕因此社會各階層對以左派意識形態爲表徵的中共執政的政治合法性產生了置疑。具體表現爲文革後期出現了普遍的信仰危機。也就是說，從 1957 年下半年起，中共執政從注重經濟績效轉爲注重社會形態的至大至純至公，中共出現了政治合法性危機。

　　因此，從 1977 年起，中共開始了一系列重塑政治權威的重大舉措：1、平反昭雪和摘帽子。正如前面所述，自 1957 年開始的一系列左的運動，造成了社會各階層對中共政權的疏離。因此，重新整合社會結構資源，獲取執政政治合法性，成爲中共當務之急之舉。1978 年 12 月，在中共十一屆三中全會上，陳雲率先提出，爲實現黨內的安定團結，需要由中央考慮和決定，解決一些「文化大革命」遺留的和歷史遺留的問題，平反一批重大冤假錯案。這一建議立即得到與會同志的回應。〔註30〕於是從 1978 年的 12 月到 1979 年底短短一年間，中共先後爲彭德懷、陶鑄，爲武漢七二〇事件、「薄一波等 61 人叛徒集團」、「烏蘭夫反黨叛國集團」，爲所謂「三和一少」

〔註25〕王年一，大動亂的年代〔M〕，河南：人民出版社，1988 年，第 14 頁。

〔註26〕王年一，大動亂的年代〔M〕，河南：人民出版社，1988 年，第 622 頁。

〔註27〕王年一，大動亂的年代〔M〕，河南：人民出版社，1988 年，第 70 頁。

〔註28〕王年一，大動亂的年代〔M〕，河南：人民出版社，1988 年，第 623 頁。

〔註29〕王年一，大動亂的年代〔M〕，河南：人民出版社，1988 年，第 625 頁。

〔註30〕中共中央黨史研究室，中國共產黨新時期歷史大事記〔M〕，北京：中共黨史出版社，1998 年，第 3 頁。

「三降一滅」問題等平反。文化部黨組也決定，爲所謂爲資產階級服務的「舊文化部」、「帝王將相部」、「才子佳人部」、「外國死人部」的錯案徹底平反。與此同時，中共中央作出《關於地主、富農份子摘帽問題和地、富子女成分問題的決定》，宣佈：除極少數堅持反動立場的以外，凡是多年來遵守政府法令，老實勞動，不做壞事的地主、富農份子以及反革命份子、壞份子，一律摘掉帽子，給予農村人民公社社員待遇。地主、富農家庭出身的社員子女，他們的家庭出身應一律爲社員，不應再作爲地主、富農家庭出身。〔註31〕另外，中共領導人也提出了要落實對原工商業者的政策，摘掉資本家的帽子，發揮原工商業者的作用的指示。〔註32〕通過這些平反和決定，中共贏得了廣大幹部、知識份子、工商業者、地主、富農對新政權的認同。2、農村的聯產承包責任制。由於在毛時代，分配上的平均主義，在個人利益和集體利益的博弈中，個體利益被淡化，致使農民「寧可瞞產受罰」，也不願意超額完成生產指標從國家「受獎」。〔註33〕因此，爲了調動農民的積極性，中共中央在十一屆三中全會上通過了《中共中央關於加快農業發展若干問題的決定（草案）》和《農村人民公社工作條例（試行草案）》，制定了包括建立生產責任制在內的發展農業的二十五條政策措施。並且在安徽肥西地區農民自發進行制度路徑選擇——包產到戶的基礎上，出臺了《全國農村工作會議紀要》，徹底地解決了人們對包產到戶、包幹到戶的後顧之憂，促進了「雙包」制在全國的廣泛推行。到 1982 年 11 月，全國實行聯產承包制的生產隊已占 92.3％。〔註34〕而且，爲了鼓勵鄉鎮企業的發展，國務院又出臺了《關於發展社隊企業若干問題的規定（試行草案）》，決定：「新辦的小工廠從開辦起免稅三年；對邊境和少數民族地區的縣（旗）、社、隊企業，從 1979 年起免徵所得稅五年；並且，將鄉鎮企業作爲實現農村工業化的重要途徑肯定了下來。」〔註35〕蘇南鄉鎮企業以此

〔註31〕中共中央黨史研究室，中國共產黨新時期歷史大事記〔M〕，北京：中共黨史出版社，1998 年，第 13 頁。

〔註32〕中共中央黨史研究室，中國共產黨新時期歷史大事記〔M〕，北京：中共黨史出版社，1998 年，第 10 頁。

〔註33〕薄一波，若干重大決策與事件的回顧〔M〕，北京：中共中央出版社，1993 年，第 940 頁。

〔註34〕羅平漢，農村人民 公社史〔M〕，福建：人民出版社，2003 年，第 400 頁。

〔註35〕中共中央黨史研究室，中國共產黨新時期歷史大事記〔M〕，北京：中共黨史出版社，1998 年，第 22 頁。

為契機迅速發展起來。1980 年，蘇南鄉鎮企業總產值為 51.96 億元，1988 年更躍為 535.76 億元。〔註 36〕農村聯產承包責任制的推行和鄉鎮企業的崛起，不但解決了人民的溫飽問題，而且大大地提高了農村生產力。在 1978～1985 年短短 7 年內，中國的貧困人口減少了一半，由 1978 的 2.5 億減少到 1985 年的 1.25 億，平均每年減少 1768 萬。〔註 37〕從而中共贏得了廣大農民的支持。3、城市經濟體制的改革。在農村實行聯產承包責任制的同時，中共在城市也實行了經濟體制改革。改革的重點主要是擴大企業的自主權。1978 年中共首先在重慶鋼鐵公司等六家企業進行了試點，把國家、集體、個人三者利益結合起來。到 1980 年，全國試點工業擴大到 6600 個。通過擴權，企業擁有制訂生產計劃、產品銷售、資金使用、勞動人事等方面的部分權利，初步改變了企業被統得過死、缺乏活力等狀況。據資料統計，到 1979 年底，84 個試點工業企業比 1978 年總產值增長 14.7％，利潤增長 33％。〔註 38〕其次，在工、商業中推行了經濟責任制，明確企業對國家應承擔的經濟責任，實行責、權、利的統一。1982 年有 80％的預算內工業企業和 35％的獨立核算商業企業，實行了企業包幹的責任制形式。再次，採取發展多種經濟形式的政策。通過以上措施，我國的國民生產總值 1988 年與 1980 年相比，增長了 1.16 倍，工人的生活水準有了很大的提高。從而中共執政的政治合法性，贏得了廣大工人階級的深深認同。4、「科教興國」和「肝膽相照、榮辱與共」。正如前面所述，對知識份子和民主人士的平反昭雪，只是把知識份子和民主人士從反右運動和文革的惡夢中解救出來。而真正發揮知識份子和民主人士的積極性的則是以後一系列政策和措施。就民主人士來說，1981 年 2 月，中共中央轉發了《全國統戰工作會議紀要》，要求放手讓各民主黨派獨立自主地開展工作，發揮他們的主動性和創造性。〔註 39〕在十二大上，胡耀邦代表中共把「長期共存、互相監督、肝膽相照、榮辱與共」十六字方針作為中共與民主黨派長期合作的指南。在中共的感召下，民主人士在經濟、政治、教育、科學和醫療衛生等許多領域，

〔註 36〕韓泰國，強國歷程：1976～1998〔M〕，北京：北京出版社，1999 年，第 103 頁。

〔註 37〕國家統計局，簡明統計資料〔M〕，1996（2）。

〔註 38〕中共中央黨史研究室，中國共產黨新時期歷史大事記〔M〕，北京：中共黨史出版社，1998 年，第 12 頁。

〔註 39〕靳德行，中華人民共和國史〔M〕，河南：河南大學出版社，1989 年，第 602 頁。

通過調查研究、專題座談，向中共提出了許多有價值的建議。從 1988 年 3 月七屆全國政協一次會議到 1991 年 3 月七屆全國政協四次會議共收到提案 5973 件。充分發揮了各民主黨派和無黨派人士參政議政的作用。在全國人民代表中，民主黨派和無黨派人士代表的比例從四屆人大的 8.2%，上升到六屆人大 18.2%。〔註 40〕就知識份子來說，粉碎「四人幫」不久，中共當時在科技文化教育的代言人鄧小平就認爲：「我們要實現現代化，關鍵是科學技術要能上去。發展科學技術，不抓教育不行。靠空講不能實現現代化，必須有知識，有人才。沒有知識，沒有人才，怎麼上得去？」因此提出了「一定要在黨內造成一種空氣：尊重知識，尊重人才。要反對不尊重知識的錯誤思想。」〔註 41〕1978 年 3 月，在全國科學大會開幕式上，鄧小平更加提出了「科技是第一生產力」的概念。從此以後，「科教興國」作爲中共必須長期堅持的一項基本國策被固定下來。知識份子的定位和作用的變化，極大地提高了知識份子的科技和教學的積極性。1979 年至 1986 年，全國共取得重大科學技術研究成果 53768 項。1989 年與 1978 年相比，教師人數增加近一倍，已達 40 萬人。〔註 42〕

　　綜上所述，爲了克服 1957 年以來左傾錯誤造成的政治合法性危機，中共採取了一系列措施，贏得了社會結構各個階層的認同。但是隨著改革開放和社會主義市場經濟發展，社會結構也發生了一定程度的變化。如圖：

	毛時代	後毛時代
精　英	政治精英（黨政官僚）	政治精英（黨政官僚） 經濟精英（資本家和經理） 知識精英（知識份子和專業技術人員）
大　眾	城市工人 農村農民 知識份子	城市工人 農村農民 貧困階層

〔註40〕靳德行，中華人民共和國史〔M〕，河南：河南大學出版社，1989 年，第 603 頁。

〔註41〕鄧小平文選：第二卷〔M〕，北京：人民出版社，1994 年，第 40〜41 頁。

〔註42〕靳德行，中華人民共和國史〔M〕，河南：河南大學出版社，1989 年，第 643〜645 頁。

　　在這社會結構中，正如康曉光所指出的那樣：「改革首先解放了知識份子。他們在一定程度上獲得了對文化資源的佔有和支配權。政治影響力、經濟狀況、社會地位的穩步上升使他們由原來的最低層一躍進入精英階層。市場化改革還使一個在毛時代被消滅的階級再度獲得新生，並進入精英階層。資本家和經理（包括國有企業的經理）佔有或支配著越來越多的經濟資源。工人和農民仍然留在在從階層，但是相對地位大幅度下降，而且其中的一部分人淪為『貧困階層』。」〔註43〕一方面，有利於保持政治穩定；另一方面，知識份子和新興階層的形成及崛起，必將對中共的執政基礎產生重大的影響。而且在這新的社會結構中，利益分化日益明顯。政治精英和經濟精英獲得了絕大部分經濟增長的成果，而廣大工人、農民則承擔了改革的成本。因此，存在著尖銳的矛盾。有學者指出，當前中國的主要矛盾有如下五個方面：1、貧富差距產生並擴大，分配領域矛盾突出。2、非公有制經濟發展迅速，私營企業主群體和雇員群體的矛盾客觀存在。3、工人階級內部結構和組成、作用和地位發生了深刻的變化，社會結構重組，社會矛盾關係複雜化。4、一些領導幹部腐敗、官僚主義現象嚴重，幹群矛盾緊張。5、階級、階層和利益群體發生新的組合、產生和分化。〔註44〕而這些矛盾的存在和發展，必將影響著中共的政治權威。正如一美國學者指出的那樣：「合法性的危機發生於向新社會結構過渡的時期，如果一當結構變革時期主要保守制度的地位受到威脅；二過渡時期社會主要群體沒有參與政治體系的機會，或至少在他們有了政治要求之後。」〔註45〕因此，再塑中共政治合法性尤為重要。中共十六屆四中全會提出加強執政黨建設，是非常及時和必要的。

〔註43〕康曉光，未來3～5年中國大陸政治穩定性分析〔J〕，戰略與管理，2002（3）。
〔註44〕王偉光，關於新形勢下人民內部矛盾問題〔A〕，虞雲耀、楊春貴，中共中央黨校講稿選：關於馬克思主義基本問題〔C〕，北京：中共中央黨校出版社，2002年。
〔註45〕〔美〕利普塞特，政治人——政治的社會基礎〔M〕，北京：商務印書館，1993年，第53頁。

帕雷托精英理論解讀：
辛亥革命的發起 〔註1〕

　　關於辛亥革命爆發的原因，學術界進行了深刻的探討，但從範式看都屬於革命範式。認爲起因是由於帝國主義的侵略的日益加深，民族資本主義的發展等而導致。本文欲從現代化範式——以帕雷托精英理論具體解讀辛亥革命的發起，以拓寬研究的視野。

　　按照帕雷托的精英理論，社會中的人可分爲兩個階層：精英階層和非精英階層；精英階層又可分爲執政的精英階層和不執政的精英階層。其中執政的精英階層再可細分爲統治階級和統治階級份子。執政的精英爲了維持自己的統治，一般採取兩種統治方式：獅子型統治和狐狸型統治。而非統治的精英雖然沒有取得統治地位，但是他們具有統治的能力，這就形成了一種「剩遺物」分配上的不平衡。爲了成爲更高層的精英，低層群體的特權成員努力運用他們的能力並提高自己的地位；而在精英層中，正好呈現相反的趨勢，一些統治精英越來越不適合統治。作爲這種運動的結果，處於社會低層，但卻具有更高水準的人開始崛起，向高層精英挑戰。慢慢地，在下層階級中優秀份子聚集，而在上層階級中低劣份子聚集。革命的原因就是精英迴圈受阻或精英迴圈緩慢。通過革命，一些原來的精英衰落到非精英的行列中來，而那些非統治的精英補充到統治精英行列中來。〔註2〕辛亥革命的發起，正是這精英理論的最好住腳。

〔註1〕 載《中共貴州省委黨校學報》2007 年第 6 期。
〔註2〕 V.帕雷托，普通社會學綱要〔M〕，北京：三聯書店，2001 年，第 298～303 頁。

　　辛亥革命前的社會結構雖然依然是傳統的士農工商四民社會結構。正如一專家指出的那樣：「士是社會的精英和領導者，他們是傳統政治的統治基礎。農工商作為基本的社會成員，一般他們服從或默認現存統治，只要現存政權能夠給他們一個生存的起碼環境，他們別無所求。在皇權的統治下，各階層的利益和要求都能得到起碼的滿足。所以，迄鴉片戰爭為止清朝的統治基本是穩固的。」〔註3〕但由於西方列強的入侵和經濟的發展，還是發生了深刻的變化，產生了新的社會階層，即新紳士、新知識份子、商人和新式企業家、北洋派及軍人集團。〔註4〕其中新紳士和北洋派及軍人集團為執政的精英階層的一部分，而新知識份子、商人和新式企業家為不執政的精英階層。

　　在執政的精英階層中，除了上述的新紳士、北洋派及軍人集團外，主要還有皇族、滿族親貴集團和漢族官僚集團。其中皇族、滿族親貴集團在中央中樞居主控地位，漢族官僚集團起輔導作用。太平天國運動後，滿主漢輔的政治格局被打破，一些漢地方督撫取得軍事上的實權，其勢漸重，中央失去把握之力。但整個政局是穩定的，因為從中央到地方，有一批優秀的執政的統治精英，如奕訢、文祥、曾國藩、左宗棠、李鴻章等。他們對政治形勢都有比較的認識，他們大都勵精圖治。但隨著奕、文、曾、左、李的去世，執政精英的執政能力日衰一日。

　　從皇族和滿族親貴集團來說，都是一些驕縱無度、不知世物的糊塗蟲。有人這樣描述道：「先是諸皇子讀書之所，日上書房，選翰林官教之。光緒中葉，師傅闕不補，書房遂無人。近支王公年十五六，即令備拱衛扈從之役，輕裘翠羽，日趨蹌於乾清景運間，暇則臂鷹馳馬以為樂。」〔註5〕所以，侍郎徐致祥說：「吾立朝廷四十年，識近屬親貴殆遍。異日御區宇握大權者皆出其中。察其器識，無一足當軍國之重者，吾是以知皇靈之不永也。」〔註6〕

〔註3〕遲雲飛，清末社會的裂變與各階層分析——兼論清王朝的覆亡〔J〕，史學集刊，2003（4）。

〔註4〕遲雲飛，清末社會的裂變與各階層分析——兼論清王朝的覆亡〔J〕，史學集刊，2003（4）。

〔註5〕李劍農，中國近百年政治史（1840～1926年）〔M〕，上海：復旦大學出版社，2002年，第254頁。

〔註6〕李劍農，中國近百年政治史（1840～1926年）〔M〕，上海：復旦大學出版社，2002年，第255頁。

　　從漢族官僚集團來說，大都紙醉金迷，不思進取。有人這樣描寫北京的官場：一般官員「爭事冶遊，風氣頹靡。其酒肉貴遊，風塵熱吏，皆改趨北里，恣狎淫倡，揮霍之餘，偶亦波及。而冷官朝隱，舉子計偕，往住託興春遊，陶情夏課。酒壚時集，燈宴無虛。」〔註7〕以這樣的執政素質和執政能力去治理國家，正如有人憤慨道；「豈能立於今日世界競爭風潮最劇烈之漩渦而不墮落者乎？」〔註8〕

　　然而，在執政精英階層中統治階級的執政能力衰落的同時，統治階級份子卻得到了進步的強化。按照帕雷托精英理論的劃分，統治階級份子分為兩類：一類使用暴力，如打手、士兵、警員等；另一類則玩弄權術，如政治門客等。〔註9〕在與西方列強的交往和鎮壓農民起義的過程中，清王朝的國家機器大大地強化起來。從暴力手段來看，作為主要工具的軍隊，經過洋務運動，到清末也大大發展起來。主要表現為現代新式陸軍、海軍的建立。武器也由大刀、長炮，替換為新式槍炮、輪船。尤可稱道的是，建立了現代的巡警。清王朝抵禦內亂外侮的能力大大加強。其次，從玩弄權術看，清王朝比任何朝代還要狡猾。執政的精英有一大批政治門客為其出謀劃策。如袁世凱有徐世昌為其總事，唐紹儀辦理外交，周學熙和梁士詒理財，趙秉鈞和楊士琦充當特務頭子，王士珍、段祺瑞和馮國璋為其練兵打仗。除此之外，在統治方式上，採取了獅子型統治和狐狸型統治相結合的方式。正如帕雷托所說，儘管精英們在進行統治時，總會是兩手兼顧，但由於其品格、能力等方面的原因，精英們在進行統治時總是會突出其中的每一方面。〔註10〕清王朝的統治就是這樣。1860年以前，執政的精英多通過武力和強制來統治，即獅子類型；1860年以後，他們通過實行一些新的經濟政策和政治改革來安撫被統治者的不滿，即狐狸型統治。清末新政就是最好的說明。因此，如果社會上沒有出現新的非統治精英的話，從某種程度上講，執政精英的統治是穩固的。但是，由於經濟的發展和社會結構的變遷，在執政的精英之外，出現了新的非統治精英——知識精英和經濟精英，即革命性話語中的民族資產階級和小資產階級。這樣，在政治統治中，形成了一種「剩遺物」分配上的不平衡。而這新

〔註7〕李慈銘，越縵堂日記〔Z〕，光緒三年四月七日。
〔註8〕李書城，學生之競爭〔J〕，湖北學生界，1903（2）。
〔註9〕V.帕雷托，普通社會學綱要〔M〕，北京：三聯書店，2001年，第298頁。
〔註10〕V.帕雷托，普通社會學綱要〔M〕，北京：三聯書店，2001年，第299頁。

的非統治精英具有很強的統治能力，他們「實能於各種社會中獨樹一幟，有吸取新思想之資地，有翕受新感情之腦筋，有擔任新中國之學問」〔註 11〕因此，如果沒有一種必要的疏通途徑，這種政治統治上分配的不平衡就必然被打破，滿清王朝的統治必然被新的知識份子和新的經濟精英的統治所取代。正如孫中山所說：「滿清王朝可以比作一座即將倒塌的房屋，整個結構已從根本上徹底地腐朽了。難道有人只要用幾根小柱子斜撐住外牆就能夠使那座房屋免於傾倒嗎？」「中國現今正處在一次偉大的民族運動的前夕，只要星星之火就能在政治上造成燎原之勢」。〔註 12〕

具體來說，就知識份子來講，它的前身士在十九世紀末之前在政治統治秩序中一直處於中心地位。他們不但佔有了政治資源、經濟資源，而且佔有了思想資源。1905 年科舉制度廢除之後，一方面「坐失其業，謀生無術，生當此時，將如之何？」〔註 13〕另一方面，正統的儒家意識形態失去國家權力的制度化依託，尊西崇新為當時社會的主流。也就是說，知識份子在經濟上、政治上和文化上日益邊緣化。但由於留學國外和在新式學堂學習，因此，他們有新的知識結構，新的人生理想，新的價值觀念和新的行為選擇。正如一專家指出的那樣：「他們大多是 20 歲上下的年輕人。人數雖然不多，卻是中國最活躍的一群。年青人活躍、敏感、容易激動、容易接受新思想和新觀念，他們掌握的新知識在中國社會的各種人群中是最多的。」〔註 14〕由於在稀缺資源上的佔有上處於邊緣位置，他們更痛感執政精英的腐敗和無能：「彼輩除考據詞章以外無學問，除奔競鑽營以外無閱歷，除美缺優差以外無識見。加之數十年陶鎔於宦海，養成一種柔滑狡獪、麻木不知痛癢之性質，治內專務壓制，對外只知唯諾，任列強弄之股掌之上，波譎雲詭，罔測其端。是豈能立開今日世界競爭風潮最劇烈之漩渦而不墮落者乎？則位置之上於學生者無望矣。」〔註 15〕因此，他們自居為「中等社會」，強烈要求「提攜下等社會」以「破壞上等社會」：「上等社會既誤於前，崩潰決裂，俱待繼起者收拾之。為今日之學生者，當豫勉為革新之

〔註11〕 江南水師學堂之鬼蜮〔J〕，蘇報，1903－6－20。
〔註12〕 孫中山選集（上卷）〔M〕，北京：人民出版社，1956年，第61～63頁。
〔註13〕 劉大鵬，退想齋日記〔M〕，喬志強標注，濟南：山西人民出版社，1990年，第149頁。
〔註14〕 遲雲飛，孫中山與晚清革命黨人社會背景的再認識〔J〕，史學月刊，2003（12）。
〔註15〕 李書城，學生之競爭〔J〕，湖北學生界，1903（2）。

健將，使異日放一大光彩，以照耀於亞洲大陸之上，毋使一誤再誤，終罹亡國之禍，以爲歷史羞。前途茫茫排山倒海之偉業，俱擔荷於今日學生之七尺軀，則對上等社會所負之責任重也。下等社會爲一國之主人，如何使完其人格，如何使盡其天職，必養其獨立自營之精神，而後能爲世界之大國民，以立於萬馬奔騰潮聲洶湧之競爭場而不踣。今日之學生，即下等社會之指向針也，則對下等社會所負之責任重也。」〔註16〕

就經濟精英來講，根據其實力和地位的不同，我們可以分爲上層和中下層，即經常所說的官僚資產階級和民族資產階級。從十九世紀六、七十年代形成後，隨著國內商品市場和勞動力市場的迅速擴大，它們的經濟實力有了很大的提高。據統計，1895 年～1913 年間歷年設立的資本在一萬元以上的廠礦，共計 549 家，資本額總計爲 120288 千元。同前一階段，即 1872～1894 年間歷年設立的廠礦比，家數和資本額都增大了 6 倍。〔註17〕但是它們在發展的過程中，無不受到執政統治精英的打壓。以經濟精英在廣東興辦繅絲廠爲例，執政的統治精英以「夫以十一家殷商之攘利而失數萬家貧戶之資生，我國家民爲邦本，非同外裔上下徵利之邦，自應永遠勒停，以安民業」爲口實，企圖迫使各絲廠停工。〔註18〕而且，它們的產品在徵稅上，「繳費多而價值貴，不及洋產之廉也」〔註19〕因此，經濟精英與執政的統治精英存在著嚴重的矛盾。據資料記載，商品經濟當時比較發達的江蘇省 1905 年～1911 年發生的商變就有 100 起上下。〔註20〕經濟精英們強烈要求參與政權。以上海總商會爲主要力量的華商聯合會於 1905 年 5 月發表了一份《聯合海內外華商請願國會公告書》，呼籲海內外商界人士樹立起「論人數以商界爲至眾，論勢力以商界爲最優」的自豪感和使命感，以「立憲國民之思想」，盡「立憲國民義務」，奮訣而起，投身國會請願。〔註21〕

〔註16〕 李書城，學生之競爭〔J〕，湖北學生界，1903（2）。

〔註17〕 汪敬虞，中國近代工業史資料（第 2 輯）（下冊）〔M〕，北京：科學出版社，1957 年，第 657 頁。

〔註18〕 孫毓棠，中國近代工業史資料（第 1 輯）（下冊）〔M〕，北京：科學出版社，1957 年，第 957 頁。

〔註19〕 鄭觀應，盛世危言，卷 4〔Z〕，光緒 21 年增訂新編本。

〔註20〕 張海林，清末江蘇「商變」淺論〔J〕，近代史研究，1998（6）。

〔註21〕 華商聯合會聯合海內外華商請願國會公告書〔N〕，天津：大公報，1910－5－14－19。

　　而且，在執政的統治精英政治權威下降，知識精英和經濟精英崛起的同時，統治階級的政治合法性也受到嚴重置疑。從社會分層結構看，工人、農民、海外華僑等對清政府的統治也越來越失去認同。

　　具體來說，在中國，工人勞動時間之長，是世界上罕見的。上海的大多數紗廠「都不許爲了休息或吃飯而停車，因此工人們只是在最餓時才吃飯，一邊看著織布機或者守著繰車或紗錠時，一邊吃一兩口飯」〔註22〕而且廣大中國工人過著非人的生活。正如一英國人所描寫的那樣：「只有一點點皮和骨頭，而 50 個人裏面找不到一個健康的人。」〔註23〕所以，毛澤東說：「中國無產階級身受三種壓迫，而這些壓迫的嚴重性和殘酷性，是世界各民族中少見的；因此，他們在革命鬥爭中，比任何別的階級來得堅決和徹底。在殖民地半殖民地的中國，沒有歐洲那樣的社會改良主義的經濟基礎，所以除極少數的工賊之外，整個階級都是革命的。」〔註24〕

　　占鄉村戶數的 90%卻僅佔有耕地的 20%的農民，也對執政精英也越來越不滿。他們需承受沉重的地租剝削。正如一資料所示：「佃戶終歲勤動，僅僅自食其力；值歉收，雖罄其所有，不足輸租稅。」〔註25〕而且清末執政統治的苛捐雜稅也多如牛毛：：「灰糞有捐，……柴炭醬醋有捐，下至一雞一鴨，一魚一蝦，凡肩挑背負日用尋常飲食之物，莫不有捐。」〔註26〕因此，抗捐抗稅抗租的鬥爭，在 19 世紀末 20 世紀初是屢見不鮮的現象。

　　除此之外，其他階層也與執政統治精英也越來越疏離。可以說，19 世紀末 20 世紀初是統治階級政治合法性全面失去的時候。正如李普塞特所述，合法性危機發生於向新社會結構的過渡時期。在這一過渡時期，有可能發生兩種情況，都對政權的合法性產生威脅。一是主要保守制度的地位受到威脅，二是社會主要群體沒有參與政治體系的機會，尤其是在他們有了政治要求後。〔註27〕因此，執政的滿清統治精英被崛起的非統治精英——經濟精英和

〔註22〕汪敬虞，中國近代工業史資料（第 2 輯）（下冊）〔M〕，北京：科學出版社，1957 年，第 1206 頁。

〔註23〕汪敬虞，中國近代工業史資料（第 2 輯）（下冊）〔M〕，北京：科學出版社，1957 年，第 1206 頁。

〔註24〕毛澤東選集（第二卷）〔M〕，北京：人民出版社，1991 年，第 607 頁。

〔註25〕吳嘉謨 等，井研縣志（第 8 卷）〔M〕，第 3～4 頁。

〔註26〕宣統政記卷 11〔Z〕，第 24 頁。

〔註27〕李普塞特，政治人〔M〕，北京：商務印書館，1993 年，第 53 頁。

知識精英所取代則是自然而然的了。非統治精英爲了打破精英配置資源的不平衡，運用「批判的武器」，實行「武器的批判」，辛亥革命也由此發生。歷史再次實現精英迴圈。

歷史的多重變奏：通道會議[註1]

　　恩格斯曾指出：「歷史是這樣創造的：最終的結果總是從許多單個的意志的相互衝突中產生出來的，而其中每一個意志，又是由於許多特殊的生活條件，才成為它所成為的那樣。這樣就有無數互相交錯的力量，有無數個力的平行四邊形，而由此就產生出一個總的結果，即歷史事變，這個結果又可以看作一個作為整體的、不自覺地和不自主地起著作用的力量的產物。」[註2] 1934 年 12 月 11 日的通道會議的舉行，也是由多個力量作用的。形塑這個會議的原因，有助於對歷史的多重面相和紅軍長征史的理解。

一重變奏：國民黨的內部矛盾與軍事態勢是通道會議召開的直接原因

　　1928 年 12 月以蔣介石為首的南京國民政府雖然名義上統一了中國，但是軍閥割據的狀態仍然存在著。主要表現為：蔣介石佔有南京、上海和東南各省；馮玉祥佔有河南、陝西、甘肅、寧夏、山東等省；閻錫山佔有山西、河北、綏遠、察哈爾幾省和平津兩市；李宗仁、白崇禧佔有兩湖、廣西；李濟深佔有廣東。除此之外，楊增新佔有新疆，劉湘、劉文輝、楊森分佔四川，王家烈佔有貴州等。儘管 1930 年中原大戰後，各軍閥的勢力範圍有所變動，但除了馮玉祥、閻錫山和李宗仁地盤有所變化外，其餘軍閥的地盤變化不大，中國仍然處於軍閥割據之中。正如有人說：「委員長遠不能算是一個獨裁者，

〔註 1〕 載《長白學刊》2016 年第 4 期。
〔註 2〕 馬克思恩格斯選集（第四卷）〔M〕，北京：人民出版社，1995 年，第 478～479 頁。

事實上僅僅是一幫烏合之眾的首領而已。他常常難以保證推行自己的命令。」
〔註3〕

軍閥割據的存在，有利於紅軍的存在和發展。正如毛澤東在《中國的紅
色政權爲什麼能夠存在》一文所說：「因爲有了白色政權間的長期的分裂和戰
爭，便給了一種條件，使一小塊或若干小塊的共產黨領導的紅色區域，能夠
在四圍白色政權包圍的中間發生和堅持下來。」〔註4〕同時，由於軍閥之間劃
分勢力範圍的鬥爭，各軍閥矛盾和衝突不斷。紅軍長征初始，就充分利用了
蔣粵之間的矛盾。

1934年10月，朱德、周恩來派潘漢年、何長工爲紅軍代表，到尋烏附近
同陳濟棠的兩個師長舉行密談，就就地停戰、互通情報、解除封鎖、必要時
互相借道等五項協定達成共識。何長工回憶道：「必要時可以互相借道，我們
有行動事先告訴陳，陳部撤離四十華里。」〔註5〕這樣，紅軍剛突圍長征時，
並沒有發生大的戰鬥。以致蔣介石在日記這樣寫道：「粵陳通匪乎？」「匪向
西竄，電（蔣）伯誠轉誡粵陳：縱匪禍國，何以見後世與天下？」〔註6〕

紅軍進入湘南，本應該利用蔣介石中央軍與何鍵湘軍的矛盾，迅速向湘
潭挺進。當時，何鍵既害怕紅軍在湘西的根據地發展壯大，從而威脅他在湖
南的統治，又害怕蔣介石乘機趕他下臺。因此，他決定阻止中央紅軍進入湘
西同紅二、六軍團會師，同時，設法把紅軍「送」出湖南，不給蔣介石留下
調嫡系部隊進駐湖南的藉口。根據這一打算，何鍵在中央紅軍長征之前，接
受了蔣介石「剿匪」西路軍總司令的任命，把其部隊部署在湘贛邊界，阻止
紅軍入湘。

按照彭德懷的建議，紅軍此時應該「以三軍團迅速向湘潭、寧鄉、益陽
挺進，威脅長沙，在靈活機動中抓住戰機，消滅敵小股，迫使蔣軍改變部署，
阻止牽制敵人；同時，我中央率領其他兵團，進佔漵浦、辰溪、沅陵一帶，
迅速發動群眾創造戰場，創造根據地，粉碎敵軍進攻。否則，將被迫經過湘
桂邊之西延山脈，同桂軍作戰，其後果是不利的。」〔註7〕但以博古爲首的臨

〔註3〕〔美〕易勞逸，毀滅的種子：戰爭與革命中的國民黨中國（1937～1949）〔M〕，
　　　　王建朗、王賢知、賈維 譯，南京：江蘇人民出版社，2009年，第1頁。
〔註4〕毛澤東選集（第一卷）〔M〕，北京：人民出版社，1991年，第49頁。
〔註5〕何長工回憶錄〔M〕，北京：解放軍出版社，1987年，第327頁。
〔註6〕蔣介石日記〔Z〕，1934年10月20日、30日，美國斯坦福大學胡佛研究所藏。
〔註7〕楊尚昆，楊尚昆回憶錄〔M〕，北京：中央文獻出版社，2001年，第110頁。

時中央，不承認各軍閥之間的矛盾。他們一直認爲軍閥「一切空喊與革命的詞句，只不過是一部分以前國民黨的領袖及政客們的一種欺騙民眾的把戲。他們並不是爲了要推翻帝國主義和地主資產階級的統治，而是爲了要維持這個統治，爲了阻止和妨礙中國民眾勝利的反帝國主義的民族解放鬥爭，和他們向著蘇維埃道路的邁進。」因此，爲了迎接革命的高潮，命令中央紅軍沿著紅六軍團開闢的行軍路線與紅二、六軍團匯合，「爲赤化湖南創造新蘇區的光榮任務而鬥爭。」〔註8〕

紅軍進入桂北，李宗仁、白崇禧擔心蔣系中央軍趁機入侵廣西勢力範圍。李宗仁對其高參劉斐說道：「紅軍的後邊有蔣介石的追兵。蔣介石一再打電報要四集團軍傾全力堵截紅軍，他還要湖南何鍵派兵到桂北協助堵擊。我們估計蔣介石的陰謀是要叫廣西軍和紅軍兩敗俱傷，他好順利地進入廣西，『一箭雙雕』。同時，我們估計何鍵是最滑頭的，他表面可以答應協助堵擊紅軍，到時他會避開。根據以上的估計，我們研究了一個對付紅軍的總方針，就是想法不讓紅軍進廣西內地。如果進了廣西內地，蔣介石就一定會跟進。因此，我們寧可讓出一條走廊，讓紅軍從北路經過，讓紅軍到湖南和貴州去。我們把這一方針概括爲兩個字，就是『送客』。」〔註9〕也就是說，在桂軍消極「堵截」紅軍的有利時機，中央紅軍應迅速跳過桂軍的防線。但以博古爲首的臨時軍事小組，採取「搬家式」逃跑主義路線。他們在「行軍編隊上，中央和軍委機關編爲『紅星』、『紅章』爲代號的兩個縱隊，攜帶著印鈔機、石印機、文書檔案等大量『罈罈罐罐』，連同挑夫在內共5000多人，走在隊伍的中間，主力紅一軍團和紅三軍團爲左右前鋒，八、九軍團在兩側掩護，五軍團殿後，全軍8.6萬多人，浩浩蕩蕩，護衛著中央縱隊作甬道式前進。」〔註10〕以致彭德懷氣憤地說：「這樣抬著『棺材』走路，哪像個打仗的樣子！把革命當兒戲，真是胡鬧！」〔註11〕這樣，紅軍錯過了渡過湘江的一個有利機會。一書這樣寫道：「（1934）11月25日前，

〔註8〕 博古，目前的形勢與黨的任務決議——在中共六屆五中全會上的報告〔A〕，黎辛、朱鴻召，博古，39歲的輝煌與悲壯〔C〕，北京：學林出版社，2005年，第90頁。

〔註9〕 中共桂林地委《紅軍長征過廣西》編寫組，紅軍長征過廣西〔M〕，南寧：廣西人民出版社，1986年，第429頁。

〔註10〕 楊尚昆，楊尚昆回憶錄〔M〕，北京：中央文獻出版社，2001年，第105頁。

〔註11〕 楊尚昆，楊尚昆回憶錄〔M〕，北京：中央文獻出版社，2001年，第110頁。

出現了一個對紅軍十分有利的契機：桂系軍閥白崇禧害怕紅軍奪取桂林，突然將扼守湘江北岸全州、興安一線的桂軍撤防。而湖南軍閥何鍵也怕紅軍深入湘南，不願湘軍主力前往接防。這樣，湘江防線便出現一個缺口。雖然中革委 11 月 25 日下達了搶渡湘江的命令，但仍為罈罈罐罐所拖累，行動遲緩，喪失了這個稍縱即逝的良機。」〔註 12〕

　　紅軍渡過湘江後，面對遭受的嚴重挫折和損失，以博古為首的中央，不是坐下來認真分析各軍閥之間的矛盾和各軍閥的實力狀況，提出正確的路線方針，而是驚慌失措，束手無策。在過湘江時，有人向博古建議，按建制整理好隊伍，有秩序地一個單位一個單位地渡江。博古有氣無力地說：「現在還講什麼建制和單位，過一個算一個，能衝過幾個就算不錯了。」〔註 13〕過湘江後，據聶榮臻回憶：「博古同志感到責任重大，可是又一籌莫展，痛心疾首。在行軍路上，他拿著一隻手槍朝自己瞎比劃。我說：你冷靜一點，別開玩笑，防止走火。這不是瞎鬧著玩的。！」〔註 14〕

　　當時，湖南的何鍵軍隊有 10 萬多人，共轄第 19 師、新編第 7、8 師和獨立第 6、7 旅。但何鍵仍不滿足，以軍官講習所畢業的學生和教育總隊軍士大隊結業的學兵為基幹，呈准編為獨立第 32 旅，以長沙警備司令胡達兼旅長；又藉口 1930 年長沙在桂系和紅軍進攻之下兩度失陷，是由於缺乏空軍，不能及時偵察敵情所致，遂成立航空處，以黃飛為處長。購進美國製造的飛機 14 架，並開設了航空訓練班。〔註 15〕是地方軍閥兵力和戰鬥力都比較強的軍隊。正如時人所說：滇軍黔軍兩隻羊，湘軍就是一頭狼；廣西猴子是桂軍，猛如老虎惡如狼。由此可見湘軍的戰鬥力。

　　湘江戰役後，何鍵急忙把自己的主力部隊布置在湘西南和黔東南，以「堵匪北竄」到湘西，「使紅軍迅速通過，不要在湖南境內停下來」〔註 16〕在城步、新寧、通道、綏寧、靖縣、武崗、芷江、黔陽、洪江地區構築碉堡線，集結重兵，企圖把中央紅軍一網打盡。

〔註 12〕　《聶榮臻傳》編寫組，聶榮臻傳〔M〕，北京：當代中國出版社，1994 年，第107 頁。

〔註 13〕　《聶榮臻傳》編寫組，聶榮臻傳〔M〕，北京：當代中國出版社，1994 年，第113 頁。

〔註 14〕　聶榮臻回憶錄〔M〕，北京：解放軍出版社，1986 年，第 227 頁。

〔註 15〕　大公報〔N〕，1933－12－24。

〔註 16〕　李覺，何鍵部阻截紅軍長征的回憶〔J〕，文史資料選輯，第 62 輯。

而黔軍是西南地方勢力中最弱的一支。「黔軍部隊，號稱五個師、三個獨立旅，由省主席王家烈兼任二十五軍軍長。各將領表面上擁護王家烈，實際上各據一方，各自爲政，而且互不相容，部隊訓練，民眾組訓，基礎甚差，更兼員額不足，裝備低劣，官兵多食鴉片，戰力異常脆弱。」〔註17〕

在這個時候，紅軍應該利用國民黨的內部矛盾，調整戰略方向，不再北上實力較強的湘軍地區，而是轉向敵人力量較弱的貴州地區。但博古、李德仍堅持按原定同紅二、六軍團匯合的計劃前進。這樣，無異於帶領中央紅軍全部主力往敵人預先張好的口袋裏鑽，後果將不堪設想。這迫切需要召開一個會議來糾正博古、李德的錯誤軍事路線。這樣，通道會議就在這歷史變奏中召開了。

二重變奏：長征中紅軍指戰員和戰士的不滿情緒是通道會議召開的重要因素

從博古爲首的臨時中央進入蘇區開始，到通道會議的召開，一路上，廣大紅軍指戰員和戰士對王明的「左」傾教條主義路線造成的危害是極其不滿的。

首先，就中央和紅軍重要領導人周恩來來說，一開始就對博古、李德那套「左」的軍事路線就不認同。1933年6月13日，以博古爲首的中共中央局作出關於今後作戰計劃的指示要求一方面軍主力分成兩個部分作戰，即「兩個拳頭打人」。周恩來同朱德在18日致電中共中央局，提出「方面軍主力一、三軍團目前絕對不應分開。」〔註18〕第五次反圍剿中，博古、李德命令紅軍去攻打敵人堅固的堡壘，而不是設法配合十九路作戰，周恩來致博古，憤慨地指出：由於中央不瞭解前線實際情況，「連日電令屢更」，「使部隊運轉增加很大困難」。請求「在相當範圍內給我們部署與命令全權，免致誤事失機。」〔註19〕由於周恩來多次不同意博古、李德的錯誤主張，博古、李德乾脆把周恩來排除在決策之外。伍修權回憶道：周恩來「曾經與李德進行多次爭論，表示不同意李德的某些軍事主張和作戰方案。特別在如何使用兵力的問題上，李德強調所謂『正規軍』打『陣地戰』，用紅軍的『多路分兵』對付敵人

〔註17〕陳壽恒、蔣榮森，薛岳將軍與國民革命〔M〕，臺北：「中研院」近代史研究所，1988年，第186頁。
〔註18〕周恩來致博古、項英的電報，1933年6月18日。
〔註19〕周恩來致博古、項英的電報，1933年12月16日。

的『多路進擊』；周恩來同志主張集中兵力於一個方向，其他方向則部署牽制力量，使紅軍保持相對的優勢和機動兵力，以粉碎敵人的進攻。但是，李德拒不接受周恩來同志的正確建議，使分兵把口的紅軍被敵人的強大兵力各個擊破。進行這些爭論時，我經常在場，有時由我從中翻譯，有時周恩來同志直接用英語對李德講。」〔註 20〕周恩來的不認同，對通道會議的召開起著重要性的作用。

　　其次，就紅軍總司令朱德來說，從 1928 年 4 月井岡山會師就一直與毛澤東在一起。在長期的根據地建立和紅軍擴展中，深深服膺毛澤東軍事思想和革命理論，因此，對博古、李德的堡壘對堡壘尤不讚同。1934 年 9 月，在朱德的具體部署下，紅 1 軍團、紅 9 軍團和獨立紅 24 師在福建省連城縣溫坊地區設伏，兩次和敵遭遇，共殲敵 4000 多人，戰鬥結束後不久，朱德撰寫了《在堡壘主義下的遭遇戰鬥》一文，反對硬打硬拼。〔註 21〕在長征初期，博古、李德錯誤的軍事指揮，使紅軍蒙受了重大損失。這自然讓朱德想起毛澤東正確的軍事路線。他對毛澤東說：「我看這樣下去不行。特別是返往湘西，其結果恐怕比目前更慘。軍隊都是擁護你的，你要站出來說幾句話才是啊！」「下一站就是通道，應當召開個會議，對下一步的行動方針有一個調整。」〔註 22〕作為紅軍總司令的朱德的站出來，有力地促使了通道會議的順利召開。

　　再次，就紅軍高級指揮員彭德懷、林彪和聶榮臻等人來說，對博古、李德錯誤軍事指揮造成的巨大損失也尤為不滿。彭德懷氣憤地對李德說：「一三軍團在贛閩奮戰七八年，才打出這塊根據地，容易嗎？可是在你們指揮下，喪師失地，損兵折將。三軍團這次要是聽了你們的話，用多兵堆集守廣昌，那就全完了！」「你們至今還不認帳，真是『崽賣爺田心不痛』！」〔註 23〕在長征中，彭德懷又對博古、李德「搬家式」前進有非常大的意見。他說：「我們要扭轉被動的局面，不能光走路，挨打，不打仗啊！要按過去毛主席領導反『圍剿』的辦法，機動作戰。我們黨在湖南的群眾基礎和條件都很好，敵人卻彼此矛盾，我們有空子鑽」。〔註 24〕

〔註20〕伍修權，往事滄桑〔M〕，上海：文藝出版社，1986 年，第 110 頁。
〔註21〕中國軍事博物館，朱德軍事活動記事〔M〕，北京：解放軍出版社，1996 年，第 203 頁。
〔註22〕賈雨陽，朱德傳〔M〕，貴陽：貴州人民出版社，2001 年，第 221～222 頁。
〔註23〕楊尚昆，楊尚昆回憶錄〔M〕，北京：中央文獻出版社，2001 年，第 94 頁。
〔註24〕楊尚昆，楊尚昆回憶錄〔M〕，北京：中央文獻出版社，2001 年，第 110 頁。

　　林彪、聶榮臻在長征前夕，見「左」傾路線使根據地日益縮小，紅軍處處被動，就去看望毛澤東。而毛澤東「由於王明路線的執行者給毛澤東加上的種種罪名，一直到長征時都沒有勾銷，在離開中央蘇區前，任何人都不敢同毛澤東說話，他也不去找任何人」〔註25〕因此，林、聶的看望，從間接表示了紅軍高級將領對博古、李德軍事指揮的不滿。在長征中，博古、李德的逃跑主義軍事路線，使這一不滿更加擴散開來。聶榮臻對王稼祥說：「事實證明，博古、李德等人不行，必須改組領導。」當王稼祥說：「應該讓毛澤東同志出來領導。」時，聶榮臻說：「完全贊成。我也有這個想法。而這個問題勢必要在高級會議上才能解決。」〔註26〕這就更加促進了通道會議的召開。

　　又次，一些紅軍中下級指揮員也對博古、李德錯誤的軍事指揮有意見。黃克誠就是其中一個。他說：「從硝廠、澔灣兩次戰鬥的指揮上，我明顯地預感到紅軍的前途不妙了。過去紅軍作戰，前線部隊有很大的機動性和主動權，估計能打得贏就打，打不贏就走；明知道會吃虧，就決不蠻幹。可現在不同了，不管大仗小仗，統統由上邊制定作戰方案，下達具體作戰命令，前線部隊在執行過程中，不允許有一絲一毫的機動。」〔註27〕而團參謀肖思明看到博古、李德搬家式的逃跑，對團長楊得志說：「我到前面看了，主要是他們帶的東西太多。檔箱子、罐罐罐罐不講，還有機器哩！一架印票子的機器，少說有一個排抬著；還有一架什麼給病號照像的傢伙（愛克斯光機），說怕碰怕跌，十幾個戰士像捧著瓷碗似的抬著它走。路這麼窄，他們能走得快嗎？」這使楊得志不得不想：連一個十幾歲的團參謀都能看清的問題，錯誤路線的領導者卻視若無睹。靠他們領導，革命怎麼能不受挫折以至面臨著失敗的危險呢！這也說明，錯誤路線領導者推行的那一套東西，已經喪失了紅軍指戰員的信任，沒有什麼群眾基礎了。〔註28〕總之，當時紅軍指揮員的心情，正如劉伯承同志在他《回顧長征》一文中所描寫的：「廣大幹部眼看反五次『圍剿』以來，迭次失利，現在又幾乎瀕臨絕境，與反四次『圍剿』以前的情況對比之下，逐漸覺悟到這是排斥以毛澤東同志為代表的正確路線，貫徹了錯誤的路線所致，部隊中明顯地滋長了懷疑不滿和積極要求改變領導的情緒。

〔註25〕《聶榮臻傳》編寫組，聶榮臻傳〔M〕，北京：當代中國出版社，1994年，第113頁。

〔註26〕聶榮臻回憶錄〔M〕，北京：解放軍出版社，1986年，第243頁。

〔註27〕黃克誠回憶錄（上）〔M〕，北京：解放軍出版社，1989年，第195～196頁。

〔註28〕楊得志回憶錄〔M〕，北京：解放軍出版社，1992年，第128頁。

這種情緒，隨著我軍的失利，日益顯著，湘江戰役後，達到了頂點。」〔註29〕
這又加速了通道會議的召開。

最後，紅軍戰士的不滿，也促使通道會議不得不召開。第五次反「圍剿」
的失敗就已經在紅軍戰士瀰漫著不滿情緒。據蕭鋒《長征日記》說：「五次反
「圍剿」以來，我軍數戰失利。這次高興圩戰役也沒打好。連隊思想情況較
亂，埋怨情緒較大。這幾天我下營、連和幹部、戰士交談，大家都反映我們
吃了堡壘對堡壘、工事對工事、死打硬拚的虧。」〔註30〕紅軍長征初始，由
於還在根據地行走，這種不滿還沒有擴散開來。紅軍戰士童小鵬這樣說道：「出
發已兩天了，因為仍然在老家——根據地裏走，所以大家都是司空見怪，沒
什麼感覺，然而今天出發，使我感覺有點不同了，因為從今天起，就要離開
我們的老家。」也就是講，紅軍戰士進入廣東湖南後就開始埋怨起來了。擔
架隊戰士梅若堅就問他的上級蕭鋒：「總支書，這裡是什麼地方？二、六軍團
在哪裏？走到哪是個頭？說實在話，我也不知走到哪是個頭，我只好回答：
我們這兩條腿是屬於革命的，上級讓往哪走，我們就往哪用勁！」〔註31〕這
種責問，相當普遍。在長征日記中多有記載：「1934 年 12 月 5 日，二營文書
小胡對我說：總支書，你們心裏有個底嗎？自離開中央蘇區，我們整天走，
從江西、廣東、湖南、廣西走到貴州，快走了半個中國了，我這兩條腿也不
聽使喚了。我告訴他說，中國那麼大，帝國主義分割統治，經濟發展不平衡，
東方不亮西方亮，黑了南方有北方，哪裏好粉碎國民黨『圍剿』，就到哪裏去。
要相信黨和紅軍的力量，相信紅軍總會找到創造蘇區的地方的。」〔註32〕

儘管紅軍領導反覆做思想工作，如周恩來曾對戰士們說：「蔣介石圍攻蘇
區，構築了千溝萬壘，妄圖置紅軍於死地，但英勇的紅軍不是打出來了嗎？
大王山看上去高不可攀，但我們不是也闖過來了嗎？革命本身就是不斷地同
機會主義和各種艱難險阻進行鬥爭中得到發展和勝利的。」〔註33〕但紅軍掉
隊和逃跑的還是很多。據《陳伯鈞日記》記載：「11 月 6 日，昨日各部逃亡現
象極為嚴重。特別是卅八團有兩名竟拖槍投敵。昨晚，由陳雲同志負責檢查

〔註29〕 聶榮臻 等，偉大的轉折——遵義會議五十週年回憶錄專輯〔M〕，貴陽：貴
　　　　 州人民出版社，1984 年，第 4 頁。
〔註30〕 蕭鋒，長征日記〔M〕，上海：上海人民出版社，1996 年，第 1 頁。
〔註31〕 蕭鋒，長征日記〔M〕，上海：上海人民出版社，1996 年，第 23 頁。
〔註32〕 蕭鋒，長征日記〔M〕，上海：上海人民出版社，1996 年，第 28 頁。
〔註33〕 蕭鋒，長征日記〔M〕，上海：上海人民出版社，1996 年，第 11～12 頁。

了一下，認爲發生這種現象主要是：第一，政治動員不夠；第二，對反革命鬥爭不深入，特派員工作及政治機關對肅反工作的領導均差；第三，連隊支部工作不健全等⋯⋯」〔註34〕這間接反映了紅軍戰士對博古、李德軍事指揮的不信任。特別是湘江戰役後，這種不信任達到頂點。據蕭鋒《長征日記》載「12月4日，晚上一查點，全團折損一半，不少同志都痛哭流涕。炊事員挑著飯擔子，看到香噴噴的米飯沒人吃，邊走邊哭。我也蒙著頭哭到半夜。蕭元禮、蔡教生、郭庭柱等同志還活著，他們也抱頭痛哭。這是我到三團後第一次大損失。從中央蘇區出征時，我團是兩千七百多人，現在僅剩下八、九百人了。」〔註35〕也就是說，廣大紅軍戰士也迫切希望改變博古、李德的領導地位。這樣，紅軍指戰員和紅軍戰士的不滿，成爲通道會議召開的歷史二重變奏。

三重變奏：新「三人團」的形成爲通道會議的召開提供了組織保障

新「三人團」是相對舊「三人團」而言。廣昌戰役失守後，形勢對紅軍越來越不利，中共中央書記處在瑞金召開緊急會議，決定將紅軍主力撤離中央蘇區，會後中共中央將這一決定報告共產國際，請予批准，共產國際同意轉移。在這種情形下，「爲了準備紅軍主力的轉移，中共中央書記處會議決定，由博古、李德、周恩來組成『三人團』負責規劃」。〔註36〕「三人團」內部的分工是：政治上由博古作主，軍事上由李德作主，周恩來負責督促軍事準備計劃的實施。

「三人團」成立後，一是派尋淮洲爲軍團長的六千餘人與方志敏的紅十軍組成抗日先遣隊，深入閩浙皖贛邊，以調動和分散國民黨圍剿的兵力；二是命令任弼時率領第六軍團離開湘贛根據地向湖南中部突圍，爲中央紅軍戰略轉移「探路」。三是將政治局成員作爲中央代表分散在各軍團裏。其中陳雲到第五軍團，凱豐到第九軍團，劉少奇到第八軍團，鄧發到第二縱隊任副司令肩副政委，項英留在江西蘇區任中央分局書記。四是確定長征後留守人員

〔註34〕陳伯鈞日記（1933～1937）〔M〕，上海：上海人民出版社，1987年，第325～326頁。
〔註35〕蕭鋒，長征日記〔M〕，上海：上海人民出版社，1996年，第27頁。
〔註36〕周恩來年譜〔M〕，北京：中央文獻出版社，1990年，第262頁。

的名單。在名單的確定上，博古把反對他或與他意見不合的人，如瞿秋白、何叔衡、毛澤覃等人留在了蘇區。本來博古也要把毛澤東留在蘇區的。據伍修權回憶：「最初他們還打算連毛澤東同志也不帶走，當時已將他排斥出中央領導核心，被弄到於都去搞調查研究。後來，因為他是中華蘇維埃主席，在軍隊中享有很高威望，才被允許一起長征。如果他當時也被留下，結果就難以預料了。」〔註37〕但由於周恩來等人的力爭，毛澤東也隨軍長征了。

「三人團」的戰略轉移工作都是在秘密狀態進行的，只有極少數幾個人知道。如李維漢所說：「長征的所有準備工作，不管中央的、地方的、軍事的、非軍事的都是秘密進行的，只有少數領導人知道，我只知道其中的個別環節，群眾一般是不知道的。當時我雖然是中央組織局主任，但對紅軍轉移的具體計劃根本不瞭解。第五次反『圍剿』的軍事情況，他們也沒有告訴過我。據我所知，長征前中央政治局對這個關係革命成敗的重大戰略問題沒有提出討論。中央紅軍為什麼要退出中央蘇區？當前任務是什麼？要到何處去？始終沒有在幹部和廣大指戰員中進行解釋。」〔註38〕由於絕大部分紅軍指戰員和戰士不通曉紅軍長征的目的、方向和任務等，他們對長征是消極的、被動的。據陳伯鈞日記記載：「近來落伍人員太多，有真正失去聯絡的，有藉故掉隊的，對我之行軍計劃有莫大障礙。」「昨日各部逃亡現象極為嚴重。」〔註39〕

在長征中，由於博古、李德錯誤的軍事指揮，紅軍在湘江戰役中損失慘重。「三人團」中的博古「感到責任重大，又一籌莫展，痛心疾首」〔註40〕李德又「已經無法全面指揮，只能根據各部隊來的電報提出意見」〔註41〕周恩來以其既有的歷史影響及地位，被推到了維持局面、真正地部署作戰行動的位置上。這樣，為通道會議採納毛澤東的正確主張，提供了條件。

「三人團」的解體，促使了新「三人團」的出現。在新「三人團」中，張聞天、王稼祥是博古在莫斯科中山大學的同學。1925年，蘇俄為了幫助中國革

〔註37〕 金沖及，毛澤東傳（1893～1949）（上）〔M〕，北京：中央文獻出版社，1996年，第329頁。

〔註38〕 李維漢，回憶與研究（上）〔M〕，北京：中央黨史資料出版社，1986年，第344頁。

〔註39〕 陳伯鈞日記（1933～1937）〔M〕，上海：上海人民出版社，1987年，第324～325頁。

〔註40〕 聶榮臻回憶錄〔M〕，北京：解放軍出版社，1986年，第232頁。

〔註41〕 伍修權，我的歷程〔M〕，北京：解放軍出版社，1984年，第78頁。

命培養幹部，創辦了莫斯科中山大學。博古、張聞天、王稼祥他們是 1926 年
11 月抵達莫斯科中山大學的。在反對國民黨右派、中山大學內部教務派及「江
浙同鄉會」的鬥爭中，他們逐漸組成了以王明爲首的「二十八個布爾什維克」。

　　由於有共產國際及代表米夫的支持，「二十八布爾什維克」一回國都被委
以重任。盛岳這樣回憶道：「其中一人，夏曦，在回國前即是中共中央委員，
有十人，即張聞天、陳紹禹、秦邦憲、何克全、沈澤民、李竹聲、盛忠亮、
王稼祥、王雲程和楊尚昆，在回國後一度當選爲中央委員或候補委員，其中
三人即陳紹禹、秦邦憲和張聞天當上了中共總書記。有兩人連任中共中央上
海局書記，秦邦憲和王雲程。其餘的人成了省一級的黨組織領導人或者方面
軍的政治委員。」〔註42〕到 1934 年 1 月召開的中共六屆五中全會，博古擔任
中共總書記、政治局常委，張聞天擔任政治局常委、中華蘇維埃共和國人民
委員會的主席，王稼祥擔任政治局候補委員、中央軍事委員會副主席、紅軍
總政治部主任。也就是說，張聞天和王稼祥擔任了黨內軍內重要領導職務。
特別是張聞天在黨內的地位僅次與博古、周恩來、王明。

　　由於張聞天、王稼祥與博古同屬於共產國際派，他們剛回國的時候，他
們意見分歧不大。在博古反對「羅明路線」的鬥爭中，張聞天起著一定的作
用。他在《鬥爭》第 3 期上發表《什麼是羅明同志的機會主義路線？》，文章
指出：「羅明路線」是在敵人大舉進攻面前「悲觀失望退卻逃跑的情緒的具體
表現」。羅明比較中肯的分析和比較務實的主張，是「脫離黨的領導，脫離政
治動員，脫離階級鬥爭的軍事動員與武裝鬥爭」，是「機會主義者的胡說」。〔註
43〕並與博古一起，組織幹部開會批判。

　　在較多的具體實際情況接觸中，特別是在與毛澤東的交往中，張聞天
逐步掙脫「左」的桎梏。在一些具體問題上，與「左」傾教條主義的博古
產生了意見分歧。首先，在關於統一戰線策略變化的認識上，博古認爲中
共駐共產國際發表的共同抗日宣言只是對群眾和士兵說的，至多是對下級
軍官說的，上級軍官決不會接受我們的條件，我們也不會去同他們談什麼
條件或簽定什麼共同作戰的協定。而張聞天認爲宣言不僅適應於廣大人民
群眾與下級軍官，也適應上級軍官。其次，同十九路軍的談判，博古表現

〔註42〕〔美〕盛岳，莫斯科中山大學和中國革命〔M〕，北京：東方出版社，2004 年，
　　　第 223 頁。
〔註43〕程中原，張聞天傳〔M〕，北京：當代中國出版社，1993 年，第 155 頁。

出冷漠的態度，只想揭露十九路將領的欺騙，提高共產黨和紅軍的權威。
而張聞天則十分重視，認為同十九路軍停戰進而合作抗日，對粉碎第五次
「圍剿」，對整個反蔣抗日的鬥爭，都有積極的重大影響。最後，對於軍事
行動上，博古主張單純防禦軍事路線，而張聞天主張積極防禦，指出：廣
昌戰鬥中同敵人死拼，是不對的，這是一種拼消耗的打法，使紅軍主力遭
受了不應有的巨大損失。〔註44〕

　　由於張聞天不同意博古的主張，博古指責張聞天是普列漢諾夫反對 1905
年俄國工人武裝暴動那樣的機會主義思想。〔註45〕甚至在組織上打擊張。張
聞天感覺到自己「已經處於無權地位」，「心裏很不滿意。」〔註46〕這樣為張
聞天與毛澤東聯合，一起反對博古、李德錯誤思想有了思想基礎。

　　同樣，王稼祥剛開始回國時，與王明、博古一樣，執行一條「左」傾教
條主義路線。他在六屆四中全會的發言中，極力宣傳右傾是目前黨內的主要
危險。他說「王明必須在反對立三路線時，同時加緊反對取消派和黨內右傾，
不要忘記，右傾是黨內的主要危險。」〔註47〕進入蘇區擔任紅軍總政治部主
任後，在同紅軍將領，特別在和毛澤東的接觸中，王稼祥的思想發生了很大
變化。他曾這樣說道：這是在粉碎第一次「圍剿」後，處在粉碎第二次「圍
剿」的前夕。我們向他（毛澤東）報告了四中全會的經過，而他則向我們詳
細地敘述了紅軍中爭論的歷史以及當前爭論的問題，並給了一些資料給我們
看。「他是同我在中國和俄國所遇見過的領導人不相同的，他是獨特的，他所
說的道理，既是那樣的簡單明瞭，又是那樣的新鮮、有力和有說服力。」〔註
48〕他逐漸認同毛澤東正確的政治路線和軍事路線。毛澤東的一段話也充分說
明了這一點。毛澤東說：「四中全會以後，中央派了一個代表團到中央蘇區。
代表團有三個人，任弼時同志、王稼祥同志、顧作霖同志。第一次反『圍剿』
結束後，他們就來了。王稼祥同志參加了第二、第三、第四次反『圍剿』的
戰爭。在當時，我們感覺到如果沒有代表團，特別是任弼時、王稼祥同志讚
助我們，反對『削蘿蔔』的主張就不會那樣順利。」〔註49〕

〔註44〕程中原，張聞天傳〔M〕，北京：當代中國出版社，1993 年，第 175 頁。
〔註45〕程中原，張聞天傳〔M〕，北京：當代中國出版社，1993 年，第 176 頁。
〔註46〕程中原，張聞天傳〔M〕，北京：當代中國出版社，1993 年，第 93 頁。
〔註47〕徐則浩，王稼祥傳〔M〕，北京：當代中國出版社，1996 年，第 91～92 頁。
〔註48〕王稼祥，我的履歷〔Z〕，1968 年。
〔註49〕毛澤東在七大的報告和講話集〔M〕，北京：中央文獻出版社，1995 年，第
　　　　230 頁。

　　由於王稼祥認同毛澤東正確的軍事思想和軍事路線，因此，在許多問題上、與博古、李德出現了意見分歧。1933 年秋第五次反「圍剿」開始後，擔任粵贛軍區三分區政委鄧飛和司令員呂赤水對博古、李德命令他們在邊境地區修築堡壘，打陣地戰有不同意見，被博古、李德指責為「右傾退卻逃跑主義」，要總政治部嚴肅處理，但王稼祥認為：「思想批判從嚴，組織處理從寬，免於黨內處分，留在總政當巡視員吧。」〔註 50〕博古、李德直接指揮同敵人進行陣地戰的廣昌戰役失敗後，王稼祥氣憤地指責說：「像李德這樣指揮紅軍，哪能不打敗仗？」〔註 51〕這樣，為長征初新「三人團」的形成提供了思想基礎。

　　長征開始時，博古、李德最高「三人團」本來打算將毛、張、王等人一律分散到各軍團去的，後因毛澤東、張聞天有異議，立即向中央提議，轉移時將他們三人安排在一起，最高「三人團」採納了這個意見，這才讓他們留在總部。這樣，毛澤東、張聞天和王稼祥就走在了一起。也形成了一個「三人團」。為與最高「三人團」相區別，稱為「中央隊三人團」。張聞天在延安整風筆記中回憶道：在長征途中，毛澤東「要我同他和王稼祥同志住在一起——這樣就形成了以毛澤東同志為首的反對李德、博古領導的『中央隊』三人集團，給遵義會議的偉大勝利放下了物質基礎。」〔註 52〕

　　長征初始路上，由於最高「三人團」忙著指揮戰事，無暇顧及毛澤東、張聞天和王稼祥，毛、張、王就經常在一起交換對黨和紅軍的大事的看法。張聞天向毛澤東、王稼祥談了從福建事變到廣昌戰役自己同博古的種種爭論，對李德、博古軍事指揮上分兵把口、拼命主義等做法很為不滿。毛澤東就第五次反「圍剿」戰爭失敗的過程，同前幾次反「圍剿」勝利的經驗對比，細緻地分析李德、博古軍事領導上採取單純防禦路線，否定運動戰的戰法等錯誤。王稼祥回憶說：「毛主席在長征路上不斷地和我談話，教育了我。」〔註53〕王稼祥認為要扭轉黨和紅軍的危急局面，必須召開中央政治局會議改變中央領導。〔註 54〕這樣，如周恩來所說：「在長征路上，毛主席先取得了稼祥、洛甫的支持。」〔註 55〕

〔註 50〕徐則浩，王稼祥傳〔M〕，北京：當代中國出版社，1996 年，第 183 頁。
〔註 51〕徐則浩，王稼祥傳〔M〕，北京：當代中國出版社，1996 年，第 207 頁。
〔註 52〕張聞天，從福建事變到遵義會議〔J〕，文獻和研究，1985（1）。
〔註 53〕王稼祥，我的履歷〔Z〕，1968 年。
〔註 54〕中共中央文獻研究室，毛澤東年譜（一八九三～一九四九）（上卷）〔M〕，北京：中央文獻出版社，1993 年，第 438 頁。
〔註 55〕周恩來，黨的歷史教訓〔J〕，文獻和研究，1985（1）。

　　湘江戰役後，毛澤東、張聞天和王稼祥新「三人團」更加強烈批評博古、李德錯誤軍事路線。據《毛澤東年譜》記載：「從過老山界起，中共中央領導內部發生爭論，毛澤東、王稼祥、張聞天開始批評中央的軍事路線，認為第五次反『圍剿』以來的失敗是由於軍事領導上的錯誤路線造成的。」〔註56〕周恩來也如是說：「從湘桂黔交界處，毛主席、稼祥、洛甫即批評軍事路線，一路開會爭論。從老山界到黎平爭論尤其激烈。」〔註57〕因此，通道會議上，張聞天和王稼祥支持毛澤東轉兵貴州的主張，那是自然而然的了。

　　福柯指出：歷史研究不僅要「對文獻進行組織、分割、分配、安排、劃分層次、建立序列、從不合理的因素中提煉出合理的因素，測定各種成分，確定各種單位、描述各種關係」，而且要「將界限、變化、獨立系統、限定序列——這些歷史學家們經常使用的概念——變成理論，從中找出一般後果，乃至派生出可能的蘊涵」。〔註58〕通過對通道會議背景的敘述，可以看出，通道會議的召開，是由多種因素促進的。國民黨內部的矛盾，為紅軍召開通道會議，轉兵貴州提供了條件；長征初期，廣大紅軍指戰員和戰士的不滿情緒，又促使中央召開通道會議來改變錯誤的軍事路線；而新「三人團」的形成，為通道會議順利召開提供了組織保障。總之，通道會議是多種因素綜合的結果，是歷史的多重變奏。

〔註56〕 中共中央文獻研究室，毛澤東年譜（一八九三～一九四九）（上卷）〔M〕，北京：中央文獻出版社，1993年，第439頁。

〔註57〕 周恩來1943年11月27日在中央政治局會議上的發言〔A〕，遵義會議文獻〔C〕，北京：人民出版社，1985年，第64頁。

〔註58〕 〔法〕蜜雪兒‧福柯，知識考古學〔M〕，謝強、馬月 譯，北京：生活‧讀書‧新知三聯書店出版社，2007年，第6～13頁。

遵義會議與毛澤東的領導地位的確定
——基於與會人員的態度分析視角 [註1]

　　1935 年 1 月 15 日至 17 日，中共在貴州遵義召開了政治局擴大會議。出席會議的有政治局常委博古、張聞天、周恩來、陳雲；政治局委員毛澤東、朱德；政治局候補委員王稼祥、鄧發、劉少奇、凱豐（何克全）；紅軍總部和各軍團負責人劉伯承、李富春、林彪、聶榮臻、彭德懷、楊尚昆、李卓然。另外還有共產國際派來的軍事顧問李德、中央隊秘書長鄧小平、翻譯伍修權。這次會議確立了毛澤東在中共中央和紅軍的領導地位，從而在極端危急的歷史關頭，挽救了黨，挽救了紅軍，挽救了中國革命。對遵義會議人員構成進行結構分析，可以從一個新的大的視野對毛澤東領導地位的確立過程作一探討，同時，對遵義會議進行新的解讀，對堅持中國特色社會主義道路有重大的借鑒作用。

一、從蘇俄歸來的與會代表的思想動態分析

　　從參加會議的 19 人（伍修權因是翻譯，在會議中不起作用，故不納入分析範圍）中可以看出，會議成員來源於三個系統：一是蘇區的同志，其成員有毛澤東、朱德、劉伯承、林彪、彭德懷、聶榮臻、鄧小平；二是白區的同志，其成員有周恩來、陳雲、鄧發、劉少奇、李富春；三是從蘇俄回來的同志，其成員有博古、張聞天、王稼祥、凱豐、楊尚昆、李卓然、李德。起領導作用主要是蘇俄回來的人。

〔註 1〕 載《中國井岡山幹部學院學報》2016 年第 1 期。

　　1925 年，蘇俄為了幫助中國革命培養幹部，創辦了莫斯科中山大學。當時全國被派到莫斯科中山大學學習的中共黨員有很多，據資料統計，大約有240 多人。王明、博古、張聞天、楊尚昆、李卓然、就是這些學生中的佼佼者。

　　當時莫斯科中山大學矛盾交織，既有國、共之間和國、共內部學生的爭鬥，又有蘇俄教師內部不同路線的爭論。大的鬥爭主要有「學院派」和「戰鬥派」、教務處和支部局、反對國民黨右派及「江浙同鄉會」的鬥爭。在這一連串鬥爭中，逐漸形成了以王明為首的「二十八個布爾什維克」。即：王明、博古（秦邦憲）、張聞天（洛甫）、王稼祥、盛忠亮（岳）、沈澤民、陳昌浩、張琴秋、何子述、何克全（凱豐）、楊尚昆、夏曦、孟慶樹（緒）、王保（寶）禮、王盛榮、王雲程、朱阿根、朱自舜（子純）、孫濟民（際明）、杜作祥、宋潘（盤）民、陳原（源）道、李竹聲、李元傑、汪盛荻、肖特甫、殷鑒、袁家鏞、徐以（一）新。

　　在共產國際及代表米夫的支持下，這「二十八布爾什維克」一回國都被委以重任。盛岳這樣回憶道：「其中一人，夏曦，在回國前即是中共中央委員，有十人，即張聞天、陳紹禹、秦邦憲、何克全、沈澤民、李竹聲、盛忠亮、王稼祥、王雲程和楊尚昆，在回國後一度當選為中央委員或候補委員，其中三人即陳紹禹、秦邦憲和張聞天當上了中共總書記。有兩人連任中共中央上海局書記，秦邦憲和王雲程。其餘的人成了省一級的黨組織領導人或者方面軍的政治委員。」〔註2〕

　　而共產國際和米夫之所以大力支持「二十八個布爾什維克」，用一個當事人的話說是因為「用把二十八個布爾什維克拉進中共中央的辦法，來對中共中央加以改組，從而加速實現中共『布爾什維克化』。換句話說，他的使命就是把中國共產黨人置於俄國共產黨人的絕對控制之下。」〔註3〕筆者認為，這話有一定的道理。一大後，中共雖然成為共產國際的一個支部，按照共產國際章程和紀律規定，「發佈對所有參加共產國際的政黨和組織都具有拘束力的指示」〔註4〕但中共並不是事事都按照共產國際的指示去做。從某一程度上

〔註2〕　〔美〕盛岳，莫斯科中山大學和中國革命〔M〕，北京：東方出版社，2004 年，第 223 頁。

〔註3〕　〔美〕盛岳，莫斯科中山大學和中國革命〔M〕，北京：東方出版社，2004 年，第 240 頁。

〔註4〕　中共中央黨史研究室第一研究部，共產國際、聯共（布）與中國革命文獻資料選輯（1917～1925）〔M〕，北京：北京圖書館出版社，1997 年，第 149 頁。

講，中共在總的方針和政策上執行共產國際的指示，但在具體事務上還是有一定的自主權。陳獨秀這樣，瞿秋白這樣，李立三也是這樣。李立三總體認同共產國際的「第三時期」理論，即資本主義世界的穩定已進一步地瓦解，它必然會引起一個新的衝突時期，即帝國主義國家之間的戰爭、反對蘇聯的戰爭的時期，也就是大規模階級搏鬥的時期。〔註5〕但在具體工作中比共產國際還要左。1930年6月11日中共政治局通過的李立三起草的《新的革命高潮與一省或幾省的首先勝利》決議案，就是嚴重的「左」傾冒險主義方案。20日共產國際遠東局代表羅伯特致函表示反對。以李立三為首的中共政治局繼續堅持，並指責羅伯特一貫的右傾路線，甚至給共產國際主席團發信，要求批准武漢、南京暴動和上海總同盟罷工，建立全國蘇維埃政權，請求國際動員各國支部給中國革命以援助。這就有可能把蘇聯拖入戰爭的危險。因此以蘇聯為首的共產國際，為了維護在遠東的利益，需要在中國黨內尋找一個忠實的代理人。「所謂的二十八個布爾什維克是俄國人精心培養的。俄國人這樣做的惟一目的，是為了控制中共，把它改造成一個無限忠於蘇俄和共產國際的政黨。」〔註6〕王明就是這樣一個人。據羅章龍回憶，王明曾對他這樣說道：「中國的黨自建立以來一貫幼稚，不懂馬列。蘇區的人更不懂，他們什麼也不曉得，一貫右傾，搞富農路線……我們要把它從上到下加以改造。」「我說這些話是代表國際而不是個人。」〔註7〕

　　由於以王明為首的二十八個布爾什維克嚴格執行蘇俄和共產國際的指示，照搬蘇俄革命的精神，因此，在中共黨史上，把這些人稱為「「左」傾教條主義者」。李德是共產國際派到中國的軍事顧問，博古軍事上事事聽李德的，那是自然而然的了。並不如有人所說：「博古同志當時是總書記，但他對軍事一竅不通，在軍事上完全依靠李德，把軍事指揮大權拱手讓給外國人。」〔註8〕而是有自己的考慮。通過李德（李德背後是共產國際），博古可以進一步提升在中共黨內的領導權威。正如李德自己所說：「博古以及以後的周恩來，總是習慣地把一切

〔註5〕 黃允升 等，毛澤東與中共早期領導人〔M〕，北京：中共中央黨校出版社，1997年，第227頁。

〔註6〕 〔美〕盛岳，莫斯科中山大學和中國革命〔M〕，北京：東方出版社，2004年，第243頁。

〔註7〕 羅章龍，上海東方飯店會議前後〔J〕，新華文摘1981（3）。

〔註8〕 伍修權，生死攸關的歷史轉折——回憶遵義會議的前前後後〔A〕，聶榮臻 等，偉大的轉折：遵義會議五十週年回憶錄專輯〔C〕，貴陽：貴州人民出版社，1984年，第79頁。

軍事問題事先同我討論一下，然後在軍事委員會上代表我的意見。這種情況看來也是很自然的，因為他們兩人專門主管這方面的工作。雖然我再三提醒大家注意，我的職務只是一個顧問，並無下達指示的權力，但隨著時間的推移，還是產生了這種錯誤的印象，似乎我是具有極大全權的。博古也許還有意識地容忍這種誤解，因為他以為，這樣可以加強他自己的威望。」〔註9〕

　　同時，以王明為首的這二十八個布爾什維克，除了張聞天年齡稍大點外，其餘都很年輕，都是二十多歲的小夥子，參加革命的時間也很短。王明、張聞天、博古、王稼祥等人都是 1925 年加入中國共產黨或共產主義青年團，革命資歷尚淺。博古自己總結道：「思想方法也是小資產階級的，未建立起無產階級的宇宙觀，沒有實際鍛鍊，到蘇聯後，仍以小資產階級思想去學習馬列主義，開始即覺得馬列主義精神廣大，另一方面受到德波林的影響，兩者一結合成為教條主義。」〔註10〕因此，面臨共產國際交給的重擔，王明和博古等人，為了維護自己的權威，對不同政見者進行了「殘酷鬥爭、無情打擊」。劉曉這樣回憶道：「凡是不同意他（王明）的意見的同志，他就一律加以無情打擊，從批評直到撤職，有的還不發給生活費。我曾奉命到滬西區委去談判，要區委的同志不要去反對，否則就不發給生活費，這些同志當時沒有公開職業，沒有任何收入，為生活所迫，他們不得不服從省委，從而使王明控制了上海的黨組織。」〔註11〕在蘇區，博古對堅持正確路線的毛澤東、鄧小平等人，扣上「富農路線」「羅明路線」「一貫的右傾」等帽子，撤銷他們的職務。毛澤東就是因此而被撤銷紅軍總政委職務的。毛澤東後來跟外國朋友說起了這段異常艱難的處境。他說：「他們迷信國際路線，迷信打大城市，迷信外國的政治、軍事、組織、文化的那一套政策。我們反對那一套過『左』的政策。我們有一些馬克思主義，可是我們被孤立。我這個菩薩，過去還靈，後來就不靈了。他們把我這個菩薩浸到糞坑裏，再拿出來，搞得臭得很。那時候，不但一個人也不上門，連一個鬼也不上門。我的任務是吃飯，睡覺和拉屎。還好，我的腦袋沒有被砍掉。」〔註12〕

〔註 9〕〔德〕奧托‧布勞恩，中國紀事〔M〕，北京：東方出版社，2004 年，第 42頁。

〔註10〕博古，在中國共產黨第七次全國代表大會上的發言〔Z〕，1945－5－3。

〔註11〕劉曉，黨的六屆三、四中全會前後白區黨內鬥爭的一些情況〔A〕，中共黨史資料（第 14 輯），北京：中共黨史資料出版社，1985 年，第 102 頁。

〔註12〕中共中央文獻研究室，毛澤東傳（1893～1949）〔M〕，北京：中央文獻出版社，1996 年，第 322 頁。

　　王明和博古的所作所為，蘇區和白區的黨員幹部都表示強烈不滿，有人說：「如果王明領導中央，我們就不幹了。」〔註13〕特別是王明和博古所依靠的軍事顧問李德不懂中國的實際情況，完全照搬蘇聯紅軍正規戰爭的戰略方針，造成中央根據地的丟失和紅軍的銳減，這種不滿廣泛地蔓延開來。據伍修權回憶：「慘重的失敗，險惡的環境，使人們對李德那一套由懷疑到憤怒，許多指戰員忿忿地說，過去幾次反『圍剿』，打了許多惡仗，不但沒有這麼大的消耗，還壯大了許多倍，現在光挨打，真氣人！他們痛心地問：這樣打下去，結果會怎麼樣呢？」〔註14〕在這種情況下，博古等人的威望降到最低點。

　　面對紅軍遭受重大損失，博古也很自責，聶榮臻回憶道：「博古同志感到責任重大，可是又一籌莫展，痛心疾首。在行軍路上，他拿著一支手槍朝自己瞎比劃。我說，你冷靜一點，別開玩笑，防止走火，這不是鬧著玩的！越在困難的時候，作為領導人越要冷靜，要敢於負責。」〔註15〕軍事路線的失誤，促使人們進一步去思考政治路線和組織路線。

　　而且國際派也不是鐵板一塊。張聞天與博古就有意見分歧。廣昌戰役失敗後，張聞天對博古說：廣昌戰鬥中同敵人死拼，是不對的，這是一種拼消耗的打法，使紅軍主力遭受了不應有的巨大損失。但博古不接受批評，反而說張聞天這種指責是普列漢諾夫反對1905年俄國工人武裝暴動那樣的機會主義思想。〔註16〕甚至在組織上打擊張。張聞天感覺到自己「已經處於無權地位」，「心裏很不滿意。」〔註17〕王稼祥對博古等人動輒處分、打擊和懲辦幹部十分不滿。當肖勁光因黎川失守，「左」傾路線要處以極刑時，王稼祥和毛澤東出面保護了肖勁光。肖勁光後來深情地回憶道：「回想在當時『左』傾路線倡狂一時，動輒『殘酷鬥爭』、『無情打擊』的緊張氣氛下，稼祥同志堅持黨的原則，不顧個人安危，冒險犯難保護同志，不僅我個人終生難忘，同時也贏得了其他許多同志的敬佩與感激。」〔註18〕張聞天與王稼祥從「左」傾

〔註13〕黃玠然，黨的六大前後若干歷史情況〔J〕，黨史資料，1979（1）。
〔註14〕伍修權，生死攸關的歷史轉折——回憶遵義會議的前前後後〔A〕，聶榮臻 等，偉大的轉折：遵義會議五十週年回憶錄專輯〔C〕，貴陽：貴州人民出版社，1984年，第79頁。
〔註15〕聶榮臻，長征〔A〕，聶榮臻 等，偉大的轉折：遵義會議五十週年回憶錄專輯〔C〕，貴陽：貴州人民出版社，1984年，第14頁。
〔註16〕程中原，張聞天傳〔M〕，北京：當代中國出版社，1993年，第175～176頁。
〔註17〕程中原，張聞天傳〔M〕，北京：當代中國出版社，1993年，第93頁。
〔註18〕徐則浩，王稼祥傳〔M〕，北京：當代中國出版社，1996年，第183頁。

路線陣營邁入以毛澤東為首的正確路線陣營，為遵義會議的召開打下了堅實
的組織基礎。

　　儘管李德勸博古和張聞天搞好團結，不要起摩擦，說「這裡的事情還是
依靠莫斯科回來的同志」〔註 19〕，儘管凱豐在遵義會議召開前，三番五次找
聶榮臻談話，要聶支持博古；儘管凱豐在遵義會議上支持博古，說毛澤東「你
懂得什麼馬列主義？你頂多是看了些《孫子兵法》。」〔註 20〕國際派還是分化
了。二十八個布爾什維克已不再是一支統一的力量了。

　　從結構上講，二十八個布爾什維克是個鬆散的聯盟。首先，沒有統一的
思想。雖然在莫斯科東方大學讀書時，二十八個布爾什維克接受了國際路線。
但回國後，作為代表被派到全國各地，由於對共產國際的路線方針的理解有
差異，在執行過程中，力度有大有少。甚至有的在具體的革命實際中，拋棄
國際路線，進入到毛澤東為首的正確路線上來。其次，二十八個布爾什維克
沒有形成固定的集團，之間的聯繫也比較少，他們之間只是工作間的關係。
博古曾這樣說道：「如果對宗派瞭解為思想方法生活習慣上相近，互相接近，
臭氣相投，聲氣相通的一群，這一群在某個時候，曾在組織上反對另一群（莫
斯科及反立三路線），那麼，宗派是有的。如果，對宗派瞭解為陰謀集團，或
更瞭解為反革命集團，自覺的要破壞黨，破壞革命，我認為是沒有的。」〔註
21〕因此，在遵義會議上，以王明、博古為首的「左」傾教條主義路線的失敗
和以毛澤東為首的正確路線的勝利那是自然而然的了。博古本人也承認遵義
會議宣告了「左」傾教條主義路線的破產。〔註 22〕遵義會議後，曾有人問過
毛澤東：你最早就看到王明那一套是錯誤的，也早在反對他，為什麼當時不
豎起旗幟同他們幹，反而讓王明的「左」傾錯誤統治了四年之久？毛澤東回
答道：那時王明的危害尚未充分暴露，又打著共產國際的旗號，使人一時不
易識破他們，在這種情況下，過早地發動鬥爭，就會造成黨與軍隊的分裂，

〔註 19〕伍修權，生死攸關的歷史轉折——回憶遵義會議的前前後後〔A〕，聶榮臻 等，
　　　　偉大的轉折：遵義會議五十週年回憶錄專輯〔C〕，貴陽：貴州人民出版社，
　　　　1984 年，第 79 頁。

〔註 20〕聶榮臻，長征〔A〕，聶榮臻 等，偉大的轉折：遵義會議五十週年回憶錄專輯
　　　　〔C〕，貴陽：貴州人民出版社，1984 年，第 14 頁。

〔註 21〕黎辛 等，博古，39 歲的輝煌與悲壯〔M〕，北京：學林出版社，2005 年，第
　　　　159～160 頁。

〔註 22〕黎辛 等，博古，39 歲的輝煌與悲壯〔M〕，北京：學林出版社，2005 年，第
　　　　160 頁。

反而不利於對敵鬥爭。只有等到瓜熟蒂落，水到渠成時，才能提出和解決這個問題。〔註23〕從某一程度上，遵義會議不只是解決了軍事路線問題，而且初步解決了政治路線和組織路線問題。而徹底解決，則在延安整風運動後。

二、來自蘇區會議代表的政治態度分析

毛澤東、朱德、劉伯承、林彪、彭德懷、聶榮臻和鄧小平等蘇區同志，除毛澤東和鄧小平外，都畢業於軍官學校或在軍官學校擔任教官。朱德畢業於雲南講武堂。劉伯承畢業於四川講武堂，後在蘇聯伏龍芝軍事學院進修。林彪畢業於黃埔軍校。彭德懷畢業於湖南陸軍軍官講武堂。聶榮臻擔任過黃埔軍校政治教官。他們都參加過長期的軍事鬥爭。

作為軍人，服從命令為其天職。1930年以李立三為首的中央對國際形勢的估計是帝國主義武裝進攻蘇聯，要武裝保衛蘇聯。國內軍閥戰爭兩敗俱傷，自取滅亡，紅三軍團要利用這一時機，進攻武昌，奪取漢口、漢陽。彭德懷認為武裝保衛蘇聯的口號不切實際，當時並沒有帝國主義去進攻蘇聯，美國嚴重的經濟危機波及英、法，日本正在圖謀吞併東北。國內軍閥戰爭不一定會打到兩敗俱傷，自取滅亡。也看不出我們黨在白軍內有多少兵運工作，每次消滅白軍，都是紅軍硬打死拼，沒看到軍隊起義配合。〔註24〕儘管認識立三路線是軍事冒險主義，彭德懷還是嚴格執行中央的指示。只是在具體執行過程中，先佔領岳陽，再乘機奪取武漢。也就是說，朱德、彭德懷、林彪等人作為軍事指揮官，除了嚴格執行上級指示外，還要考慮如何發展壯大紅軍，鞏固和擴大革命根據地。這樣，在領導路線和具體軍事指揮存在一定的張力。

在毛澤東正確領導下，走農村包圍城市，武裝奪取政權的道路。執行一條「有計劃地建設政權的，深入土地革命的，擴大人民武裝的路線。」〔註25〕在具體戰術上，「分兵以發動群眾，集中以應付敵人。」「敵進我退，敵駐我擾，敵疲我打，敵退我追。」「固定區域的割據，用波浪式的推進政策，強敵跟追，用盤旋式的打圈子政策。」「很短的時間，很好的方法，發動很大的群

〔註23〕伍修權，生死攸關的歷史轉折——回憶遵義會議的前前後後〔A〕，聶榮臻 等，偉大的轉折：遵義會議五十週年回憶錄專輯〔C〕，貴陽：貴州人民出版社，1984年，第79頁。
〔註24〕彭德懷自傳〔M〕，北京：解放軍文藝出版社，2002年，第152～153頁。
〔註25〕毛澤東選集（第一卷）〔M〕，北京：人民出版社，1991年，第97頁。

眾。」〔註26〕中央革命根據地有了很大的發展。到第四次反「圍剿」勝利後，地域擴大到湘鄂閩贛 4 省，紅軍發展到 10 萬人左右，赤衛隊發展到 20 萬人。這樣，毛澤東的正確路線與朱德、彭德懷、林彪、劉伯承、聶榮臻、鄧小平的具體軍事指揮的緊密配合，使中國革命贏來了一個迅速發展時期。

　　同時，毛澤東也獲取了軍隊領導人的深深認同。彭德懷因 1928 年 12 月毛澤東在茨坪跟他詳細談了中國革命道路和前途的看法，以及為什麼必須建立革命根據地，紅色政權在中國得以存在的獨特原因，中國目前進行民主革命和將來進行社會主義革命的關係等，折服毛澤東政治上的高瞻遠矚〔註27〕，從此跟隨毛澤東東征西殺，為紅軍的壯大和根據地的拓展作出了重大貢獻。聶榮臻也因毛澤東打漳州而不不打贛州，折服毛澤東的軍事路線。他說：「選擇敵人的弱點打，應該是我們處於劣勢的部隊絕對要遵守的一個軍事原則。……這是我跟隨毛澤東同志東征領會的戰略思想。」〔註 28〕至於劉伯堅所說「他（毛澤東）沒進過軍事學校，但他精通馬克思列寧主義，熟讀兵書，軍事料敵如神。幾次蘇區反『圍剿』的勝利，就是在他指揮下取得的；在政治上，他更是高瞻遠矚，每到關鍵時刻，都有卓越的見解。」〔註 29〕代表了蘇區許多軍事領導人的看法。

　　這種認同不只是蘇區的軍隊領導，白區工作的領導和共產國際派的一些人也有同感。1932 年寧都會議上，周恩來力挺毛澤東在前方指揮戰爭。他說：「澤東積年的經驗多偏於作戰，他的興趣亦在主持戰爭」，「如在前方則可吸引他貢獻不少意見，對戰爭有幫助。」〔註30〕王稼祥跟毛澤東見了幾次面後，感到毛澤東「他是同我在中國和俄國所遇見過得領導人不相同的，他是獨特的，他所說的道理，既是那樣的簡單明瞭，又是那樣的新鮮、有力和有說服力。」〔註31〕轉而支持毛澤東正確路線。毛澤東回憶說：「四中全會以後，中央派了一個代表團到中央蘇區。代表團有三個人，任弼時同志、王稼祥同志、

〔註26〕毛澤東選集（第一卷）〔M〕，北京：人民出版社，1991 年，第 97 頁。
〔註27〕中共中央文獻研究室，毛澤東年譜（一八九三～一九四九）（上卷）〔M〕，北京：中央文獻出版社，1993 年，第 260 頁。
〔註28〕聶榮臻回憶錄〔M〕，北京：解放軍出版社，1986 年，第 150 頁。
〔註29〕中共中央文獻研究室，毛澤東傳（1893～1949）〔M〕，北京：中央文獻出版社，1996 年，第 276 頁。
〔註30〕金沖及，周恩來傳（一）〔M〕，北京：中央文獻出版社，1998 年，第 315 頁。
〔註31〕徐則浩，王稼祥傳〔M〕，北京：當代中國出版社，1996 年，第 108 頁。

顧作霖同志。第一次反『圍剿』結束後，他們就來了。王稼祥同志參加了第二、第三、第四次反『圍剿』的戰爭。在當時，我們感覺到如果沒有代表團，特別是任弼時、王稼祥同志讚助我們，反對『削蘿蔔』的主張就不會那樣順利。所謂『削蘿蔔』就是主張不打，開步走，走到什麼地方碰到一個『小蘿蔔』，就削它一下。那時，我們主張跟敵人打，鑽到敵人中間去，尋找敵人的弱點，打擊敵人。主張『削蘿蔔』的人反對我們，說我們的辦法是『鑽牛角』。當時，如果沒有代表團，特別是王稼祥同志，讚助我們，信任我們——我和總司令，那是相當困難的。」〔註32〕

　　而以王明、博古為首的臨時中央的領導路線與具體軍事指揮出現了極大的張力。王明、博古等人指責中央根據地，犯了一系列的「極嚴重錯誤」，認為中央根據地在執行「國際路線」中「缺乏明確的階級路線」；土地革命中執行的是「富農路線」；紅軍「沒有完全脫離游擊主義的傳統」，忽視「陣地戰」、「街市戰」；領導思想犯了「狹隘的經驗論」的錯誤；幹部隊伍中「充滿階級異己份子」，等〔註33〕。1933年博古、李德等人進入中央蘇區後，這一領導路線發揮得淋漓盡致。他們「禦敵於國門之外」，讓裝備很差的紅軍與現代化武器的國民黨搞「短促出擊」搞以堡壘對堡壘。肖勁光因在黎川戰役反對與敵人拼消耗，主張撤退，被李德在軍事法庭判為極刑。

　　對於王明、博古、李德等人的領導路線，朱德、林彪和聶榮臻等軍事指揮者進行了抗爭。朱德說「拒敵於國門之外？50萬敵人，我們的部隊如何拒？不到敵人外線去打，不在運動中消滅敵人，這是給自己造墳墓！」〔註34〕林彪和聶榮臻建議在運動戰消滅敵人。他們建議「我主力所在地域如附近有敵，則應誘敵和放敵大踏步前進，以便我主力在敵運動中消滅之，如我主力不在某地而該地有敵前進時，則應以一部兵力進行運動防禦戰，滯敵前進。如無把握固守工事，則不應到處做工事，以免做好後反被敵人利用。」〔註35〕而博古、李德堅持錯誤路線，導致中央革命根據地的丟失和紅軍長征。彭德懷憤怒地指出：「中央蘇區從一九二七年開創到現在快八年了，一、三軍團活動

〔註32〕徐則浩，王稼祥傳〔M〕，北京：當代中國出版社，1996年，第108～109頁。
〔註33〕中共中央黨史研究室，中國共產黨歷史第一卷（1921～1949）（上冊）〔M〕，
　　　　北京：中共黨史出版社，2011年，第349頁。
〔註34〕賈雨陽，朱德傳〔M〕，貴陽：貴州人民出版社，2001年，第202頁。
〔註35〕《聶榮臻傳》編寫組，聶榮臻傳〔M〕，北京：當代中國出版社，1994年，第
　　　　98頁。

到現在，也是六年了，可見創建根據地之不易，你們是『崽賣爺田心不痛』！」〔註36〕

而對毛澤東領導權威的打壓，使軍事指揮者更是有意見。長征初，聶榮臻與王稼祥的一段對話反映了軍隊的心聲。聶榮臻說：「事實證明，博古、李德等人不行，必須改組領導。」王稼祥說：「應該讓毛澤東同志出來領導。」聶榮臻說：「完全贊成。我也有這個想法，而這個問題勢必要在高級會議上才能解決。」〔註37〕因此，遵義會議上博古、李德權威的喪失則是必然的了。遵義會議後，博古坦然地對周恩來說：自己已經想通了，再這樣領導下去，估計沒有人再聽了。並問由誰來接替自己？當得知是張聞天來接替時，非常乾脆地回答：「明天叫小康把挑子送過去。」〔註38〕這充分說明，毛澤東的正確錯線戰勝了王明、博古的錯誤政治路線和軍事路線。

從結構上看，以毛澤東為首的蘇區同志是一個緊密的集體。雖然，在這個集體中，有一些意見分歧，如紅四軍七大朱德與毛澤東軍委和前委關係之爭，彭德懷與毛澤東關於出贛西還是出贛東北發展的意見分歧，但總的來看，蘇區領導同志是緊密團結在毛澤東領導之下的。如富田事變中，彭德懷接到謝漢昌等人的信並「毛澤東給古柏的信」，當即作出判斷，認定此是「分裂黨、分裂紅軍的險惡陰謀」，彭德懷迅速草擬一份「不到二百字的簡單宣言」，宣稱「富田事變是反革命性質的」（注：這個判斷是錯誤的），表示三團團「擁護毛澤東同志，擁護總前委領導」〔註39〕而且，在這一集體中，有系統的理論，這就是毛澤東的「工農武裝割據」理論；有一條正確的路線，即走農村包圍城市，武裝奪取政權的道路。有一支堅強的戰鬥力量，這就是紅軍。正如毛澤東在《中國的紅色政權為什麼能夠存在》所說：「相當力量的正式紅軍的存在，是紅色政權存在的必要條件。若只有地方性質的赤衛隊而沒有正式的紅軍，則只能對付挨戶團，而不能對付正式的白色軍隊。所以雖有很好的工農群眾，若沒有相當力量的正式武裝，便決然不能造成割據局面，更不能造成長期的和日益發展的割據局面。」「紅色政權的長期存在並且發展，除了上述條件之外，還須有

〔註36〕彭德懷自傳〔M〕，北京：解放軍文藝出版社，2002年，第198頁。

〔註37〕《聶榮臻傳》編寫組，聶榮臻傳〔M〕，北京：當代中國出版社，1994年，第116頁。

〔註38〕黎辛 等，博古，39歲的輝煌與悲壯〔M〕，北京：學林出版社，2005年，第208頁。

〔註39〕彭德懷自傳〔M〕，北京：解放軍文藝出版社，2002年，第169頁。

一個要緊的條件，就是共產黨組織的有力量和它的政策的不錯誤。」〔註40〕遵
義會議上確定毛澤東的領導地位，則是歷史的正確抉擇。

三、具有長期白區工作經歷與會代表的認知態度分析

周恩來、陳雲、鄧發、劉少奇、李富春爲成員的白區同志，長期從事工人運
動和地下工作，重心自然以城市爲主要對象。周恩來在《中央通告第七十號》就
認爲使城市工人政治罷工與示威的發展做成組織武裝暴動的第一步，集中農民武
裝，擴大紅軍向著中心城市發展，以與工人鬥爭會合。〔註41〕這與共產國際、李
立三「左」傾冒險主義、王明、博古「左」傾教條主義沒有根本的區別。博古也
曾這樣認爲：「在中國正當著革命形勢已經存在著的時候，反帝國主義的鬥爭劇
烈高漲，工農紅軍與蘇維埃運動猛烈擴大開展，國民黨統治區域的國民經濟全部
的崩潰，與暴風疾雨一樣開展著的白區工人農民的鬥爭，國民黨統治的崩潰和破
產，都在我們黨面前提出開展各個戰線上的布爾什維克的進攻，來把革命形勢迅
速地變成爲勝利的大革命，來爭取工農民主專政在全中國的勝利及迅速的轉變到
無產階級專政。」〔註42〕也就是說，白區工作的同志也或多或少地犯過「左」傾
錯誤。陳雲1945年在中共七大的發言中就這樣說過：「從一九三〇年三中全會選
了我做候補中央委員，四中全會選爲正式中央委員，一直當到現在，」「這中間
犯的許多錯誤，我都有份，我參加了許多問題的討論，我都同意了，都舉了手。
這個錯誤能不能怪別人呢？不能怪別人，是因爲我自己有『左』傾觀點。」「我
的『左』傾觀點從哪裏來的呢？它是有來路的。大革命失敗以前，我在工廠工作，
搞工會，搞支部書記，康生是我的老上司，我當支書，他當區委，我當區委，他
當縣委，我當縣委，他當省委，一共搞了八年，那時腦子裏無所謂有什麼大的主
義。到大革命失敗了，站不住腳，脫離了生產，參加領導機關工作，受了八七會
議和十一月盲動主義的影響，以至立三路線德影響，許多『左』的觀點在我腦子
裏成了天經地義。認爲工人在工廠不是爲了吃穿，似乎是爲了罷工，而且要堅決
地罷，一直罷到底，從工廠裏罷出來。」〔註43〕

〔註40〕毛澤東選集（第一卷）〔M〕，北京：人民出版社，1991年，第47頁。
〔註41〕金沖及，周恩來傳（一）〔M〕，北京：中央文獻出版社，1998年，第256頁。
〔註42〕博古，擁護黨的布林雪維克的進攻路線〔J〕，鬥爭，1933（3）。
〔註43〕中共中央文獻研究室，陳雲傳〔M〕，北京：中央文獻出版社，2005年，第
　　　　100頁。

但周恩來、劉少奇、陳雲等白區同志畢竟不像國際派，他們有豐富革命鬥爭經歷。因此，在實際工作中，有許多正確的意見，如劉少奇提出：「（一）覺悟的工人應加入黃色工會；（二）只要是有群眾的黃色工會，我們能夠到裏面去接近群眾、爭取群眾，就應該加入，不管這個黃色工會是一個工廠的或幾個工廠的，或是黃色工會的總工會；（三）在革命反對派領導了黃色工會大多數群眾的時候，就可以分裂出來；（四）承認覺悟的工人和革命反對派在黃色工會裏面去爭取和接近黃色工會下面的群眾，比在黃色工會外面要好些、容易些；（五）革命反對派還只在一個工廠、店鋪的工人中佔有大多數，但在整個黃色工會的會員中還是少數的時候，不應該分裂出來，更不應該消極地退出來。」〔註44〕周恩來指出：「根據地決不是割據、保守，而是站住腳跟，一步一步的有力的發展。」「在中國什麼地方最適合作蘇維埃的根據地？贛西南、閩粵邊等處，不僅有廣大的蘇維埃區域，而且有黨的基礎，有廣大的群眾，鞏固這許多地方以向著工業中心城市發展。」〔註45〕這些正確意見，為白區工作同志進入蘇區，與以毛澤東為首的蘇區軍隊領導人的合作，打下了堅實的思想基礎。

但須看到，在白區工作的同志與在蘇區工作的同志，其思想方法和領導方式還是有很大的不同。鄧發進入閩西蘇區後，就一時看不慣在農村根據地盛行的「流氓現象」和「流氓作風」〔註46〕。而在富田事變上，毛澤東主張堅決鎮壓，他說「AB團已在紅軍中設置了AB團的總指揮、總司令、軍師團長，五次定期暴動，製好了暴動旗，設不嚴厲撲滅，恐紅軍早已不存在了。」〔註47〕周恩來卻主張慎重進行。他指出：「因為過去對 AB 團及一切反革命派認識不正確，將 AB 團擴大化了，以為一切地主殘餘富農份子都可當 AB 團看待，以為一切從異己階級出身的份子都可能是 AB 團，把黨的錯誤路線的執行者，和犯錯誤的黨員與群眾都與 AB 團問題聯繫起來，甚至發展到連工農群眾都不能信任了。」「中央局要以自我批評的精神，承認對於過去肅反工作中路線錯誤的領

〔註44〕劉少奇選集（上卷）〔M〕，北京：人民出版社，1981 年，第 15 頁。

〔註45〕金冲及，周恩來傳（一）〔M〕，北京：中央文獻出版社，1998 年，第 268 頁。

〔註46〕高華，紅太陽是怎樣升起的：延安整風運動的來龍去脈〔M〕，香港：香港中文大學出版社，2000 年，第 42 頁。

〔註47〕毛澤東，總前委答辯的一封信（1930 年 12 月 20 日）〔A〕，中國人民解放軍政治學院，中共黨史教學參考資料（第 14 冊）〔C〕，北京：中國人民解放軍政治學院，1985 年，第 634 頁。

導責任。」〔註48〕因此，在某些事情上，是存在著不同意見的。在寧都會議上，周恩來就批評毛澤東，說「前方同志在會議前與發言中確有以準備爲中心的觀念，澤東表現最多，對中央電示迅速擊破一面開始不同意，有等待傾向。」〔註49〕但這種批評，是一種溫和的批評，與共產國際派無情的打擊是不同的。所以共產國際派說周恩來「不給澤東錯誤以明確的批評，反而有些地方替他解釋掩護」，認爲他「在鬥爭上是調和的，是模糊了已經展開的鬥爭路線。」〔註50〕

　　在具體的實際工作中，由於白區的同志注重調查研究，總結經驗，其路線方針逐漸與毛澤東的正確路線一致。據伍修權回憶：周恩來「曾經與李德進行過多次爭論，表示不同意李德的某些軍事主張和作戰方案。特別在如何使用兵力的問題上，李德強調所謂『正規軍』打『陣地戰』，用紅軍的『多路分兵』對付敵人的『多路進擊』；周恩來同志主張集中兵力於一個方向，其他方向則部署牽制力量，使紅軍保持相對的優勢和機動兵力，以粉碎敵人的進攻。」〔註51〕這就產生了一個重要的結果。1934年1月，中共中央在瑞金召開六屆五中全會，全會選舉產生的中央政治局常委由博古、張聞天、周恩來、項英、陳雲等組成。得到白區領導同志的支持，成爲毛澤東正確路線戰勝王明、博古「左」傾教條主義的重要條件。留蘇派在中央蘇區後期，由於不能很好地團結白區的同志，相反進行打壓，因此，其領導權威迅速消解。正如已故國史研究專家高華教授所指出：「以博古爲首的中共中央得以在江西蘇區順利地確立起領導權威，是與周恩來等的配合、協助分不開的。在中共中央局中，周恩來的力量舉足輕重，缺乏蘇區經驗的博古、張聞天等，離開周的支持是很難維持下去的。」〔註52〕

　　而且，周恩來、項英、陳雲等白區的同志革命資歷很老，在黨和軍隊中享有崇高的威望。紅軍第九軍團政治部主任黃火青曾這樣說道：「周副主席在幹部中有很高的威信，大家都很尊敬他，但又很願意和他接近。就像我們這

〔註48〕蘇區中央局關於蘇區肅反工作決議案〔A〕，六大以來（下）〔C〕，北京：人民出版社，1980年，第360～361頁。
〔註49〕金沖及，周恩來傳（一）〔M〕，北京：中央文獻出版社，1998年，第315頁。
〔註50〕金沖及，周恩來傳（一）〔M〕，北京：中央文獻出版社，1998年，第315頁。
〔註51〕伍修權，往事滄桑〔M〕，上海：上海文藝出版社，1986年，第110頁。
〔註52〕高華，紅太陽是怎樣升起的：延安整風運動的來龍去脈〔M〕，香港：香港中文大學出版社，2000年，第69頁。

樣的幹部，也跟他開玩笑，叫他『鬍子』。」〔註53〕因此，遵義會議上周恩來完全同意毛澤東的發言，是遵義會議成功的關鍵。毛澤東也對李聚奎曾說過「恩來同志起了重要作用。」〔註54〕

　　從結構上看，白區的同志由於來自不同的區域，不同的工作崗位，其革命經驗與關注的重心是不一樣的。陳雲、劉少奇關注的是工會的工作，鄧發關注的是保密局的工作，項英關注的是政府的工作，但是他們都有堅強的黨性。陳雲曾這樣說過：「他們的叛變（顧順章、向忠發、盧福坦等）使對於階級的動搖，這一點要使下邊知道，上面叛變我們也要幹，因為我們為的是階級。假使懂得共產主義的 ABC，知道資本主義必然的要坍臺，我們的目的是要迅速地推動這一過程。我們是為階級犧牲的，要為階級利益而奮鬥。」〔註55〕他們有一個共同的目標——階級解放。因此，他們的集合也是一個緊密的集合。出於對紅軍的前途和革命前途的考慮，他們選擇了毛澤東〔註56〕，從而推動了中國革命的勝利。

四、結語

　　通過對會議成員結構的分析，我們知道毛澤東正確理論和開闢的正確道路在中共中央和紅軍的確立，經過了艱苦的鬥爭和艱難的認同。同樣，中國特色社會主義理論與中國特色社會主義道路也經過了艱難的曲折。正如胡錦濤在十八大的政治報告所指出：「九十多年來，我們黨緊緊依靠人民，把馬克思主義基本原理同中國實際和時代特癥結合起來，獨立自主走自己的路，歷經千辛萬苦，付出各種代價，取得革命建設改革偉大勝利，開創和發展了中國特色社會主義，從根本上改變了中國人民和中華民族的前途命運。」〔註57〕

〔註53〕金沖及，周恩來傳（一）〔M〕，北京：中央文獻出版社，1998 年，第 351 頁。
〔註54〕李聚奎，遵義會議前後〔A〕，星火燎原（叢書之二）〔C〕，北京：解放軍出版社，1986 年，第 53 頁。
〔註55〕中共中央文獻研究室，陳雲傳〔M〕，北京：中央文獻出版社，2005 年，第 134 頁。
〔註56〕在紅軍長征前，項英不相信毛澤東，曾對博古說：毛可能依靠很有影響的、特別是軍隊中的領導幹部，抓住時機在他們的幫助下把軍隊和黨的領導權奪到自己手中。（見〔德〕奧托·布勞恩著，《中國紀事》，北京：東方出版社 2004 年版，第 107 頁）但後來服膺毛澤東的正確思想。
〔註57〕胡錦濤，堅定不移沿著中國特色社會主義道路前進為全面建成小康社會而奮鬥——在中國共產黨第十八次全國代表大會上的報告〔M〕，北京：人民出版社，第 10 頁。

找到一條正確的道路，是來之不易的，沿著正確的道路走下去，我們的事業
才會更加燦爛輝煌。

抗戰時期汪僞政權政治社會化研究 [註1]

政治社會化，按照政治學的定義，指的是政治文化的形成、維持和改變的過程，也就是一個社會內政治取向模式的學習、傳播、繼承的過程。從個體上講，政治社會化是一個人特有的政治態度、政治情感、政治價值觀和政治認知模式的形成過程。它的主要途徑包括家庭、學校、大眾傳媒、政治組織、各種形式的社群、聚居區等。[註2] 它的主要載體是政治文化。指的是一個民族在特定時期形成的一套政治態度、信仰和情感，是政治關係在人們精神領域內的投射形式。[註3] 抗戰時期，日本侵略者和傀儡政權爲了更好統治廣大淪陷區，除了經濟上掠奪政治上「以華治華」外，在文化上，還實行了奴化教育，由此，在淪陷區形成了一種獨特的奴化政治文化生態。本文以汪僞政權爲切入點，具體論述淪陷區的政治社會化過程。

（一）

按照 1938 年 7 月日本內閣作出的《從內部指導中國政權的大綱》的規定，在文化方面對僞政權的指導方針是：「尊重漢民族固有的文化，特別尊重日華共同的文化，恢復東方精神文明，徹底禁止抗日言論，促進日華合作。」[註4]

〔註 1〕 載《貴州社會科學》2008 年第 7 期。

〔註 2〕 孫關宏、胡雨春，政治學〔M〕，上海：復旦大學出版社，2004 年，第 237～240 頁。

〔註 3〕 孫關宏、胡雨春，政治學〔M〕，上海：復旦大學出版社，2004 年，第 223 頁。

〔註 4〕 日本五相會議，從內部指導中國政權的大綱（1938 年 7 月 19～22 日）〔A〕，復旦大學歷史室編譯，日本帝國主義對外侵略史料選編〔C〕，上海：人民出版社，1975 年，第 272 頁。

作為日本卵翼下汪偽政權，自然在文化方面以日本的指導方針為指導方針，1939 年 8 月汪偽國民黨「六大」通過的《宣言》指出：當今「中國惟有本於三民主義之指示，以至誠發揚固有之道德，以虛心勇氣接受現代之文化，使生長成熟中之民族意識，內則為自立之楨杆，外則為共存之柱石，中國決不以狹隘的愛國主義自圄，而陷於排外思想之歧途。」〔註 5〕「以至誠發揚固有之道德」，則是指發揚舊的傳統道德。按照汪精衛的解釋，則是「以和平為信條，不以侵略為能事，故謂之王道，而非霸道。中國必得自己的自由平等，乃能為東亞之一員，及世界之一員，此即修身齊家治國平天下之義也」〔註 6〕這就是說，汪偽的政治文化，除了孫中山的三民主義文化外，還有傳統的儒家文化。

由於汪偽政權的構成，大都是原國民黨的官僚，加上一些失意的政客和投機文人，為了獲取政治合法性，自然去原政治資源尋找政治符號。國民黨是全國最大的政黨，是中華民國的合法繼承人。因此，為了漂白自身的姦偽身份，汪偽一直強調自己是國民黨的正統，戰前南京政府的合法繼承者，孫中山思想的真正實踐者。所以汪偽政權一成立，就急於召開國民黨代表大會。「倘不召開國民黨代表大會，而驟然召開國民會議，雖然亦不失為企圖建立新政府方案之一，但有下列之不利：一、鑒於黨治下的現行制度，缺乏法律上的妥當性；二、使汪先生失去國民黨的立場，進而使號召國民黨黨員的工作發生困難。」〔註 7〕而孫中山遺產是國民黨政治符號的基礎和核心，因此，汪偽政權把孫中山的三民主義作為其主要的政治文化，這與華北偽政權把封建的儒家道德當作主要的政治文化一樣，都是為了獲取廣大民眾的認同。但是，不管是汪偽的三民主義政治文化，還是華北偽政權的儒家文化，都是被閹割了的。

我們看汪偽政權是怎樣改造和利用孫中山三民主義的。首先，就民族主義來說，汪偽政權選取孫中山曾說過這樣的一句話：「三民主義就是救國主義」，大做文章：「歐美的殖民主義侵略中國，壓迫中國，使中國不能獨立生存，使中國不能自由平等，已經一百年了。三民主義就是要喚醒全中國的人

〔註 5〕 申報年鑒〔M〕，申報社，1944 年，第 401 頁。

〔註 6〕 汪精衛，在青島會談多次談話〔A〕，汪偽宣傳部，汪主席和平建國言論集〔C〕，1940 年，第 194 頁。

〔註 7〕 黃美真 等，汪偽政權資料選編：汪精衛國民政府成立〔M〕，上海：人民出版社，1984 年，第 64 頁。

民，反抗歐美殖民主義的侵略，反抗歐美殖民主義的壓迫，爭取中國的獨立生存，爭取中國的自由平等。」「中國要努力做到國家之自由平等，第一要打破百年來歐美殖民主義的壓迫，這就是民族主義。」〔註8〕這樣，就把政治鬥爭的對象置換到英美或與英美有密切關係的蔣系政權身上。而對直接侵略中國的日本，利用孫中山 1917 年所著《中國存亡問題》有這樣一句話：「中國今日欲求友幫，不可求之於美日以外。日本與中國之關係，實爲存亡安危兩相關聯者。無日本即無中國，無中國亦無日本。爲兩國謀百年之安，必不可於其間稍設芥蒂。」〔註9〕和孫中山 1924 年在神戶作的一次演講：「中國同日本是同種同文的國家，是兄弟之邦；就幾千年的歷史和地位講起來，中國是兄，日本是弟。現在講到要兄弟聚會，一家和睦，便要你們日本做弟的人，知道你們的兄已經做了十幾年的奴隸了，向來很痛苦，現在還是很痛苦，這種痛苦的原動力，便是不平等條約，還要你們做弟的替兄分憂，助兄奮鬥，廢除不平等條約，脫離奴隸的地位，然後中國同日本，才可以再來做兄弟。」〔註10〕主張大亞洲主義。汪精衛在《中國與東亞》的演說中講：「自中日戰爭爆發以來，日本國民深念東亞前途，知中日兩國兵連禍結之結果，適足以助長侵略主義與共產主義之焰，使東亞益陷於水深火熱之境遇，故毅然決策，更以『東亞協同體』、『建設東亞新秩序』爲號召，欲使中國人明白瞭解，相與同心協力以改造東亞之天地。」「日本在東亞爲先進國，改造東亞，日本有領導權利及義務，此中國人所能知者。中國在東亞，爲地大人眾歷史悠久之國，改造東亞，中國有分擔責任之義務，此亦中國人所能知者。」〔註11〕一句話，就是與日本攜手建設大東亞新秩序。

其次，是民權主義。按照汪僞政權的理解，「民權主義與歐美天賦人權說不同，與歐美社會民主主義也不同。天賦人權說所主張的是個人自由，而民權主義所主張的，則是全體自由，不是個人自由。社會民主主義在經濟上著

〔註 8〕 高軍 等，中國現代政治思想史資料〔M〕，成都：四川人民出版社，1986 年，第 436 頁。

〔註 9〕 高軍 等，中國現代政治思想史資料〔M〕，成都：四川人民出版社，1986 年，第 436 頁。

〔註 10〕 高軍 等，中國現代政治思想史資料〔M〕，成都：四川人民出版社，1986 年，第 438 頁。

〔註 11〕 黃美眞 等，汪僞政權資料選編：汪精衛國民政府成立〔M〕，上海：人民出版社，1984 年，第 198 頁。

想，而民權主義則在政治上著想，質而言之，民權主義就是全民政治。」〔註12〕然而「一個國家沒有一個中心勢力以運用政治，在平時雖可勉強維持，在非常時期必然發生裂痕，何況現在世界各國性命相搏的時候，根本便沒有所謂平時。」〔註13〕而且「多數主張未必即好，少數主張未必即不好。反之，一種極好的主張往往為少數聰明卓越的人所堅持，而為多數糊塗的人所排斥，即使這少數的能苦心孤詣繼續努力，能漸次取得多數同情，然往往時機已過，徒喚奈何。」〔註14〕因此汪僞主張：「應該以一個黨一個主義為中心而聯合其他各黨各派，以共同負荷國家社會的責任。」〔註15〕也就是在汪記國民黨的領導下，進行和平建國。

再次，民生主義是汪僞政權最著力辯解和最著力建構的。因為「在日本，有人認為三民主義是危險的東西，特別是民生主義可以說是共產主義。」〔註16〕所以汪僞《中國國民黨第六次全國代表大會宣言》特別強調和聲明：「本屆大會，當共產黨人野心復熾之日，不得不再有所申明：著共產黨往往截取民生主義第一講中『民生主義就是共產主義』一語，以為其行動之護符，特不知民生主義第一講原文為『民生主義就是社會主義，又名共產主義，即是大同主義』，此為泛指『梳西利甚』而言，非指馬克思之共產主義而言，其意甚明，豈容附會。且民生主義自第一講以下，詳細講述民生主義與馬克思之共產主義之異同：馬克思之共產主義以物質為中心，民生主義以民生為中心；馬克思之共產主義認階級鬥爭為社會進化的動力，民生主義認階級鬥爭者為社會病態，階級合作為社會生理的常態；馬克思之共產主義主張以社會革命改造社會經濟，民生主義主張以和平方法改造社會經濟。故其諸政策者，馬克思之共產主義主張沒收一切工業私有權，民生主義則提倡節制資本，凡工業之宜於國營，以國家資本任之，宜於私人企業者，以私人資本任之，而國

〔註12〕黃美眞 等，汪僞政權資料選編：汪精衛國民政府成立〔M〕，上海：人民出版社，1984 年，第 210 頁。
〔註13〕高軍 等，中國現代政治思想史資料〔M〕，成都：四川人民出版社，1986 年，第 448 頁。
〔註14〕高軍 等，中國現代政治思想史資料〔M〕，成都：四川人民出版社，1986 年，第 446 頁。
〔註15〕高軍 等，中國現代政治思想史資料〔M〕，成都：四川人民出版社，1986 年，第 449 頁。
〔註16〕高軍 等，中國現代政治思想史資料〔M〕，成都：四川人民出版社，1986 年，第 406 頁。

家以法律爲之保護；馬克思之共產主義主張沒收一切土地私有權，民生主義則反對沒收方法，而採取平均地權的和平方法。由此可見民生主義與馬克思之共產主義在理論上固根本不同，在方法上更相水火。馬克思之共產主義其學理與政策所有弱點至今日已盡暴於世，而世亦無有一國家實行馬克思之共產主義者。……中國今日以後，以和平反共建國之必要工作，對於民生方面，惟有在理論上篤守民生主義，在方法上力行實業計劃，既不蹈襲私人資本主義之窠臼，尤不與馬克思之共產主義有所關涉，此則上屆大會所已宣示國人，而本屆大會尤不憚鄭重以申明者也。」〔註 17〕在這冗長的話語裏，汪僞政權至少揭示了三層意思：一爲劃清與共產黨的界限，表明反共立場。二爲保護私人資本和土地私有權。三爲開發實業。但「是怎樣根據平等互惠的原則，來謀取中日的經濟提攜。」〔註 18〕

　　總之，汪記三民主義，也是汪僞政治文化，就是在汪記國民黨的領導下，和平建國，與日本共建大東亞新秩序，反對共產黨，保護私人資本和土地所有權，謀取中日的經濟提攜。

（二）

　　按照布隆迪厄對文化的認知，通過文化教化培養和薰陶行動者對社會秩序、生活規則的信奉，可以形成對社會世界的信念經驗或內在的區隔感。〔註 19〕汪僞政權正是通過學校、傳媒、社會、協會、政黨等無所不至地把這種被汪僞政權閹割的三民主義文化普及到淪陷區各個角落。

　　首先從學校來看，汪僞政權早在 1939 年 8 月僞國民黨六全大會上，明確宣佈教育的宗旨爲：「（1）保持並發揚民族固有文化道德，同時儘量吸收適合國情之外國文化；（2）剷除狹隘之排外思想，貫徹睦鄰政策之精神；（3）勵行紀律訓練及科學研究，以養成健全公民及建國人才；（4）改訂教育制度，重編教材，以適應新中國之建設」〔註 20〕爲此，1、嚴格審定各類教科書，重

〔註 17〕黃美眞 等，汪僞政權資料選編：汪精衛國民政府成立〔M〕，上海：人民出版社，1984 年，第 207 頁。
〔註 18〕黃美眞 等，汪僞政權資料選編：汪精衛國民政府成立〔M〕，上海：人民出版社，1984 年，第 207 頁。
〔註 19〕張意，文化與符號權力——布隆迪厄的文化社會學導論〔M〕，中國社會科學出版社，2005 年，第 19 頁。
〔註 20〕《申報》年鑒〔M〕，申報社，1944 年，第 941 頁。

編教材。正如汪僞教育部所表白：「教育方針既確定在於反共，則凡各學校的教科書上含有階級鬥爭，或者足以引起階級鬥爭的一切思想，皆當全部刪除。」「又教育方針既確定在於和平，則凡各級學校的教科書上，含有民族國家間的仇恨，或足以引起將來的民族國家間的仇恨思想，亦當加以適當修正。」〔註21〕所以《高小國文讀本》第一冊「報國仇」字句，《初中新國語》第二冊中的「戰地一日」、「抗戰受傷的追憶」、「濟南城上」，第五冊中的「川尉中尉戰斃記」，第六冊之「戚繼光傳」等一律刪除。同時重新修訂教材，突出和平反共部分，「使學生瞭解和平反共建國爲善鄰友好、樹立東亞永久和平及新秩序建設之基礎」。〔註22〕汪僞教育部曾函請國立編譯館協助編輯「國定」初中公民中外史地等各類教科書。在歷史現代史部分就加上了「和平反共建國運動」和「建設東亞新秩序」兩部分。2、對學生進行精神規訓。1940年4月20日，汪僞教育部就通令各中小學校每週必須對學生進行一個小時的「精神講話」，宣傳「和平反共建國理論」。同年10月，汪僞教育部又頒佈了《中學訓育方針及實施辦法大綱草案》，規定以「訓練學生反共睦鄰思想，指導學生和平建國途徑」爲訓育原則，其訓育目標爲養成學生「忠孝仁愛信義和平之德性」、「創造建設好學精研之興趣」、「安分務本堅忍不撓之意志」、「嚴守秩序服從紀律之生活」〔註23〕等。而小學的訓育方針是：「A、養成兒童有和平親善，敦睦友愛之精神。B、養成兒童有手腦並用、生產就業之技能。C、養成兒童有忠恕誠實、禮義廉恥之美德。」〔註24〕3、控制教職工。1941年2月，僞南京教育局制訂了《教育工作人員連環保證辦法》，對教師實行「連坐切結」。同時還「舉行全市中、小學教職員思想測驗，如發現尚有抗日思想者，即予停職懲辦。」〔註25〕

其次，從宣傳媒體來看，汪僞制訂了具體而詳細的《戰時文化宣傳政策基本綱要》。提出「戰時文化宣傳政策的基本方針，在動員文化宣傳之總力，擔負大東亞戰爭中文化戰思想戰之任務，與友邦日本及東亞各國盡其至善至美至大之協力，期一面促進大東亞戰爭之完遂，一面力謀中國文化之重建與

〔註21〕曹必宏，汪僞奴化教育政策述論〔J〕，民國檔案，2005，（2）。
〔註22〕上海市檔案館藏，日僞時期上海特別市教育局檔案，R048－01－17。
〔註23〕中國第二歷史檔案館，中華民國史檔案資料彙編（第五輯）第二編附錄（上）〔M〕，南京：江蘇古籍出版社，1997年，第603～605頁。
〔註24〕徐公美，一年來的南京教育〔J〕，建國教育（第二卷），1941－4－1。
〔註25〕國民黨戰地黨政委員會編印，倭寇之奴化教育〔M〕，1941－10－31。

發展，及東亞文化之融合與創造，進而貢獻於新秩序之世界文化。」〔註 26〕
進而提出十一項實施辦法：(一) 充實及強化汪僞現有關於出版、新聞、著述、
廣播、電影、戲劇、美術、音樂各部門之機構，分別組成各種協會，隨後再
聯合組成「統一性、單一性」的「中國文化總會」，「以謀文化宣傳體制之整
合。」(二) 調整強化汪僞現有各種文化宣傳的檢查機構，由汪僞政府各有關
機關派出檢查人員，「會同實施圖書、新聞、雜誌、電影、戲劇、唱片、廣播
等有關文化宣傳作品，嚴格審查及檢查，……不僅在消極方面，刪除違反國
策之文字，尤應在積極方面，指導符合國策之思想。」……(十一)「籌集文
化基金、科學獎勵金」，以便對那些於汪僞文化宣傳有特別作用的事業、作品
和個人，提供資助和獎勵。〔註 27〕具體來說，(1) 成立中日文化協會，以舉
辦「時局講演會」、舉辦「中日兒童親善作品展覽會」、派遣留日學生、開設
中日語言學校等爲主要活動。(2) 在出版方面，制訂嚴格的《出版法》，規定：
「戰時或有變亂及其他特殊必要時，得依國民政府之命令之所定，禁止或限
制出版品關於政治、軍事、外交或地方治安事項之登載。」〔註 28〕而對宣揚
汪僞國策和記述施政業績的各類書籍優先出版，如：《汪主席和平建國言論
集》、《和平反共建國文獻》、《陳公博先生言論集》等。(3) 在電影方面，1940
年 11 月，汪僞政府頒佈了《電影檢查法》，規定由僞宣傳部實施對本國和外國
製作發行的影片進行檢查，凡違反「三民主義及現行國策者」，一律不予核准。
同月，僞府成立「宣傳部電影檢查委員會」。據不完全統計，1941 年，「電檢
會」共檢查各種影片 7213 部，其中中國影片 441 部。〔註 29〕(4) 在文學方
面，主要宣傳「和平文學」。正如有人所指出：「和平文學」的任務，是把文
學藝術作爲「和平運動裏爭取民眾的工具之一」，使文學藝術「透過和平、反
共、建國的理論」，「替和半運動，定更良好的根基。」〔註 30〕因此，反映「和
平、反共、建國」的作品、自述和刊物一時甚囂塵上。刊物主要有《風雨談》、

〔註 26〕《申報》年鑒〔M〕，申報社，1944 年，第 979 頁。
〔註 27〕余子道 等，汪僞政權全史（下）〔M〕，上海：人民出版社，2006 年，第 939
　　　　〜940 頁。
〔註 28〕汪僞立法院編譯處，中華民國法規彙編（三）〔M〕，1941－1－24，第 2319
　　　　頁。
〔註 29〕余子道 等，汪僞政權全史（下）〔M〕，上海：人民出版社，2006 年，第 988
　　　　〜989 頁。
〔註 30〕林蓬，建立和平文藝〔N〕，中華日報‧文藝副刊，1940－2－4。

《萬歲》、《文友》、《文藝世紀》、《申報月刊》、《新流》等；作品和自述有張資平的《青鱗屑》、《新紅 A 字》、汪精衛的《故人故事》、周佛海的《盛事閱盡話滄桑》、《往矣集》、陳公博的《我與共產黨》等。

再次，從社會和組織看，汪偽政權通過成立一些組織、舉行一些集會、開展一些運動把這種「和平、反共、親日」的政治文化深化下去。汪偽政權深知：「一國之革新，實在青年。」〔註31〕，政權成立不久就在各地拼湊了一些偽青少年組織。如「中國童子軍」、「中國青年團」、「中國模範青年團」、「中國青年工讀團」、「清鄉區青少年隊」等，制訂了《中國童子軍總章》、《中國青年團暫行總章》等，通過：「施以最嚴格之訓練，最嚴密之組織，使其堅定和平反共建國國策與大亞洲主義之信仰。」〔註 32〕同時，汪偽還成立各種協會，如農會、工會、婦女會及宗教協會，等等。經常召集他們「參加友幫陸軍紀念座談會」、「參加國父逝世十七週年紀念奉行」、「參加慶祝肅清美國東亞勢力大會」等〔註33〕各種這樣的集會，從而植入汪偽政治思想和政治認知。除此之外，汪偽還開展各種運動來推行。1942 年元旦，汪偽正式公佈了由汪精衛手訂的《新國民運動綱要》，要求淪陷區人民把「愛中國愛東亞的心打成一片」，「爲保衛大東亞戰爭」，「去其舊染之污」，「要有勇氣來承認缺點，矯正缺點，尤其是劣點，更要有勇氣來掃蕩廓清」，以培植適合大東亞戰爭需要的「新國民精神」。〔註34〕同月，汪偽宣傳部又擬訂了《全國新國民運動推進計劃》，在淪陷區分三個時期大力推動。

綜上所述，汪偽政權通過一切可以利用的方式去政治社會化。

（三）

不可否認，由於淪陷區政權掌握在汪偽手中，因此，可以強力去推行政治社會化。不管淪陷區的民眾願意不願意，都不得不去面對。由於個人的特質和價值選擇不同，一部分人深陷其中。例如，在汪偽的宣傳下，私立上海中學校長陳濟成、道中女子中學校長崔堅君在《中華日報》就發表擁汪通電。〔註35〕

〔註31〕江蘇教育〔J〕，1942（6）。
〔註32〕教育公報〔J〕，1943（4）。
〔註33〕南京市檔案館全宗號 1002，目錄號 3，卷 399。
〔註34〕新國民運動綱要〔N〕，中華日報，1942－1－1。
〔註35〕錢俊瑞 等，我們的檄書〔M〕，集納出版社，1940－3－16，第 3 頁。

　　同時，由於汪偽政權是日本侵略者一手扶持下的傀儡政權，汪偽政權政治社會化深深地打下了日本侵略者的烙印，正如前文所述，日本內閣作出的《從內部指導中國政權的大綱》的規定，在文化方面對偽政權的指導方針是：「尊重漢民族固有的文化，特別尊重日華共同的文化，恢復東方精神文明，徹底禁止抗日言論，促進日華合作。」〔註36〕汪偽政權是嚴格按照這一方針進行政治社會化的，因此，汪偽的政治社會化是日本奴化中國過程的一部分。

　　又由於十九世紀三、四十年代正是中國民族意識高漲的年代，汪偽「曲解孫中山先生的遺教，進行政治欺騙，其用心是幫助日本帝國主義亡我民族，宰割我人民」〔註37〕因此，其政治文化不可能獲取淪陷區民眾的認同。據記載，上海偽教委會成立後，紛赴各校遊說，大部分悉遭拒絕。經《中美日報》的揭發汪派在各校活動情形，加以卅萬同學「寧肯犧牲學業，不受奴化教育」的決心，就展開了全滬的反汪鬥爭的局面。〔註38〕因此，汪偽的政治社會化是失效的。汪偽曾在安徽蕪湖舉行過一次思想大檢查，查出有「反動思想」的中學生123人，小學生74人〔註39〕，就充分說明了這一點。

　　總之，不管汪偽政權如何政治社會化，由於其政權和政治文化是反動的，其績效一定式微。

〔註36〕日本五相會議，從內部指導中國政權的大綱（1938 年 7 月 19～22 日）〔A〕，復旦大學歷史室編譯，日本帝國主義對外侵略史料選編〔C〕，上海：人民出版社，1975 年，第 272 頁。
〔註37〕譚雙泉，中國現代政治思想史綱〔M〕，廣西人民出版社，1988 年，第 298 頁。
〔註38〕錢俊瑞 等，我們的檄書〔M〕，集納出版社，1940－3－16，第 3 頁。
〔註39〕曹必宏，汪偽奴化教育政策述論〔J〕，民國檔案，2005（2）。

國、共、僞三方對三民主義政治符號的爭奪〔註1〕

　　二十世紀三、四年代正是中國社會失去重心民族危機嚴重的時期。爲了掌控全國政治權力，國、共、僞三支政治力量在其統治區域都進行了政治資源的整合。一個重要的表現就是對三民主義政治符號的發掘和利用。本文就此展開論述和探討。

（一）

　　按照布隆迪厄的觀點，符號資本是有形的經濟資本被轉換和被僞裝的形式。由於符號資本的合法化效果，社會空間就像被施行了魔法，社會成員在魔法或巫術的作用下形成共同的信仰，或共同的誤識，共同生產和維護不平等的社會結構。〔註2〕政治符號作爲其中之一，自然「使之發生輸誠效忠之反映，實爲直接左右群眾信仰與行動，達成政治目的之有效工具。」〔註3〕

　　三民主義作爲一種官方的理論體系和政治思想，自然象其他意識形態一樣，具有政治符號的功能。即提供社會記憶，尋求政治認同，整合意識形態和實施政治社會化的作用。〔註4〕因此，無論國民黨、中共還是汪僞政權都很重視對三民主義的運用。

〔註 1〕 載《廣西師範大學學報》2009 年第 6 期。
〔註 2〕 張意，文化與符號權力——布隆迪厄的文化社會學導論〔M〕，北京：中國社會科學出版社，2005 年，第 175 頁。
〔註 3〕 陳恒明，中華民國政治符號之研究〔M〕，臺北：臺灣商務印書館，1986 年，第 14 頁。
〔註 4〕 馬敏，政治象徵符號的工具價值分析〔J〕，華南師範大學學報，2007（4）。

　　就國民黨來說，「『中華民國』是革命黨人首先創始並在其實現過程中起主要作用的，但在『二次革命』以後，被國際社會承認的代表中國的政府卻是北洋政府，國民黨人不僅淪爲在野，甚至被捕殺。長期被排擠於中國主流政治之外的經歷，使國民黨人特別看重他們在民國歷史中的『正統』地位。尤其是孫中山，在國民黨人的語境中被尊爲中華民國國父，他的經歷被認爲中華民國法統所繫，他的事業被認爲是中華民國眞精神之所在，與孫中山及其遺產的關係便成爲國民黨政治文化中權力和地位的重要源泉。」〔註5〕因此，1929 年 3 月 21 日國民黨第三次全國代表大會確定孫中山主要遺教爲訓政時期中華民國最高根本法：「總理創造中國國民黨，同時創造三民主義……故總理之全部教義，實爲本黨根本大法；凡黨員之一切思想言論行動及實際政治工作，悉當以之爲規範而不可逾越。」〔註6〕而作爲國民黨最高統治者的蔣介石更是宣稱：「沒有一個人能夠離開三民主義，若是離開了三民主義，這個人不獨不能救人，而且不能自救！……如果要做一個人，而不懂得三民主義，那就枉生在世界上了」〔註7〕「現在這時代，是一個黨的時代，是一個三民主義的時代，如果我們在這個時代，離開了黨和三民主義，再講團體派別，那就是自取滅亡。」〔註8〕基於這一點，臺灣學者陳恒明把中華民國的政治符號體系總結爲三個方面的時候，特別突出三民主義是國民黨立國的基礎符號。〔註9〕

　　就中共來說，雖然主要政治符號是馬克思主義意識形態，但在第一次國共合作時期和第二次國共合作時期，由於孫中山的新三民主義相同於中共民主時期的最低綱領。因此，也把三民主義作爲一政治符號。正如王明所說：「在中國，有些自命爲法西斯蒂的人，也利用古代孔孟學說、道教、佛教等等來愚弄群眾。同時，他們並企圖把孫中山先生的學說曲解成爲他們賣國殃民的理論根據。但是許多共產黨員認爲這是無關緊要的事，認爲這些都是落後的

〔註5〕張生，論汪僞對國民黨政治符號的爭奪〔J〕，抗日戰爭研究，2005（2）。

〔註6〕中國第二歷史檔案館，中華民國史檔案資料彙編：第五輯第一編，政治（二）〔G〕，南京：南京古籍出版社，1994 年，第 91 頁。

〔註7〕高軍 等，中國現代政治思想史資料選輯（上冊）〔M〕，成都：四川人民出版社，1983 年，第 557 頁。

〔註8〕高軍 等，中國現代政治思想史資料選輯（上冊）〔M〕，成都：四川人民出版社，1983 年，第 562 頁。

〔註9〕陳恒明，中華民國政治符號之研究〔M〕，臺北：臺灣商務印書館，1986 年，第 130 頁。

思想和陳腐學說。因此，他們以爲這些思想和學說現在已經不能影響群眾。
事實上，這種觀點完全是不正確的。問題的中心在於：這些舊思想和舊學說
在中國群眾的傳統中有很深的基礎，在民眾生活中有很大的影響，因此，我
們不應當忽視這些舊學說在群眾中的影響，而應當在極廣大的民眾中進行細
心耐煩的解釋工作。……對於孫中山主義，除了解釋他對個別問題的不正確
觀點和與共產主義的不同點外，還應當向群眾解釋說：孫中山本人是一個中
國近代偉大的革命家。他的思想，尤其是他的行動，的確是有價值和值得欽
佩的。」〔註10〕基於此，1937 年 4 月 3 日，中共中央宣傳部在《國民黨三中
全會後我們的任務》的宣傳大綱中，特別列出「共產黨對三民主義的態度」
一條，大綱說：「中國共產黨從來就讚助革命的三民主義。在第一次國共合作
時代，許多的共產黨員，爲革命的三民主義而奮鬥，流血和犧牲。因爲中華
民族獨立自由解放的民族主義；給人民以民主權利的民權主義；改善人民生
活和發展國民經濟的民生主義；是與共產黨主張相容的。因此，中國共產黨
現在依然讚助革命的三民主義，主張恢復孫中山先生的三民主義，繼續孫中
山先生的革命精神。」〔註11〕7 月 15 日，中共中央正式宣佈：「孫中山先生的
三民主義爲中國今日之必需，本黨願爲其徹底的實現而奮鬥。」〔註12〕中共
最高領導人毛澤東也反覆指出：對於孫中山留給後人彌足珍貴的思想遺產，
「應該抓住死也不放的，就是我們死了，還要交給我們的兒子、孫子」。黨內
不喜歡、不尊重孫中山的情緒，「是不大健全的，是還沒有真正覺悟的表現」，
應該予以說服。「將來我們的力量越大，我們就越要孫中山，就越有好處，沒
有壞處。我們應該有清醒的頭腦來舉起孫中山這面旗幟。」〔註13〕

　　最後，就汪僞政權來說，大都是原國民黨的官僚，加上一些失意的政客
和投機文人，爲了獲取政治合法性，自然去原政治資源尋找政治符號。國民
黨是全國最大的政黨，是中華民國的合法繼承人。因此，爲了漂白自身的姦
僞身份，汪僞一直強調自己是國民黨的正統，戰前南京政府的合法繼承者，
孫中山思想的真正實踐者。所以汪僞政權一成立，就急於召開國民黨代表大

〔註10〕中央檔案館，中共中央檔選集（9）〔M〕，北京：中共中央黨校出版社，1986
　　　　年，第 557～558 頁。
〔註11〕中央檔案館，中共中央檔選集（10）〔M〕，北京：中共中央黨校出版社，1986
　　　　年，第 174～175 頁。
〔註12〕周恩來選集（上卷）〔M〕，北京：人民出版社，1980 年，第 77 頁。
〔註13〕毛澤東文集（第 3 卷）〔M〕，北京：人民出版社，1991 年，第 321～322 頁。

會。「倘不召開國民黨代表大會，而驟然召開國民會議，雖然亦不失為企圖建立新政府方案之一，但有下列之不利：一、鑒於黨治下的現行制度，缺乏法律上的妥當性；二、使汪先生失去國民黨的立場，進而使號召國民黨黨員的工作發生困難。」〔註14〕而孫中山遺產是國民黨政治符號的基礎和核心，因此，汪偽政權也把孫中山的三民主義作為其主要的政治符號：「中國惟有本於三民主義之指示，以至誠發揚固有之道德，以虛心勇氣接受現代之文化，使生長成熟中之民族意識，內則為自立之楨杆，外則為共存之柱石，中國決不以狹隘的愛國主義自囿，而陷於排外思想之歧途。」〔註15〕所以，當汪精衛與板垣第一次會談時，板垣提出：「日本把三民主義看成是最危險的東西，尤其有民生主義乃共產主義的文句，有種種誤解」時，汪則反覆指陳：孫中山「在當時的形勢下把各種潮流，各種思想全部引進自己的主張，為了想在國民黨中把他們同化，所以有這樣的文句。如果細讀全文，就瞭解這裡講了民生主義和共產主義完全不同的理由，結果，勸告拋棄馬克思主義而採用國民黨的主義。」〔註16〕不惟汪如此，周佛海1939年4月與梅思平商量收拾時局辦法時也提出：「必需三民主義、國民黨、青天白日滿地紅旗及國民政府四條件。」〔註17〕

綜上所述，國、共和偽三種政治力量，為了使政治行為合理化，政權合法化並長久維持，都很重視三民主義政治符號。但由於孫中山的三民主義博大而欠精深，歧義模糊處頗多，因此，各種參差不齊的解讀紛至沓來。正如梅思平所說：「一般研究者把三民主義弄得四分五裂，殘破不堪」〔註18〕國、共和偽三方處於各自的政治目的，在對三民主義的言說和詮釋上，存在許多不同。

（二）

首先，國民黨在對孫中山三民主義的言說中，也不是鐵板一塊。它分成

〔註14〕黃美真 等，汪偽政權資料選編：汪精衛國民政府成立〔M〕，上海：人民出版社，1984年，第64頁。

〔註15〕申報社，《申報》年鑑〔M〕，上海：申報社，1944年，第401頁。

〔註16〕黃美真 等，汪偽政權資料選編：汪精衛國民政府成立〔M〕，上海：人民出版社，1984年，第92～94頁。

〔註17〕蔡德金，周佛海日記（上冊）〔M〕，北京：中國社會科學出版社，1986年，第275頁。

〔註18〕梅思平，我對於三民主義的認識〔J〕，新生命，第3卷第4號。

許多派別，主要有蔣記三民主義、胡記三民主義和汪記三民主義。所以蔣介石在《中國建設之途徑》中說：「（現在）就是同在三民主義之下，還有許多理論，自己任意解釋」「使得我們四萬萬同胞無所適從，不知究竟是怎麼一回事，究竟聽那一種說法好」〔註19〕因此，無論是蔣介石政權還是汪偽政權，出於「黨的革命理論，由同志憑各個對主義的認識，及革命實際變動的觀察，致革命理論，分歧萬端，致理論中心不能建立。共信不立，互信不生，則宣傳不能統一，行動不能一致，力量不能集中」〔註20〕的語境，對孫中山的三民主義進行了閹割和重構。

　　從蔣介石政權來講，主要是用中國的傳統文化來詮釋三民主義。按照蔣的解釋，「總理在中國的人格，政治上的道德，是要繼承中國固有的道統。自堯舜禹湯文武周公到孔子，以後斷絕了一段，總理即是要繼承這個道統的。」所以「三民主義就是中國固有的道德文化的結晶。」〔註21〕基於這一點，蔣大力宣揚忠孝仁愛和力行哲學。正如他自己所表白的：「三民主義是什麼呢？在倫理和政治方面講，就是『忠孝仁愛信義和平』來做基礎，在方法實行上講，就是『知難行易』的革命哲學。」〔註22〕具體講，就是「我們要實現三民主義，就必須認清三民主義的根本精神，拿來身體力行；三民主義的根本精神就是總理所講的『忠孝仁愛信義和平』八德，我們如果能夠按照八德去做，就可以帶部下救國家，實現三民主義。但是要做八德，又要從哪裏著手呢？換言之，就是如何才能盡忠孝，行仁愛，尚信義，講和平呢？這就要先能實踐禮、義、廉、恥四維」。〔註23〕在民族危機時，蔣介石政權欲從中國古代固有的文化道德來激發民族主義思潮，固然如一專家所說：「任何一個國家與民族在面臨外部壓力和危機時，只要這個國家的政治領袖訴諸於本國和本民族的光榮歷史、文化、勇氣和智慧，他就能通過激發民眾的民族情感，從

〔註19〕蔣介石蔣總統集（第 1 冊）〔M〕，臺北：「國防研究院」，中華大典編印會，1968 年，第 514 頁。

〔註20〕中國第二歷史檔案館，中華民國史檔案資料彙編：第五輯第一編，政治（二）〔G〕，南京：南京古籍出版社，1994 年，第 54 頁。

〔註21〕高軍 等，中國現代政治思想史資料選輯（上冊）〔M〕，成都：四川人民出版社，1983 年，第 592 頁。

〔註22〕蔣介石蔣總統集（第 1 冊）〔M〕，臺北：「國防研究院」，中華大典編印會，1968 年，第 588 頁。

〔註23〕蔣介石蔣總統集（第 1 冊）〔M〕，臺北：「國防研究院」，中華大典編印會，1968 年，第 824 頁。

而取得國民對該政權的權威合法性的認同」〔註 24〕同時，從根本上否定中國
共產黨及共產主義思想體系在中國存在的合理性。

正如蔣自己所說：「民族主義爲心理與政治建設的原則；民權主義爲政
治與社會建設的原則；民生主義則爲政治與物質建設的原則。」〔註 25〕蔣
從政治和心理上建構民族主義的同時，從政治和社會建設上建構民權主
義。一方面他認爲，中國人民知識幼稚，教育缺乏，國民無秩序，損人利
己，重私輕公，不知社會國家爲何物，還沒有行使直接民權的資格，只能
由國民政府對人民進行訓導，「行保姆和導師的職權」「培養社會元氣，訓
練人民政治的能力」〔註 26〕。另一方面認爲，自由主義和民主政治不適合
中國國情，如果簡單照搬，天下大亂。因此他宣稱：「法西斯蒂的特質，就
是只有領袖一個人，……一切的權利和責任都集中領袖一個人」，他要求每
個國民黨員要對「領袖絕對信仰」和「將自己的一切統統交給領袖。」〔註
27〕也就是說，人民的自由、民主權利必須受以蔣介石爲首的國民黨政權規
訓。所以有人指出：「國民黨的這種反民主反自由的一黨專政和對法西斯的
稱頌在國內造成了極爲惡劣的影響，其他黨派對國民黨的獨裁專制紛紛表
示不滿。」〔註 28〕

按照蔣介石在《研究總理遺教之結論》的說法：「總理全部遺教係以『民
生』爲中心，以仁愛爲基礎……」〔註 29〕蔣系的民生主義就是仁愛說。根據
蔣在三民主義的代言人戴季陶的解釋：仁愛就是「治者階級的人覺悟了，爲
被治者階級的利益來革命，在資本階級的人覺悟了，爲勞動階級的利益來革
命，要地主階級的人覺悟了，爲農民階級的利益來革命」因此「馬克思的唯

〔註24〕 蕭功秦，與政治浪漫主義告別〔M〕，石家莊：河北教育出版社，2001 年，第
219 頁。
〔註25〕 蔣介石蔣總統集（第 1 冊）〔M〕，臺北：「國防研究院」，中華大典編印會，
1968 年，第 2 頁。
〔註26〕 （臺）秦孝儀，先總統蔣公思想言論總集〔C〕，臺北：中國國民黨中央委員
會黨史委員會，1984 年，第 394 頁。
〔註27〕 （臺）秦孝儀，先總統蔣公思想言論總集〔C〕，臺北：中國國民黨中央委員
會黨史委員會，1984 年，第 566～567 頁。
〔註28〕 王亞嘉，抗日戰爭時期國民黨的三民主義政策對其政治合法性的影響〔J〕，
安徽史學，2005（6）。
〔註29〕 蔣介石蔣總統集（第 1 冊）〔M〕，臺北：「國防研究院」，中華大典編印會，
1968 年，第 50 頁。

物史觀，能夠說明階級鬥爭，不能說明各階級爲革命而聯合的國民革命。」〔註 30〕也就是說，蔣系的民生主義首先要取消階級鬥爭。其次，也拾孫中山「平均地權」「節制資本」民生主義的牙慧：「一切人民經濟平等，無相互壓迫榨取之事，而是要使社會上大多數人相調和，能夠眞正做到均無貧和無寡安無傾的地步。」〔註 31〕但事實上，資本和土地在抗戰時期越來越集中在蔣宋孔陳四大家族手中。「國民政府儘管成功地確定了持久抗戰的經濟體制，卻造成了民眾政策的失敗。」〔註 32〕

　　總之蔣介石的三民主義是：「民族主義本乎情，民權主義本乎法，民生主義本乎理。我以提高民族感情，求得民族的獨立，以確立法治爲實行民權的基礎，再以公平劃一的條理調劑公私經濟的盈虛，以解決民生問題，如此情、理、法三者皆能鬘然得當，所以三民主義比其他主義完備，而且比其他主義偉大悠久。」〔註 33〕

　　而汪政權的三民主義與蔣系三民主義又有很大的不同。首先，就民族主義來說，汪僞政權選取孫中山曾說過這樣的一句話：「三民主義就是救國主義」，大做文章：「歐美的殖民主義侵略中國，壓迫中國，使中國不能獨立生存，使中國不能自由平等，已經一百年了。三民主義就是要喚醒全中國的人民，反抗歐美殖民主義的侵略，反抗歐美殖民主義的壓迫，爭取中國的獨立生存，爭取中國的自由平等。」「中國要努力做到國家之自由平等，第一要打破百年來歐美殖民主義的壓迫，這就是民族主義。」〔註 34〕這樣，就把政治鬥爭的對象置換到英美或與英美有密切關係的蔣系政權身上。而對直接侵略中國的日本，利用孫中山 1917 年所著《中國存亡問題》有這樣一句話：「中國今日欲求友幫，不可求之於美日以外。日本與中國之關係，實爲存亡安危兩相關聯者。無日本即無中國，無中國亦無日本。爲兩國謀百年之安，必不

〔註 30〕戴季陶，孫文主義哲學的基礎〔A〕，戴季陶主義資料選編〔C〕，北京：中國人民大學中共黨史系編印，1981 年，第 62 頁。

〔註 31〕宋進，挈其瑰寶——抗戰時期中共與三民主義研究〔M〕，桂林：廣西師範大學出版社，1994 年，第 46 頁。

〔註 32〕〔日〕池田誠，抗日戰爭與中國民眾——中國的民族主義與民生主義〔M〕，杜世偉 等譯，北京：求實出版社，1989 年，第 142 頁。

〔註 33〕蔣介石，三民主義之體系及其實行程序〔J〕，青年中國季刊，1939（9）。

〔註 34〕高軍 等，中國現代政治思想史資料選輯（上冊）〔M〕，成都：四川人民出版社，1983 年，第 436 頁。

可於其間稍設芥蒂。」〔註35〕和孫中山 1924 年在神戶作的一次演講：「中國同日本是同種同文的國家，是兄弟之邦；就幾千年的歷史和地位講起來，中國是兄，日本是弟。現在講到要兄弟聚會，一家和睦，便要你們日本做弟的人，知道你們的兄已經做了十幾年的奴隸了，向來很痛苦，現在還是很痛苦，這種痛苦的原動力，便是不平等條約，還要你們做弟的替兄分憂，助兄奮鬥，廢除不平等條約，脫離奴隸的地位，然後中國同日本，才可以再來做兄弟。」〔註36〕主張大亞洲主義。汪精衛在《中國與東亞》的演說中講：「自中日戰爭爆發以來，日本國民深念東亞前途，知中日兩國兵連禍結之結果，適足以助長侵略主義與共產主義之焰，使東亞益陷於水深火熱之境遇，故毅然決策，更以『東亞協同體』、『建設東亞新秩序』爲號召，欲使中國人明白瞭解，相與同心協力以改造東亞之天地。」「日本在東亞爲先進國，改造東亞，日本有領導權利及義務，此中國人所能知者。中國在東亞，爲地大人眾歷史悠久之國，改造東亞，中國有分擔責任之義務，此亦中國人所能知者。」〔註37〕一句話，就是與日本攜手建設大東亞新秩序。

其次，是民權主義，按照汪僞政權的理解，「民權主義與歐美天賦人權說不同，與歐美社會民主主義也不同。天賦人權說所主張的是個人自由，而民權主義所主張的，則是全體自由，不是個人自由。社會民主主義在經濟上著想，而民權主義則在政治上著想，質而言之，民權主義就是全民政治。」〔註38〕然而「一個國家沒有一個中心勢力以運用政治，在平時雖可勉強維持，在非常時期必然發生裂痕，何況現在世界各國性命相搏的時候，根本便沒有所謂平時。」〔註39〕而且「多數主張未必即好，少數主張未必即不好。反之，一種極好的主張往往爲少數聰明卓越的人所堅持，而爲多數糊塗的人所排斥，即使這少數的能苦心孤詣繼續努力，能漸次取得多數同情，然往往時機

〔註35〕 高軍 等，中國現代政治思想史資料選輯（上冊）〔M〕，成都：四川人民出版社，1983 年，第 436 頁。

〔註36〕 高軍 等，中國現代政治思想史資料選輯（上冊）〔M〕，成都：四川人民出版社，1983 年，第 438 頁。

〔註37〕 黃美眞 等，汪僞政權資料選編：汪精衛國民政府成立〔M〕，上海：人民出版社，1984 年，第 198 頁。

〔註38〕 黃美眞 等，汪僞政權資料選編：汪精衛國民政府成立〔M〕，上海：人民出版社，1984 年，第 210 頁。

〔註39〕 高軍 等，中國現代政治思想史資料選輯（上冊）〔M〕，成都：四川人民出版社，1983 年，第 448 頁。

已過，徒喚奈何。」〔註40〕因此汪僞主張：「應該以一個黨一個主義爲中心而聯合其他各黨各派，以共同負荷國家社會的責任。」〔註41〕也就是在汪記國民黨的領導下，進行和平建國。

最後，民生主義是汪僞政權最著力辯解和最著力建構的。因爲「在日本，有人認爲三民主義是危險的東西，特別是民生主義可以說是共產主義。」〔註42〕所以汪僞《中國國民黨第六次全國代表大會宣言》特別強調和聲明：「本屆大會，當共產黨人野心復熾之日，不得不再有所申明：蓋共產黨往往截取民生主義第一講中『民生主義就是共產主義』一語，以爲其行動之護符，特不知民生主義第一講原文爲『民生主義就是社會主義，又名共產主義，即是大同主義』，此爲泛指『梳西利甚』而言，非指馬克思之共產主義而言，其意甚明，豈容附會。且民生主義自第一講以下，詳細講述民生主義與馬克思之共產主義之異同：馬克思之共產主義以物質爲中心，民生主義以民生爲中心；馬克思之共產主義認階級鬥爭爲社會進化的動力，民生主義認階級鬥爭者爲社會病態，階級合作爲社會生理的常態；馬克思之共產主義主張以社會革命改造社會經濟，民生主義主張以和平方法改造社會經濟。故其諸政策者，馬克思之共產主義主張沒收一切工業私有權，民生主義則提倡節制資本，凡工業之宜於國營，以國家資本任之，宜於私人企業者，以私人資本任之，而國家以法律爲之保護；馬克思之共產主義主張沒收一切土地私有權，民生主義則反對沒收方法，而採取平均地權的和平方法。由此可見民生主義與馬克思之共產主義在理論上固根本不同，在方法上更相水火。馬克思之共產主義其學理與政策所有弱點至今日已盡暴於世，而世亦無有一國家實行馬克思之共產主義者。……中國今日以後，以和平反共建國之必要工作，對於民生方面，惟有在理論上篤守民生主義，在方法上力行實業計劃，既不蹈襲私人資本主義之窠臼，尤不與馬克思之共產主義有所關涉，此則上屆大會所已宣示國人，而本屆大會尤不憚鄭重以申明者也。」〔註43〕在這冗長的話語裏，汪僞政權

〔註40〕高軍 等，中國現代政治思想史資料選輯（上冊）〔M〕，成都：四川人民出版社，1983年，第446頁。

〔註41〕高軍 等，中國現代政治思想史資料選輯（上冊）〔M〕，成都：四川人民出版社，1983年，第449頁。

〔註42〕高軍 等，中國現代政治思想史資料選輯（上冊）〔M〕，成都：四川人民出版社，1983年，第406頁。

〔註43〕黃美眞 等，汪僞政權資料選編：汪精衛國民政府成立〔M〕，上海：人民出版社，1984年，第207頁。

至少揭示了三層意思：一為劃清與共產黨的界限，表明反共立場。二為保護私人資本和土地私有權。三為開發實業。

一句話，汪記三民主義，就是在汪記國民黨的領導下，和平建國，與日本共建大東亞新秩序，反對共產黨，保護私人資本和土地所有權，謀取中日的經濟提攜。

中共對三民主義的言說，經歷了一個大破大立的過程。從破來講，就是破除國民黨在三民主義上對中共種種不實之詞。抗戰時期作為國民黨在三民主義的代言人葉青鼓吹：「三民主義內所有東西合乎中國需要，共產主義內沒有，共產主義內所有東西只要合乎中國的三民主義內都有，所以三民主義是中國底主義」。〔註44〕「法西斯主義主張一個主義，一個政黨、一個領袖，即主張集中主義。民權主義亦係如此。所以在這一點上民權主義與法西斯主義是相同的」「若干經濟政策，民生主義與法西斯主義相同」〔註45〕也就是說，中國只有實行三民主義就夠了，蔣系國民黨政權實行法西斯合乎三民主義需要。針對這種觀點，中共領導人紛紛撰文進行抨擊。主要有張聞天的《擁護眞三民主義反對假三民主義》、王稼祥的《關於三民主義與共產主義》和董必武的《共產主義與三民主義》等。在言說中，論述了三民主義與共產主義的區別，也論證了中共信仰馬克思主義的合理性和必要性。而且導引出中共式三民主義政治符號，即革命的三民主義：「中華民族獨立自由解放的民族主義；給人民以民主權利的民權主義；改善人民生活和發展國民經濟的民生主義。」〔註46〕

從立上講，就是在革命三民主義政治符號的基礎上，進一步衍發出中共自身的政治符號——新民主主義。主要表現為毛澤東的《新民主主義論》。毛首先從中國的歷史特點和世界革命把三民主義分成兩個階段，即舊三民主義和新三民主義階段。這樣，在時空上對人的意義是不同的：「舊三民主義，那是中國革命舊時期的產物。」「舊三民主義在舊時期內是革命的，它反映了舊時期的歷史特點。但如果在新時期內，在新三民主義已經建立後，還要翻那老套；在有了社會主義國家以後，要反對聯俄；在有了共產黨之後，要反對

〔註44〕葉青，三民主義與社會主義比較〔J〕，抗戰與文化，1941（4）。

〔註45〕葉青，怎樣研究三民主義（下編）〔M〕，江西省文化運動委員會編印，1943年。

〔註46〕中央檔案館，中共中央檔選集（10）〔M〕，北京：中共中央黨校出版社，1986年，第174頁。

聯共；在工農已經覺悟並顯示了自己的政治威力之後，要反對農工政策，那麼，它就是不識時務的反動東西了。」〔註47〕其次，基於新三民主義的政治原則和中共的最低綱領相同，論述了三民主義爲抗日民族統一戰線的政治基礎，進而指出中國的革命不得不分兩步走：先進行資產階級民主革命，再進行社會主義革命。最後提出了新民主主義的政治、經濟和文化綱領。指出：在中國共產黨領導下，聯合工人、農民、民族資產階級和小資產階級，建立新民主主義共和國，在經濟上沒收官僚資本，保護民族資本主義的發展，沒收地主的土地分給農民，在文化上實行科學的、民主的和大眾的文化。〔註48〕毛的言說，立論高遠，邏輯嚴密，連在三民主義上一向攻擊共產黨的葉青也不得不表示：自從讀到《新民主主義論》，「我對於毛澤東，從此逐把他作共產黨理論家看待了」〔註49〕

（三）

　　國、共和僞三方政治力量，爲了各自的政治利益訴求，對三民主義政治符號作出的不同言說和詮釋受制於社會結構和思想的變遷。中共由於能正確把握時代的脈搏，因此贏取了廣大民眾的政治認同。在三民主義政治符號的爭奪中，最終獲勝。

　　自從19世紀末近代民族主義發軔後，民族主義逐成爲社會的主要思潮。正如有人所說：「今日者，民族主義發達之時代也。而中國當其衝，故今日而再不以民族主義提倡於吾中國，則吾中國乃眞亡矣。」〔註50〕抗戰的爆發，使這種思潮更如火如荼。國、共和僞三方要獲取政治認同，必須把民族主義置於主位。國民黨雖然也言說民族主義，並從中國傳統文化上賦予三民主義中的民族主義以新的內涵，但其整個路徑的選擇是錯誤的。自西學東漸以來，到20世紀尊新崇西成爲社會的主流。此語境下弘揚文化傳統，並不能整合社會意識形態。正如華北僞政權把儒家倫理道德作爲政治符號，並不能喚取社會認同一樣。而且抗戰進入相持階段後，面對中共的迅速崛起，又需與日本達成一定的妥協。這樣，消極抗日，積極反共，從而削弱了其自身的合法性

〔註47〕毛澤東選集（第2卷）〔M〕，北京：人民出版社，1991年，第693頁。
〔註48〕毛澤東選集（第2卷）〔M〕，北京：人民出版社，1991年，第693頁。
〔註49〕葉青，毛澤東思想批判〔M〕，臺灣：帕米爾書店，1974年，第5頁。
〔註50〕余一，民族主義論〔J〕，浙江潮，1903（2）。

資源。而汪偽政權以孫中山的大亞洲主義作為其三民主義中民族主義的基礎，並竭力漂白其漢奸身份，但事實上的叛國投敵，使其面臨嚴重的困境：「如果民族原則是用來把散居的群體結合成一個民族，那麼它是合法的；但若是用來分裂既存的國家，就會被認為非法。」〔註51〕汪偽充當日本的傀儡，正如有人所指出：「汪及周、梅的錯誤，就是失落了民族的壁壘。」〔註52〕中共在中日矛盾上升為主要矛盾，提出中國民族自求解放，中國境內各民族一律平等，正切合時代的要求。正如一專家評價道：「共產主義革命從民族主義的訴求中，而不是從社會經濟改革的方案中為自己爭取了主要的力量。日本的侵略顯然使中共與國民黨相比大大加強了自己的地位；該黨在戰爭期間所爭得的源於民族主義的合法性，對於走向最後勝利、吸引大眾支持和讓反動勢力保持中立，都是必不可少的。」〔註53〕

　　同時，由於辛亥革命的勝利和五四運動的蓬勃開展，民主成為時代另一強音。正如有人所指出：「簡單一句話，Democracy 就是現代唯一的權威，現在的時代就是 Democracy 的時代」〔註54〕在這種語境下，國民黨並沒有擴大政治參與管道，把各種政治力量納入政治決策系統，以增加更多的政治資源。相反積極鼓吹「革命團體的一切，都要集中於領袖；黨員的精神，黨員的信仰要集中，黨員權利以及黨員的責任，也要集中，黨員所有的一切都要交給黨，交給領袖，領袖對於黨的一切，黨員的一切也要一起肩負起來，所以每個黨員的精神和生命，完全是與領袖須臾不可分離的。」〔註55〕因此，在爭奪三民主義政治符號中不能很好地尋求政治認同。而汪偽政權與蔣系國民黨一樣，也是主張「一個黨」「一個主義」的，更可甚的是，還主張「和平建國」，自然其政治認同比蔣更式微。汪偽曾在安徽蕪湖舉行過一次思想大檢查，查

〔註51〕〔英〕埃里克·霍布斯鮑姆，民族與民族主義〔M〕，李金梅 譯，上海：上海人民出版社，2000 年，第 35 頁。

〔註52〕陶希聖，「新中央政權」是什麼〔A〕，秦孝儀，中華民國重要史料初編——對日作戰時期（第 6 編）〔C〕，臺北：中國國民黨中央委員會黨史委員會，1981年，第 229 頁。

〔註53〕詹姆斯·R·湯森 等，中國政治〔M〕，顧速、董方 譯，南京：江蘇人民出版社，2005 年，第 12 頁。

〔註54〕李大釗，勞動教育問題〔A〕，李大釗文集（上）〔C〕，北京：人民出版社，1984 年，第 632 頁。

〔註55〕蔣介石蔣總統集（第 1 冊）〔M〕，臺北：「國防研究院」，中華大典編印會，1968 年，第 7222 頁。

出有「反動思想」的中學生 123 人，小學生 74 人〔註56〕就充分說明了這一點。中共主張給人民以民主權利，擊中了蔣政權和汪政權的軟肋，並以此作爲合法性的一種重要資源來獲得人民的支持和擁護。毛澤東指出：「只有民主集中制的政府，才能充分地發揮一切革命人民的意志，也才能最有力量地去反對革命的敵人。『非少數人所得而私』的精神，必須表現在政府和軍隊的組成中，如果沒有眞正的民主制度，就不能達到這個目的。」〔註 57〕因此，在中共這種民主精神的感召下，許多知識份子奔赴延安。

在民生方面，儘管蔣、汪政權也提出了改善措施，但在執行過程中，遠沒有中共更贏得人心。「沒收地主的土地，分配給無地和少地的農民」，獲取了占中國人口 80％的農民支持；「並不禁止『不能操縱國民生計』的資本主義生產的發展」〔註 58〕，得到了廣大民族資產階級的政治認同；加上新民主主義政權是無產階級領導下的，各個階級聯合專政的政權，自然大大拓寬了政治合法性的渠道。所以有人指出：「《新民主主義論》的發表，可以視爲一個標誌，一個在統一戰線內部共產黨在理論上占到主導地位的標誌。這個標誌的樹立，是抗戰以來中共言說孫中山與三民主義的基本總結。此後雖然還在繼續言說，但理論上的基調已大致定型。這個標誌的樹立，使國民黨在理論上開始失去領導權，一個在理論上失去領導權的黨，其在政治上的後果是可以想像的。」〔註 59〕也就是說，在三民主義政治符號的爭奪中，中共獨領風騷。

〔註 56〕曹必宏，汪僞奴化教育政策述論〔J〕，民國檔案 2005（2）。
〔註 57〕毛澤東選集（第 2 卷）〔M〕，北京：人民出版社，1991 年，第 677 頁。
〔註 58〕毛澤東選集（第 2 卷）〔M〕，北京：人民出版社，1991 年，第 677 頁。
〔註 59〕蔡樂蘇 等，彈性的符號——抗戰時期中共言說中的孫中山與三民主義〔J〕，清華大學學報（哲社版），2002（1）。

動員與控制：汪僞政權農會研究
——以南京特別市爲例 [註1]

自從 1906 年農工商部奏請清廷設立農會，次年直隸率先成立農務總會以降，中國農會組織已走過了百年的歷程。學者對農會的研究也取得了豐碩的成果，但主要集中於清末民初農會、國民革命時期農會、南京國民政府時期農會和中共領導下的農會組織的研究。[註2] 對汪僞南京國民政府的農會的研究基本沒有。因此，筆者選取南京特別市 [註3] 爲切入點，對汪僞政權農會進行梳理和論述。

1940 年 3 月 20 日，以汪精衛爲首的漢奸們在南京召開中央政治會議，決定 3 月 30 日成立南京國民政府。在僞國民政府的組織結構中，其中社會部隸屬僞行政院，主管工運、農運、商運、婦運等工作。1941 年初，社會部長丁默邨爲了擴大勢力，建議把社會部改爲社會運動指導委員會（簡稱社運會），由周佛海兼委員長，拉行政院有關各部的次長一級爲委員，以周學昌爲秘書長，各省市設社運會分會。丁本人則以常務委員資格，替周佛海主持會務。[註4]

社運會改組後，爲了加強對農村的控制，制定了《社會運動指導委員會

〔註 1〕 載《農業考古》2007 年第 6 期。
〔註 2〕 王國梁，百年農會史研究述評〔J〕，甘肅社會科學，2007（1）。
〔註 3〕 1941 年 3 月 13 日，汪僞「中央政治委員會」舉行第三十九次會議，會上決定將南京、上海、武漢三市爲行政院特別直轄市。
〔註 4〕 文斐，我所知道的汪僞政權〔M〕，北京：中國文史出版社，2005 年，第 66頁。

農村工作方案》。它的指導原則是：「一、使農民服膺和平反共建國國策。二、使農民努力生產事業，以謀農村復興。三、使農民生活改善，並推行農村福利事業。四、使農民組織健全，實施農民訓練。五、使農民切實遵守政令，並奉行新國民運動。六、使農民明瞭大東亞戰爭即爲大東亞解放戰爭。」〔註5〕基於此，在組織方面自然是「一、在籌備或整理中之各鄉區農會，限期二個月組織完成。二、在未籌備組織農會之各鄉區，限期三個月組織完成。三、縣市所屬農會，合於農會法第十一條規定時，應即督促指導，限期成立市農會。四、省市（特別市）所屬農會，合於農會法第十一條規定時，應即督促指導限期成立省市農會。」〔註6〕南京特別市農會就是在這種情況下恢復成立的。

實際上，南京市在 1927 年春就成立過農會，當時叫「江寧縣農民協會」，未有個月又改爲南京特別區農民協會，直屬於江蘇省農民協會，歸南京國民政府社會部所管。1937 年，全面抗日戰爭開始後，由於日本佔領了南京。南京市農會無形解散。1940 年，「國民政府改組還都，一切政治步入正軌，竊農民等自應追隨於後，組織團體。業奉中國國民黨南京特別市執行委員會，召集前京市農會負責人談話。當推定孫承恩、童啓照、葛雍金、候正洪等九人爲籌備員，吳夢麟爲書記長，鮑瑞潭、路永福等爲聯絡員，組織籌備會。」〔註7〕參加籌備會的主要人員，都是原農會的一些成員。如下表〔註8〕：

南京市農會籌備成員表

職別	姓名	略　　歷	住址	年齡
籌備員	孫承恩	南京市農會理事兼組織科主任清涼區農會小學校長	虎踞關六號	45
籌備員	童啓照	南京市農會執行委員，鍾區農會幹事長兼小學校長	小北門三十六號	53
籌備員	侯正洪	南京市清涼區農會幹事長	草場門七號	67
籌備員	葛雍金	南京市鼓樓區農會幹事首都北二救火會理事	金銀街十一號	50

〔註5〕 南京市檔案館資料〔Z〕，全宗號 1002，目錄 3，卷 394。
〔註6〕 南京市檔案館資料〔Z〕，全宗號 1002，目錄 3，卷 394。
〔註7〕 南京市檔案館資料〔Z〕，全宗號 1002，目錄 3，卷 396。
〔註8〕 南京市檔案館資料〔Z〕，全宗號 1002，目錄 3，卷 396。

職別	姓名	略　　　　　歷	住址	年齡
籌備員	王鎔鑒	萬壽區農會幹事長	邁皋橋	47
籌備員	王國銓	孝陵衛區鎮長	中華東巷三號	45
籌備員	曹榮森	南京市農會執行委員萬竹區農會幹事長	下浮橋崇恩街七之一	38
籌備員	張道生	南京市農民協會整理委員會常務委員	邁皋橋城外	48
籌備員	陳林貴	總理陵園護林員南京市農會監察委員岔路區農會幹事長	太平門外岔路口	49
書記長	吳夢麟	蘇州五潦涇鄉一校校長上海民福學校教務主任南京鍾阜小學教務主任南京土地委員會計算員吳江土地局登記員	將軍廟三十一號	41
幹事	鮑瑞潭	勸業區農會副幹事長	馬臺街十一號	35
幹事	路永福	鼓樓區農會幹事	西橋九十三號	36

　　籌備會於 1940 年 3 月 19 日開始，至 5 月 13 日止，共計舉行籌備會議八次，聯絡南京市二十五個區，共有會員約有四千餘人。然而「正擬依據計劃進行，奈因經費無著，且該會請示各節京市黨部均轉呈社會部核辦，並悉本市人民團體均待京市分會成立後進行，以致於 6 月 13 日後該會暫由孫承恩、許生保、吳夢麟三人負責辦理。」〔註 9〕並且，「查該籌備委員會組織內容，與核公佈修正人民團體組織方案不合，爰即依據方案第四節第二十五條規定，擬派員整理。」〔註 10〕

　　爲了把各人民團體更好地納入汪記傀儡政權的控制之下，社會運動指導委員會制訂了《修正人民團體整理辦法》，規定：一、本辦法依據修正人民團體組織方案第二十五條規定訂定之。（附注：第二十五條原文：本方案修正以前，各地方已經組織之人民團體，應向主管分會重行登記，其組織內容與方案不合或與國民政府現行政綱政策不合者，社會運動指導委員會主管分會，應令其改組，或派員整理之，或逕行解散之。）二、社會運動指導委員會各省市分會，對所屬人民團體，認爲有整理必要時，應列舉理由，呈准上級機關後，飭令整理，並由主管分會函知有關官署備查。三、人民團體實施整理時，應由主管分會派員指導。四、人民團體之整理，應由主管分會就該團體

〔註 9〕南京市檔案館資料〔Z〕，全宗號 1002，目錄 3，卷 396。
〔註 10〕南京市檔案館資料〔Z〕，全宗號 1002，目錄 3，卷 398。

－199－

中選派三人至九人爲整理員，負責整理之……。〔註 11〕在這種情況下，成立了南京特別市農會整理委員會，並制訂了《南京特別市農會整理辦法》、《南京特別市農會整理委員會辦事細則》和《南京特別市農會整理委員會組織規則》，對整理委員會人員的構成、組織機構和職責都進行了說明。其中「二、南京市農會整理委員會於左列人員選派之：甲：社會運動指導委員會南京市分會職員。乙：現任農會職員。丙：具有農運經驗者。三、南京市農會整理委員定爲七人至九人組織委員會，設常務委員一人，由社會運動指導委員會南京市分會指定一人爲主席。四、南京市農會整理委員會爲直接辦理登記之機關，於必要時得在各區設立臨時登記表。五、農會整理委員會之職權如左：甲、代行市農會職權。乙、辦理各區農會登記事宜。丙、指導各區農會組織及活動事宜。丁、籌備各區農會成立事宜。六、農會整理委員會設左列四科：甲、登記科。乙、指導科。丙、調查科。丁、總務科。……十一、凡農會會員有左列情事之一確有實據者不准登記。甲、有反對和平國策之言論行動者。乙、有侵吞農會公款之行爲者。丙、有損害農會之名譽者。十二、不准登記之會員姓名，須於每週之末，彙報社會運動指導委員會南京市分會備案。……。」〔註 12〕根據整理辦法和組織規則，南京特別市農會推孫承恩、王鎔鑒、童啓照、許生保、陳林貴、吳夢麟、張道生爲整理委員，其中孫承恩爲主席，王鎔鑒爲總務科主任，童啓照爲登記科主任。並聘葛雍金、侯正洪、王國銓、曹榮森、趙是崤爲本會聯絡員。南京市農會整理委員會從 40 年 10 月到 41 年 4 月南京特別市農會正式成立止，共開了八次會議。涉及接收籌備會所遺款項、房屋，聘請聯絡員，對各區會員進行登記審查和實施選舉理事成立區農會等項工作。這樣，在整理委員會的努力下，到 1941 年 3 月底，南京特別市共有二十五個區成立了區農會，並選舉了理事。1941 年 4 月 20 日上午 9 時，在碑亭巷社會運動指導委員會大禮堂舉行了南京特別市農會成立大會。參加成立大會的會員代表有 48 人，社會運動指導委員會、南京特別市社會運動指導委員會都派人參加。大會通過了《南京特別市農會章程草案》規定農會的宗旨爲：發展農民經濟增進農民知識改善農民生活而圖農業之發達。農會的任務爲一、設置農業試驗場、農業陳列所及農具陳列所併辦理農業及農民之調查統計。二、指導農民協助政府或自治機關切實進行下列事項：

〔註 11〕南京市檔案館資料〔Z〕，全宗號 1002，目錄 3，卷 396。
〔註 12〕南京市檔案館資料〔Z〕，全宗號 1002，目錄 3，卷 398。

（1）關於土地水利之改善。（2）關於種子肥料及農具改良。（3）關於森林之培植及保護。（4）關於水旱蟲災之預防及救濟。（5）關於農業教育及農村教育之推進。（6）關於公共圖書閱報室之設置。（7）關於公共娛樂之舉辦。（8）關於生產消費信用倉庫等合作事業之提倡。（9）關於治療所託兒所及養老濟貧等事業之舉辦。（10）關於糧食之儲積及調劑。（11）關於荒地之開墾。（12）其他關於農業之發達改良。並規定凡本市正式成立之區農會均得請求入會為本會會員。〔註13〕參加農會的成員主要是一些自耕農、佃農和佃耕農，他們大都讀過一兩年私塾。以鼓樓區農會為例，鼓樓區共有農會會員 97 名，其中自耕農 35 名，佃農 52 名，佃耕農 12 名。〔註14〕因此，農會基本上是代表農民利益的組織。

　　農會從籌備到成立，主要做了下列一些事情。（1）參加汪偽政權組織的各種遊行和慶祝活動。1942 年 3 月參加日軍佔領南洋提燈大會，參加國父逝世十七週年紀念奉行，舉行慶祝國府還都二週年紀念農界演講會，電謝畑總司令、右賀艦隊司令長官、重光大使交還廣州、天津兩英租界行政權，參加革命先烈紀念大會。5 月參加市府招待清鄉區民眾代表觀光團，參加慶祝肅清美國東亞勢力大會，參加慶祝救平緬甸座談會，參加慶祝撲滅英美侵略聯歡會，參加國民大會堂遊藝大會。6 月參加歡迎滿州國答禮使節團提燈大會。8 月參加鴉片戰爭百年紀念反英興亞大會。9 月參加歡迎日本答訪使節團，參加首都民眾提燈大會，參加孔子誕辰紀念會。10 月參加國慶日紀念大會。11 月出席中國全國體育會成立大會，參加國父誕辰紀念及國民革命烈士祠祀典，出席參加中日簽約二週年紀念中日滿三國共同宣言二週年紀念會。12 月出席大東亞戰爭週年紀念並參加遊行。43 年 1 月參加首都民眾擁護參戰示威大遊行，參加新國民精神總動員大會。等等。〔註15〕（2）協助各區農會辦理墾荒地並頒發特許證及種子。據南京特別市農會第六次常會記錄：現下各區農民已領到荒地，計有一千餘畝。〔註16〕（3）設立模範農場。主要是小瓜園農事試驗場。1941 年 10 月，農會向內政部承借前衛生署藥材苗圃旱地連池塘計有五十餘畝，舉辦農事試驗。計有：甲、林木場。栽種松、柏、各種果樹、桑

〔註13〕南京市檔案館資料〔Z〕，全宗號 1002，目錄 3，卷 396。
〔註14〕南京市檔案館資料〔Z〕，全宗號 1002，目錄 3，卷 429。
〔註15〕南京市檔案館資料〔Z〕，全宗號 1002，目錄 3，卷 399。
〔註16〕南京市檔案館資料〔Z〕，全宗號 1002，目錄 3，卷 399。

等。乙、雜糧場。高處栽種玉蜀黍、高粱、豆麥，低處栽種稻禾。丙、園藝場。栽種各種花卉。丁、蔬菜場。栽種各種蔬菜、瓜果等。〔註17〕（4）派人協調處理糞便處置所阻止農民挑取糞便一事。經與汪偽市衛生局、首都員警廳、市糞便處置所協商，達成下列建議：（一）本市糞商利用農民名義向特務機關及憲兵隊控告，除使各機關明瞭情形外，並由市府及員警廳協助，取締糞商。（二）鄉下農民挑用糞便，城門進出時，前由糞便處置所收取登記費，每擔國幣貳角，以便統計，後因蔡市長調任，暫行停止。嗣後由市農會負責登記，按月統計，呈報市社會運動指導委員會轉呈市府。（三）農民挑用糞便時，手臂圍以竹布符號，以資識別。該項符號由市府製就後，交給農會轉發農民。（四）農民挑用糞便，應向糞便處置所接洽登記，劃分地段，不論旺月平月淡月，均由農民負責清除，糞便處置所得徵收住戶清除費。（五）糞便處置所徵收住戶清除費辦法，根據坊保長戶口冊收取，每家國幣五角，農戶免收。（六）秦淮河進出，應向糞便處置所登記。〔註18〕（5）對日本軍隊和公司強佔民宅民地，要求政府與日本軍隊和公司協商，繳納一定補償金及拆遷費。儘管「友幫軍隊圈徵本城內外農民數萬畝，因隨時發動，且部隊眾多，市府無從一一統計，至拔發地價費及拆遷費者寥寥無幾」〔註19〕但市農會的努力下，還是有三處發給了補償金和拆遷費：（一）斜橋一帶房屋由渦川部隊所屬生田部隊於三十年二月十日圈徵，計房屋二十四宅，大小七十四間，於三月一日由該隊會同三區區長及坊保長撥發拆遷費，每間日軍票十二元，當日發竣。（二）和會街房屋由渦川部隊，於二十九年十月二十一日圈去計大小房屋二十九宅，於十一月十五日發給救濟費，每人日票三元四角（小孩在內），大房子每宅日票三十元，草房每宅日票十五元。（三）黑龍江路福建路北一帶由渦川部隊於本年（三十年）八月圈去計大小房屋一五三宅，農地一百三十畝，於九月二十九日發給救濟費，每人法幣十三元五角（小孩在內），大房子每宅法幣二百元，草房每宅法幣五十元，農地每畝法幣一百二十元。〔註20〕（6）農會以農民不識字者居多，每遇書信來往或繕寫契約均感不便，設立農民問事代筆處兩處以利農民。問事代筆處的開辦費由南京市農會一次性撥給

〔註17〕 南京市檔案館資料〔Z〕，全宗號 1002，目錄 3，卷 401。
〔註18〕 南京市檔案館資料〔Z〕，全宗號 1002，目錄 3，卷 401。
〔註19〕 南京市檔案館資料〔Z〕，全宗號 1002，目錄 3，卷 401。
〔註20〕 南京市檔案館資料〔Z〕，全宗號 1002，目錄 3，卷 401。

國幣貳拾元，以後每月撥給五元以作筆墨及雜費之用。問事代筆處的主要範圍是（一）書信。（二）契約。（三）保單。（四）填寫草據。爲了把它眞正落到實處，南京特別市農會制訂了《農民問事代筆處組織簡則》和《農民問事代筆處規則》。據筆者統計，從 1941 年 12 月到 1943 年 1 月一年多的時間內，問事代筆一處問事、書信、表格、保單、借約和其他將近四百件。問事代筆二處問事、書信、表格、保單、借約和其他將近三百件。〔註21〕（7）備文呈請銀行界投資農村扶助農村發展以安民生，呈請教育機關設立農村小學以便農民子弟求學等等。

　　南京特別市農會從籌備到成立的時期，正是社會失序，政治權力處於眞空時期。根據法國當代社會學家涂爾幹的觀點：在轉折時期，人們賴以生存的舊社會的社會組織已經解體而新的社會組織還沒有建立起來。這時，人民不僅失去了心理和情感方面的依託，而且也喪失了經濟生活的基本保障。因此社會要維持和發展下去，就必須提供新的組織形式，即社會重組，爲人類心理情感以及經濟生活上新的依託。因此，農會的建立，可以爲農民提供政治訴求和心理訴求的載體。〔註22〕據統計，燕子區有 65% 的農民參加了農會。〔註23〕這充分說明農民迫切想尋求組織的保障。同時，也是汪僞政權建立、鞏固和發展的時期，自然爲了政治合法性，在某些方面對農民有所讓步和表示。例如，建立簡易小學，幫助農民從日軍那兒爭取賠償金和拆遷費，呈請銀行貸款幫助農民，從某一程度上講，農會爲農民獲取了一定的權益。具有一定的進步性。但是由於汪僞政權是日本一手扶持起來的傀儡政權，儘管反覆強調：「必須使國民政府強化，在國民政府管轄區域內做到獨立，自主地位，否則國民政府無意義。」〔註24〕但日本侵略者是不可能讓其自主的。因此，南京僞國民政府「半年來成績並不佳，如此下去，實不能忍受。」〔註25〕在這種情況下，農會想做出一定成績，難上加難。另外由於處於日軍佔領的空

〔註21〕南京市檔案館資料〔Z〕，全宗號 1002，目錄 3，卷 399。
〔註22〕王惠岩，政治學原理〔M〕，北京：高等教育出版社，1999 年，第 215～216 頁。
〔註23〕南京市檔案館資料〔Z〕，全宗號 1002，目錄 3，卷 411。
〔註24〕周佛海，《周佛海日記全編》（上編）〔M〕，北京：中國文聯出版社，2003 年，第 387 頁。
〔註25〕周佛海，《周佛海日記全編》（上編）〔M〕，北京：中國文聯出版社，2003 年，第 387 頁。

間，日軍出於侵略的需要，不僅屠殺農民，而且搶劫農民的糧食、牲畜與財物，焚燒農民的房屋，破壞農民的農具等。據史邁士調查，在江寧、句容、溧水、江浦及六合這四個半縣中，農民房屋被損壞 30.8 萬間，價值 2400 萬元，平均每戶損失 129 元；牲畜損失共 12.3 萬頭，價值 670 萬元，平均每戶損失 36 元；農具損失 66.1 萬件，價值 524 萬元，平均每戶農家損失 28 元；庫存糧食損失總價格 420 萬元，平均每家農戶損失 22 元。〔註26〕農會想真正地為農民謀取利益是相當困難的。南京特別市社會運動指導委員會說農會「會而不議，議而不決，決而不行」要求以後開會時少提案多做事，言行相符，切實去做〔註27〕。間接表現了農會的兩難困境。所以南京特別市農會第 6 次會議上的決議上說：「該會自成立迄今，會務推進遲緩，農村之復興事業毫無建樹，考其原因，缺乏專門人才，且又為生活所累。」〔註28〕儘管如此，農會或多或少地為農民做了一些工作。所以作為指導農會工作的社會運動指導委員會部長的丁默邨在抗戰後審問他時說，他在南京曾舉辦小本貸款、農村貸款以利貧民及農民。三十二年華北旱災，並策動滬、寧各界大舉募捐，籌辦急振。總之，凡有利人民、減除人民痛苦之事業，他無不竭力為之。〔註29〕雖然，審訊官說「縱所列舉之事業為真實，乃其偽職上所應盡之義務，殊難認為有利於人民之行動，且審核表列所辦之各項事業，亦不過小恩小惠，籍以籠絡人心，俾其供敵偽驅使，殊難據為減刑之理由。」〔註30〕但農民還是得到了一定好處。因此，對汪偽政權農會的考慮，既要看到局限性又要看到進步性。

〔註26〕史邁士，南京戰禍寫真〔A〕《侵華日軍南京大屠殺史料》編委會合編，侵華日軍南京大屠殺史料〔C〕，南京：江蘇古籍出版社，1997 年，第 294 頁。

〔註27〕南京市檔案館資料〔Z〕，全宗號 1002，目錄 3，卷 396。

〔註28〕南京市檔案館資料〔Z〕，全宗號 1002，目錄 3，卷 396。

〔註29〕南京市檔案館，審訊汪偽漢奸筆錄〔M〕，南京：江蘇古籍出版社，1992 年，第 678 頁。

〔註30〕南京市檔案館，審訊汪偽漢奸筆錄〔M〕，南京：江蘇古籍出版社，1992 年，第 853 頁。

從權威層面看中共七大的歷史意義 [註1]

　　七大是中共歷史上一次重大的會議。關於它的意義，國內學界一般認為它是一次「團結的大會，勝利的大會。」「通過這次會議，全黨在毛澤東思想的旗幟下達到了空前的團結和統一。」[註2] 但具體意義究竟怎樣，大多數著述並未作深入分析。有鑑於此，本文試圖從權威層面對七大的意義作進一步的考釋。

一、中共的核心決策層領導權威由此形成

　　七大最重要的成就之一是，它使中共有了一個堅強有力的核心領導層。從一大到遵義會議，中共雖然也有領導權威，但領導權威基本上屬於個人，如陳獨秀、王明等。在這種情況下，「權威使用的效能、影響的時限以及對黨自身權威的維護都將過份依賴於領導者個人的素質，充滿著很多的變數和風險，極易破壞黨的領導權威，以至給黨的事業帶來不可彌補的損失。」[註3] 陳獨秀的右傾投降主義，在很大程度上導致了國民革命的失敗；王明的「左」傾教條主義，一度使革命力量在「白區損失百分之百，蘇區損失百分之九十。」[註4] 這都是很好的例子。遵義會議後，雖然形成了以張聞天負總責，毛澤東

〔註1〕 載《蘇州科技學院學報》2004 年第 1 期。
〔註2〕 王檜林主編，中國現代史〔M〕，北京：北京師範大學出版社，1991 年，第689 頁。
〔註3〕 項修陽，簡論當代中國共產黨領導權威資源的維護與開發〔J〕，上海社會科學學術季刊，2001（2）：30～36。
〔註4〕 中共中央文獻研究室編，毛澤東文集：第 7 卷〔C〕，北京：人民出版社，1999年，第 79 頁。

負責軍事，周恩來、博古等協助的集體領導機制，但中共中央內部還未真正
形成政治領導權威。隨著民族危機的日益加深和革命形勢的日益嚴峻，面對
錯綜複雜的局面，這種集體領導機制，經過一系列的變動和重組，最後在七
大上形成了以毛澤東、劉少奇、周恩來、朱德、任弼時爲首的第一代領導核
心集團。

　　作爲這個核心層的兩個主要人物，毛澤東和劉少奇的領導權威的形成有
一個漸進的過程。他們的領導權威是在實踐中反覆得到證明，最後才獲得全
黨一致自發認同的。早在遵義會議上，毛澤東就已經取得了對軍事的領導權，
但他的地位是不鞏固的。在會理會議上，林彪就對他的軍事指揮才能提出過
異議。在 1937 年的十二月會議上，彭德懷不同意毛澤東獨立自主的山地游擊
戰，主張「運動游擊戰」。同時，與會的大部分同志對王明提出的「一切經過
統一戰線」持贊成態度〔註5〕，以致毛澤東說「十二月會議我是孤立的。」〔註
6〕後來，毛澤東的軍事方針，經過實踐的檢驗，被證明是行之有效的方針。
八路軍和新四軍在這一方針指導下獲得了空前的發展。僅一年時間，八路軍
就從 1937 年 9 月的不足 3 萬人，發展到 1938 年秋的 25 萬〔註7〕。毛澤東的
領導權威由此得到了大家的認同。正如高華指出的那樣：中共武裝發展壯大
的事實，使朱德、彭德懷等八路軍領導人信服了毛澤東，因而放棄了過去的
觀點，轉而接受了毛澤東的意見。〔註8〕。再加上 1938 年王稼祥從莫斯科帶
回了共產國際的指示，毛澤東又得到了共產國際的承認。就這樣，毛澤東的
領袖地位在事實上確立了。劉少奇領導地位的確立也不是一帆風順的。遵義
會議的時候，劉少奇只不過是政治局候補委員，還沒有進入核心層。儘管在
這以前，劉少奇在白區工作中提出了「盡可能利用公開合法手段」，「聚積與
加強群眾力量，以準備下一次更高階段和更大範圍的戰鬥」等正確主張，但
在共產國際和「左」傾教條主義者們看來，他犯了右傾機會主義錯誤。〔註9〕
因此，他一直受到壓制。真正慧眼識珠的是毛澤東。1937 年 2 月，劉少奇兩

〔註 5〕高華，紅太陽是怎樣升起的〔M〕，香港中文大學出版社，2000 年，第 123～
　　　　125 頁。
〔註 6〕高新民、張樹軍，延安整風實錄〔M〕，浙江人民出版社，2000 年，第 43 頁。
〔註 7〕彭德懷，彭德懷自傳〔M〕，解放軍文藝出版社，2002 年，第 236 頁。
〔註 8〕高華，紅太陽是怎樣升起的〔M〕，香港中文大學出版社，2000 年，第 163 頁。
〔註 9〕中央文獻研究室第二編研部編，話說劉少奇——知情者訪談錄〔M〕，中央文
　　　　獻出版社，2000（2），第 47 頁。

次寫信給張聞天，尖銳批評 1927 年之前和 1927 年以來，尤其是六屆四中全會以後中共的極「左」錯誤，中共中央政治局大多數成員認為劉少奇言過其實，替他講話的只有毛澤東一個人。在 5～6 月份的白區工作會議上，毛澤東稱讚劉少奇「一生很少失敗，今天黨的幹部中像他這樣有經驗的人是不多的，他懂得實際工作中的辯證法。」〔註 10〕在以後的工作中，毛澤東對劉少奇也是寄予厚望，並多次委以重任。這樣，再加上劉少奇在北方局和華中局卓有成效的工作，和一二‧九運動的成功，證明劉少奇在白區工作中提出的策略方針是正確的，從而使黨的許多領導同志都認為應當給予他重要的領導職務。〔註 11〕在 1943 年中央機構的調整中，劉少奇進入書記處，成為僅次於毛澤東的第二號人物，這可以說是眾望所歸。

　　毛、劉領導權威的形成，為七大從法理上確定以毛澤東為核心的第一代中共中央領導集體奠定了領導基礎。在七大的大會選舉中，代表當時 121 萬黨員的代表們全票選舉毛澤東為中共中央主席。在其他核心層領導成員中，劉少奇僅少得一票，朱德、周恩來、任弼時也都獲得了很高的票數。這表明，以毛澤東為核心的第一代領導集體及其權威，通過正式大會得到了全黨的認同。

二、中共的思想權威由此確立

　　正如一般黨史教科書上所說，七大的最大貢獻是確立了以毛澤東思想作為中共全黨的指導思想。從權威層面上講，可以說中共從此確立了自己的思想權威。按照權威學的解釋，思想權威不僅表現為它為自身的領導提供價值合理性，更主要的是它在理想與現實之間建構了實現手段的合理性。

　　中共從誕生的那一天起，就把馬克思主義作為自己的指導思想。但是，無論陳獨秀還是王明，他們都照搬共產國際的指示，把馬克思主義教條化。結果，中共不是在右傾機會主義指導下就是在左傾教條主義統治下，使中國革命不斷遭受極大的挫折。在這種情況下，迫切需要馬克思主義這一思想權威深深紮根於中國具體社會實踐的豐厚土壤中。毛澤東自從率領秋收起義部隊到達井岡山後，依據中國的具體實際，運用馬克思主義基本原理，提出了「工農武裝割據」、「走農村包圍城市的道路」等一系列正確主張，馬克思主

〔註 10〕 中共中央文獻研究室編，劉少奇傳〔M〕，中央文獻出版社，1998 年，第 261 頁。

〔註 11〕 胡喬木，胡喬木回憶毛澤東〔M〕，人民出版社，1994 年，第 261 頁。

義基本原理與中國具體實踐相結合的毛澤東思想也由此形成。但在王明的左傾教條主義路線下，毛澤東的見解被斥爲一貫的右傾，毛澤東思想當然不可能武裝中國共產黨。

　　毛澤東思想之成爲中國共產黨的思想權威，有一個曲折複雜的過程。起初，彌漫全黨思想的是左傾教條主義和經驗主義，它們的代表「惟一的本領是引進馬、恩、列、斯，作得出誇誇其談的長篇大論，寫得出成堆的決議指示，其實連半點馬、恩、列、斯也沒有嗅到。」〔註 12〕因此，首先必須使全黨認識教條主義和經驗主義的危害，從而突破教條主義和經驗主義的束縛。1940 年冬至 1941 年 6 月，在毛澤東的主持下，中共編輯了六大以來黨的檔集。「黨書一出，許多同志解除武裝。」〔註 13〕緊接著，毛澤東作了《改造我們的學習》和《整頓黨的作風》的報告，一場以反對主觀主義、宗派主義和黨八股爲主要內容的整風思想運動迅速展開。通過整風，全黨除了接受馬克思主義洗禮，「他（毛澤東）的著作及領袖風範第一次當作黨的政策以及精神化身。」〔註 14〕周恩來當時深有體會地說：「我們黨二十二年的歷史，證明只有毛澤東同志的意見是貫穿著整個歷史時期，發展成爲一條馬列主義中國化，也就是中國共產主義的路線。毛澤東同志的方向，就是中國共產黨的方向。」〔註 15〕1943 年 7 月，王稼祥也深有同感地說，「毛澤東思想就是中國的馬克思列寧主義，中國的布爾什維克主義，中國的共產主義。」〔註 16〕差不多同時，劉少奇、朱德、彭德懷、陳毅、羅榮桓、陸定一、吳玉章、徐特立、張聞天、博古等許多中共領導撰文宣講和歌頌毛澤東思想。〔註 17〕特別是博古，以自己的錯誤和對革命帶來的危害，現身說法，證明毛澤東思想的偉大與正確。〔註 18〕這樣，到七大時，把毛澤東思想作爲中共的指導思想正式寫進黨章成爲大家普遍的心願。中共的思想權威——毛澤東思想正式獲得了全黨的認同。

〔註 12〕 胡喬木，胡喬木回憶毛澤東〔M〕，人民出版社，1994 年，第 224 頁。

〔註 13〕 逄先知，關於黨的文獻編輯工作的幾個問題〔J〕，文獻和研究，1987（3）。

〔註 14〕 馬克·賽爾登著，魏曉明、馮崇義譯，革命中的中國：延安道路〔M〕，社會科學文獻出版社，2002 年，第 192 頁。

〔註 15〕 周恩來，延安歡迎會上的講話，毛澤東選集：第 1 卷〔C〕，代序：論毛澤東思想，蘇中出版社，1945 年，第 17～18 頁。

〔註 16〕 王稼祥，中國共產黨與中國民族解放的道路〔N〕，解放日報，1943－7－8。

〔註 17〕 毛澤東選集：第 1 卷〔C〕，代序：論毛澤東思想，蘇中出版社，1945 年，第 1～20 頁。

〔註 18〕 高華，紅太陽是怎樣升起的〔M〕，香港中文大學出版社，2000 年，第 637 頁。

三、中共的組織制度權威由此得到重新認定

　　思想權威只是爲中共的領導提供了理論支撐，要使這種無形的思想力量變成現實的物質力量，還必須通過一定的中介使思想權威轉化爲組織權威。這個中介就是民主集中制。七大的另一個貢獻，就是在劉少奇主持修改的黨章中，重新正式規定了中共的根本組織原則和組織制度——民主集中制。

　　自從 1905 年列寧提出把民主集中製作爲無產階級政黨的根本組織原則後，民主集中制一直是無產階級政黨的組織權威。中共二大接受了這個權威。但在陳獨秀的「家長制」下和王明的「殘酷鬥爭、無情打擊」下，民主集中制基本上形同虛設，對組織權威的服從凸顯對個人的服從，因此根本談不上民主，也談不上集中。1931 年，博古未經任何法定機關的選舉，僅憑王明的指定，就掌握了中共中央的最高實權就是一個明顯的例子。〔註 19〕七七事變後，隨著大批外來人員進入延安，中共黨組織面臨大量幹部審查、分配等工作任務。又由於各抗日根據地的政權甚至黨的組織，大多是黨所領導的軍隊去幫助建立的，因而在某種程度上，存在著黨、政、軍三權分立的現象，再加上黨的幹部隊伍和黨員群眾大多是農民和小資產階級出身，組織上自由散漫，使這種組織模式很不利於抗日鬥爭和今後奪取全國勝利。

　　針對上述情況，中共首先進行了黨員的組織思想教育，使黨員幹部明白「革命的利益高於一切」，必須「遵守黨的紀律，嚴守黨的秘密」〔註20〕等等。在這一點上，劉少奇、陳雲等都做出了重大貢獻。陳雲《怎樣做一個共產黨員》和劉少奇《論共產黨員的修養》的發表，對黨組織保持純潔性和革命性起了重大的指導作用。其次，把黨組織工作納入制度化的軌道。經過陳雲、李富春的努力，到 40 年代初，中共的組織工作完全制度化了。中直機關的幹部由中組部及各直屬單位幹部科管理，軍隊幹部統歸軍委總政治部管理，邊區幹部由邊區黨委組織部及以後的西北局組織部管理，這樣就建立起具有一定位置權力的組織網路，從而樹立起組織的法理型權威。最後，建立起集中統一的一元化領導體制。由於宗派主義在幹部路線上嚴重排斥異己，任人唯親，在組織上把個人利益、局部利益置於全黨利益之上，向黨鬧獨立性，因此，中共把把反宗派主義納入了整風範圍。1942 年 9 月，中共中央政治局還

〔註19〕楊奎松，毛澤東與莫斯科的恩恩怨怨〔M〕，江西人民出版社，1999 年，第
　　　　135 頁。
〔註20〕中央文獻編輯委員會，陳雲文選〔C〕，人民出版社，1984 年，第 73～74 頁。

通過了《關於統一抗日根據地黨的領導及調整各組織關係的決定》，明確規定
「黨是無產階級的先鋒隊和無產階級組織的最高形式，它應該領導一切其他
組織，如軍隊、政府與民眾團體」，「黨的組織和黨員必須執行少數服從多數、
下級服從上級、全黨服從中央的原則」。為組織權威的進一步確立提供了制度
保證。這樣，通過以上種種，中共的組織權威基本上形成了。七大的召開，
更把這種組織權威法理化，通過黨章表現出來，這就是前面所說的民主集中
制。

　　綜上所述，中共七大，從權威的層面講，是中共核心層領導權威、思想
權威、組織權威的一次全面確立和整合的大會。通過這次大會，中共的核心
層領導權威、思想權威、組織權威得到了普遍的認同，從而為指導中國革命
取得一個又一個勝利提供了良好的思想保證和組織保證。

後 記

　　該著是本人十多年來在海內外刊物上所發表論文的合集。也是對十多年科研成果的一次總結與反思。

　　四十多年來，中國的社會結構發生了翻天覆地的變化。從一個傳統的鄉土社會向現代的工業社會轉化，從計劃經濟的社會向市場經濟的社會轉化。筆者有幸生活在這波瀾壯闊的時代。

　　從一個咿呀學語的孩童，到一位專業知識份子，目睹了社會分層下知識份子的變遷與多重面相。作爲一個專業知識份子，曾欣喜過、奮鬥過、徘徊過、迷茫過、苦悶過……。有時，很想做一個有機知識份子，但現實與欲望擊碎了我的夢想。我只能按照固定的程序，寫我所寫。從這一點來講，這本書集，存在許多缺陷與不足。

　　感謝我的母親的操勞和牽掛，感謝妻子二十多年的辛勤奉獻與陪伴，感謝兒子的努力和乖巧，感謝同事、朋友的大力支持和幫助。

　　最後，賦詩一首以記當年作文之心情。

　　　　那段日子
　　　　在失去之後
　　　　在背道而弛之後
　　　　心，像一隻船
　　　　蕩漾在往昔

　　　　有淚
　　　　那可愛的淚呵
　　　　璀璨了今日的光陰
　　　　久久不願離去